2022年度国家出版基金项目

沙漠之光

SHAMO ZHI GUANG

毛玉山 ◎ 著

国家出版基金项目
NATIONAL PUBLICATION FOUNDATION

时代出版传媒股份有限公司
安徽文艺出版社

图书在版编目（ＣＩＰ）数据

沙漠之光/毛玉山著. --合肥：安徽文艺出版社,2023.2
ISBN 978-7-5396-7577-0

Ⅰ. ①沙… Ⅱ. ①毛… Ⅲ. ①报告文学－中国－当代 Ⅳ. ①I25

中国版本图书馆 CIP 数据核字(2022)第 201709 号

出 版 人：姚　巍　　　　　　　　策　　划：孙晓敏
责任编辑：汪爱武　　　　　　　　装帧设计：张诚鑫

出版发行：安徽文艺出版社　　www.awpub.com
地　　址：合肥市翡翠路 1118 号　邮政编码：230071
营 销 部：(0551)63533889
印　　制：安徽联众印刷有限公司　(0551)65661327

开本：700×1000　1/16　印张：13.5　字数：200 千字
版次：2023 年 2 月第 1 版
印次：2023 年 2 月第 1 次印刷
定价：58.00 元

(如发现印装质量问题，影响阅读，请与出版社联系调换)
版权所有，侵权必究

目　　录

引子：令人担忧的荒漠化现状 / 001

第一章　塔克拉玛干的呼唤 / 003
策勒告急！ 县城面临第三次搬迁 / 003
出奇制胜的治沙方案 / 007
第二次临危受命 / 010
三次荣获联合国环境规划署大奖 / 015

第二章　自古英雄出少年 / 021
孤山下的"孩子王" / 021
刘铭庭的抗战和父亲的运输线 / 027
会"翻跟头"的小队长 / 031

第三章　校园里的青春时光 / 035

三换门庭的中学时代 / 035

兰大的体育骄子 / 040

喜忧参半的考察实习 / 043

第四章　西部的召唤 / 048

到祖国最需要的地方去！/ 048

"青年渠"上的"修渠大王" / 050

走进沙漠，开启治沙人生新起点 / 058

第五章　"和平渠"上的爱情之花 / 065

从江南水乡到西部新疆 / 065

"和平渠"上的爱情之花 / 069

莫索湾的沙漠之恋 / 074

第六章　在古尔班通古特沙漠里穿行 / 080

在莫索湾的风沙中锤炼 / 080

走向成熟的固沙植物专家 / 085

第七章　吐鲁番盆地治沙人 / 092

在吐鲁番"五道渠"的日子 / 092

吐鲁番盆地的绿色卫士 / 100

负有盛名的吐鲁番"沙生植物园" / 105

第八章　刘铭庭的红柳人生 / 110

发现五个红柳新种 / 110

刘铭庭的红柳研究与应用 / 114

奇特而神秘的"红柳包" / 120

生活中无处不在的"圣柳" / 124

第九章　无悔人生　情重如山 / 133

人生的又一个起点 / 133

沙漠里的三个"家" / 136

储惠芳的艰难岁月 / 144

第十章　"人工肉苁蓉"之父 / 151

闻名遐迩的人工大芸种植基地 / 151

四面开花的大芸种植热潮 / 158

大芸示范基地在艰难中崛起 / 163

大芸种植中的教训和启示 / 170

第十一章 人工大种植芸成功之谜 / 174

人工大芸是怎样种成的？/ 174

"大芸开沟撒播高产种植法"的诞生 / 182

野生大芸最高纪录趣谈 / 185

第十二章 人生的定位 生命的光芒 / 187

对刘铭庭的各方评说 / 187

有点"火药味"的家庭座谈会 / 197

光荣与梦想 使命和责任 / 204

尾声：玫瑰花盛开的地方 / 209

引子：
令人担忧的荒漠化现状

我国是世界上荒漠化危害较严重的国家之一，荒漠化土地面积为262.2万平方千米，约占国土总面积的27.31%，近4亿人口受到荒漠化的影响，这严重威胁着我国生态安全和中华民族的生存与发展。我国的荒漠化治理总体形势是，20世纪90年代末"破坏大于治理"，局部得到控制，总体上还是在继续恶化。国家高度重视荒漠化治理工作，2000年制定实施了《中华人民共和国防沙治沙法》和一系列惠农治沙政策，荒漠化和沙化得到初步遏制，但仍处于"治理和破坏相持"状态。中国八大沙漠的现状是，有的在缩小，有的仍在扩大。我国第一大沙漠塔克拉玛干沙漠，2009年沙漠面积为35.73万平方千米，2019年为33.76万平方千米，十年间减少了1.97万平方千米；第二大沙漠古尔班通古特沙漠是固定、半固定沙漠，治理相对容易一些，2009年为5.68万平方千米，2019年是4.88万平方千米，十年间减少了0.8万平方千米。通过有效治理和控制，我国沙漠面积有所减少，荒漠化治理出现了令人欣慰和可喜的现象。但总体形势仍不容乐观,如第三大沙漠巴丹吉林沙漠,十年间却增加了 1.17 万平方千米,腾格里沙漠增加了 0.11 万平方千米。特别是柴达木沙漠,2009 年面积为 1.7 万平方千米,2019 年为 3.49 万平方千米,十年间增加了 1.79 万平方千米,这些现状十分令人担忧。由此可见,中国的荒漠化形势还十分严峻。

荒漠化治理是一项任重道远的长期工程,环境保护和治理作为一项基本国策,需要更多的科研人员投身到这项事业中来。为此,我采访了一生奋战在治沙一线的我国著名治沙专家刘铭庭教授。

在采访刘铭庭教授的那些日子里,随着他在沙漠里留下的那一个个、一行行深深的脚印,我了解到他在治理新疆三大沙漠方面所取得的重大成就和成功经验,走进了他对一百多种治沙植物的发现、研究和应用的奇妙世界,特别是他抛家舍业,战斗在治沙一线六十余年的奋斗精神,让人感动至深。

我就是想通过他的奋斗精神和取得的科技成果,激发全国人民的爱国情怀和奋斗意志,为实现中华民族伟大复兴的中国梦凝聚起更多的力量,特别是在全面建设社会主义现代化国家新征程和我们的绿色家园上,做出更多的努力和贡献。

现在就让我们走近刘铭庭,走进他那个浩瀚无垠的沙漠世界。

第一章
塔克拉玛干的呼唤

策勒告急！ 县城面临第三次搬迁

对于塔克拉玛干沙漠最南缘的策勒县来说,漫天沙尘的日子可以说是家常便饭。这里的春夏两季,每年都有一到两个月的沙尘天气。

在策勒县的历史上,沙尘暴的残酷侵袭,已造成县城两次向南迁移。第一次是在一千七百年前,当时是在塔克拉玛干沙漠深处的一个叫"乌丝塔提"的地方,距离现在的策勒县城有 80 千米。由于风沙的无情侵袭和严重干旱的困扰,县城不得不向南搬迁到一个叫"热瓦克"的地方。虽然"乌丝塔提"古城早已被风沙侵袭,但从那些依稀可见的残垣断壁,以及散落的红柳篱笆和胡杨木桩中,我们依然可以看到当时人们在那里生活的痕迹。第二次是在清朝年间,同样的原因,策勒县城又从"热瓦克"搬到现在的位置。虽然"热瓦克"距离策勒县城仅有 10

千米,但和时间更久远的"乌丝塔提"相比,"热瓦克"留下的遗迹反而更少,它早已被无情的风沙掩埋,几乎没有留下什么痕迹。"热瓦克"消失的主要原因偏偏就是它距离现代文明太近,而被过度资源开发和人为毁坏。但它的名称和地理位置已被人们所熟知,并载入县志。到了1982年,肆虐的风沙再次逼近县城,当时风沙已吞噬了2万多亩良田,迫使400多户农民离开家园迁往他处,风沙的前沿,也就是离县城最近的沙锋仅有1.5千米。风沙再次兵临城下,策勒县城已岌岌可危,随时面临第三次搬迁。

在一部描写策勒风沙的专题片里,我看到过这样凄凉的画面:策勒县农民买买提·吐逊指着已被风沙掩埋,只露出屋顶的老房子说:"我原来的房子有2.5米高,现在变成了这个样子……"他家过去那干净整洁的院落,里面已经堆满了黄沙……我们可以深深感受到,当初他们被迫离开家园时的无奈心情……

是沙进人退,向风沙屈服,还是坚守阵地,向风沙宣战?策勒县已面临生死抉择。

此时,在中科院吐鲁番治沙站(研究站)里,有一个人正在他的沙漠植物园里精心培育着他的各种红柳苗子,他就是享誉国内外的著名治沙专家刘铭庭。他不知道那远在1300多千米外的策勒县在等待着他,那浩瀚无垠的塔克拉玛干在呼唤着他。

吐鲁番是有名的"百里风区"受灾区,在过去年复一年的岁月里,风沙给吐鲁番人民带来了无尽的痛苦和灾难。刘铭庭是治沙站的负责人,他带领治沙站的科研人员和吐鲁番人民一起组成了治沙大军,开始了对风沙长期的科学治理。

1969到1982年,在刘铭庭担任吐鲁番治沙站负责人的十多年里,曾任自治区主席的司马义·艾买提,只要来吐鲁番,就要到吐鲁番治沙站看望他们。因此,他对刘铭庭的情况十分了解,并对他们治沙站所取得的成绩给予了充分的肯定。

其实,刘铭庭早在1972年就已经认识司马义·艾买提主席了,当时拍摄《吐鲁番怎样防风治沙》专题片时要用直升机,需要自治区领导批示,于是他就找到了时任自治区党委组织部部长的司马义。虽说两人仅是一面之交,但因为刘铭庭当时在吐鲁番治沙工作方面很有成就,又是直接战斗在治沙一线的科研人员,所以他给司马义留下了很深的印象。

1982年2月,司马义·艾买提主席又一次来到吐鲁番治沙站,这一次他可不是来表扬刘铭庭,而是来给他下任务的。

司马义·艾买提的出生地是策勒县策勒乡十八大队,也就是距离塔克拉玛干沙漠最近的那个村庄,他的家乡已被风沙掩埋,村子里的人也被迫四处逃离。风沙掩埋了村庄、田野,又开始向策勒县城逼近,策勒县城危在旦夕。可想而知,作为自治区主席的他,看到家乡的遭遇,会是怎样一种心情……

司马义·艾买提让刘铭庭在吐鲁番站抽调得力人员,前往策勒县组建新的治沙站,并要求刘铭庭他们在三年之内必须治住流沙,保住策勒县城。刘铭庭向司马义主席立下了军令状,保证完成任务。刘铭庭就是在这样的情况下临危受命,来到策勒县组建新的治沙站的。

为什么在人才济济的中国科学院新疆分院里,司马义·艾买提主席偏偏选中了刘铭庭呢?这是因为当时在新疆治沙一线的专业人才中,刘铭庭是最突出的一个。在新疆先后成立的几个治沙站里,刘铭庭在每个治沙站都工作过。1960年莎车治沙站成立时,他第一个要求到莎车站工作(1964年莎车站撤销,1982年以前,新疆只有莫索湾和吐鲁番两个治沙站);1961年莫索湾治沙站成立的时候,又调他到莫索湾治沙站担任业务负责人，在那里他整整待了八年；1969年吐鲁番急需专业人员前去帮助治沙，筹建治沙站的时候，又调他到吐鲁番站担任负责人。司马义·艾买提对他的情况了如指掌，因此，1982年，策勒需要成立治沙站，又要他去策勒建立新的治沙站。可以说，新疆的每一个治沙站刘铭庭不仅长期待过，而且都是最先进驻的。即便后来到策勒工作的几年间，他仍然担任着吐鲁番站负责人，在吐鲁番、策勒两地奔波，直到1986年才固定在策勒站，一直到1993年在策勒站退休。可以说刘铭庭始终工作在全疆的各个治沙站，战斗在沙漠的最前沿。

　　正是因为他长期在治沙一线的工作经历和丰富的治沙经验，以及他成功治理了吐鲁番风沙灾害的显著业绩，司马义·艾买提主席才对他充满无比的信任，从而把这项事关策勒人民生存安全的任务交给他。

　　临行前，刘铭庭又来到他1974年初到吐鲁番治沙站时，带领吐鲁番人民，在距离治沙站仅两千米的地方栽种的一条红柳防风林前。这是一条宽15米，长2千米，迎着大风口栽种的红柳防风固沙林。现在的红柳已是生机勃勃，枝繁叶茂，在它们面前，匍匐着大片的流沙。就是这条红柳防风林，让那些曾经无数次肆无忌惮的风沙在它面前停下，在它后面是6000亩的沙拐枣防沙林，再后面就是红旗公社（现为恰特喀勒乡）的6个大队和5万亩土地。正是这条红柳防沙基干林，这里的农民和土地多年来才安然无恙。

　　2018年，已经86岁的刘铭庭教授又一次来到这条防风林前，四十多年过去了，这条红柳防风林像一排挺立的卫士一样，依然坚如磐石，巍然屹立。8米高的沙丘上面，是生机勃勃的红柳。这就是说，风沙千方百计地想把红柳埋掉，而红柳呢，你埋我多少我长多少，永远都在沙丘上面，沙丘永远都在红柳的脚下。看着这样的景象，刘铭庭感慨万千。这就是他当年为吐鲁番人民植下的永久卫士，它们忠于职守，历尽艰辛却无怨无悔,始终守卫着吐鲁番人民的安宁。看着这条绿色长城,刘铭庭笑了,他的内心感到由衷的欣慰。

出奇制胜的治沙方案

刘铭庭到达策勒的时间是1982年3月。南疆春早,当北疆还是冰雪未消、春寒料峭的时候,这里已是莺飞草长、春暖花开的季节。柳树、榆树已呈现绿色,桃花、杏花有的已经吐露芬芳,有的正含苞欲放,可是它们哪里知道,一场攸关生死的威胁正在向它们逼近。

刘铭庭带领策勒治沙站的科研人员,和策勒县人民一起很快组织了一支治沙大军,他们要绝地反击,和风沙进行生死决战。治沙站负责勘探、测量,制订具体治沙方案,策勒县负责具体实施,投入人力、物力。

在翻看刘铭庭珍藏的报纸时,1983年8月12日的《新疆科技报》有这样一篇报道——《策勒培训基层治沙人员》,报道了刘铭庭在策勒县举办"治沙学习班"的情况。当时除了县林业局、各个林业站、县科委的同志外,造林治沙人员大部分是来自基层的农民,共50余人。这个学习班就是刘铭庭为推动策勒沙害治理、培训治沙技术人员而举办的。

刘铭庭拿出他在莫索湾、吐鲁番多年的治沙经验,在策勒的风口方向种植了大量的红柳、胡杨、梭梭、沙拐枣等,大力恢复绿洲外围植被,极力保护骆驼刺、花花柴、苦豆子等多年生草本植物,在县城和农田周围栽种防护林、经济林等,形成宽窄不等的五道防线。仅仅三年时间,策勒外围恢复的植被就达15万亩,这些人工种植的天然屏障有效抵御了风沙的袭击。

同时,刘铭庭根据几十年对红柳的研究经验,开始在利用红柳治沙方面大做文章。他深知,在沙漠腹地的广大土地上,到处都有飘飞而散落的红柳种子。因为红柳的种子上带着冠毛,风把它们刮得到处都是,只因缺少水分,这些种子没有机会生根发芽。在无数次沙漠调研中,他发现,许多红柳都长在沙漠的低洼处,那是因为夏季沙漠里偶尔降雨,形成低洼处小面积的积水,落在那里的红柳种子就通过这片积水发芽了,于是就有了这片红柳;在公路两边的低洼处,也生长着许多红柳,这些地方从来没有人种它们,都是自然生长的。这就说明,只要是有积水的地方,红柳就能在那里自然生长。后来又通过多次验证,最终证实了他的猜想。于是他就想到,如果把夏季多余的洪水引进这些沙漠低洼区域,筑坝进行拦截,等洪水下去之后,那么这里的红柳种子必定生根发芽,这一片几百亩、几千亩红柳不就起来了吗?同时这里的各种固沙植物也必定蓬勃而生。因此,在治理策勒风沙时,他就大胆地实施了这个洪灌治沙方案,并大获成功。

在策勒的防风固沙治理中,他不仅利用夏季洪水灌溉,大面积培育红柳用于恢复生态,而且利用夏季洪水,大面积进行沙拐枣夏季直播造林。这些都是沙区从来没有使用过的造林方法,也是他几十年深入研究红柳和各种沙漠植物习性的成果。他的这种利用洪水进行荒漠化治理的办法获得了巨大成功,但凡洪水浇灌之后,那片区域立即就变成了红柳林。可以说,只有像刘铭庭这样对红柳的生长规律和生存条件及其与沙漠的关系进行深入研究的植物专家,才能想出这样的治理方案。

《新疆日报》1983年8月3日第二版,在《科技工作者建议》栏目中刊登了由刘铭庭亲自撰写的《抓紧时机,引洪造林》的文章。从这里我们可以看到,他利用洪水大面积恢复红柳植被的治沙方案已经全面开始实施。

《新疆日报》1983年12月16日第一版刊登的《利用洪水育林化害

为利》及 1984 年 4 月 30 日头版头条《策勒公社人进沙退锁住黄龙》，同时配发评论员文章《用绿化击退沙化》，这些文章都见证了刘铭庭和治沙站科研人员带领策勒人民取得的战胜风沙的重大成果。文章介绍：这个公社在风沙线上共植树 258 万株，其中片林 4000 多亩，营造了一条宽 12~50 米，长 17 千米的基干挡风护沙林带；在五大风口地带建筑人工防风墙 3500 亩，保护荒漠植被 6 万亩，开挖 16 千米长的引洪渠，引洪冲沙 120 万立方米，从风口夺回土地 3000 余亩。这个公社就是当初风沙灾害最严重的地方，也就是司马义·艾买提主席的故乡。

1985 年，是刘铭庭他们向司马义·艾买提主席立下军令状的收官之年。就在这年的 9 月份，在和田地区地委领导的陪同下，司马义·艾买提主席又一次来到了刘铭庭他们的治沙站。他是在和田视察工作时顺道来看大家的，在此前的几年间，他几乎每年都要来策勒治沙站，关心他们的工作和生活，了解他们的治沙情况，对他们在策勒的治沙情况给予了高度关注。当看到在刘铭庭他们与策勒人民的共同努力下，策勒的风沙危害已得到了全面控制，策勒县城也安然无恙时，他非常高兴，对刘铭庭他们治沙站取得的优异成绩给予了高度赞扬。

那一次，司马义·艾买提主席还带着刘铭庭一行来到了自己的故乡策勒乡十八大队。在风沙危害最严重的托帕村，他们看到了那些曾经被无情的风沙逼走，现在又高高兴兴陆续搬回家乡的乡亲，司马义·艾买提主席心里非常高兴。那一天他兴致很高，在他家乡具有地理标志的一棵百年老桑树下，司马义·艾买提主席和刘铭庭一行合影留念。如果算上在吐鲁番沙生植物园的那一次，这次是刘铭庭和司马义·艾买提主席第二次合影了。

也正是通过防风治沙工作的机缘，刘铭庭和司马义·艾买提主席建立了深厚的友谊。1986 年，司马义·艾买提卸任自治区主席后到北京工作，刘铭庭利用去北京开会的机会还看望过司马义·艾买提几次，并向他汇报新疆及策勒的治沙情况。

抵御住 1986 年 5 月 18 日和田地区的那场罕见的 10 级沙尘暴，就是对他们三年来在策勒县治沙成果的最好验证。那场巨大的黑风暴整整刮了一天一夜，对整个和田地区造成了重大损失，棉花基本绝收，直接经济损失有 9000 多万元，而策勒的损失最小，基本可以忽略不计。和田地区立即在策勒县召开了防风治沙现场会，号召全地区各县前来学习他们的治沙经验。

这时候人们看到的，已经不是三年前风沙逼近策勒县城的情景了，而是绵延不绝的一道道绿色屏障。刘铭庭和他的治沙大军在策勒三年治沙 15 万亩，现在的流沙前锋离县城不是 1.5 千米，而是 20 千米。这也正像我在开篇题记里所寄望的那样，那些流动的飞沙从此在这里停住，那些四处飘飞的红柳种子也在这里生根发芽，在这里安家。从此，沙丘、红柳将与人类和谐相处，共荣共存，人类保护它们，它们造福人类。

第二次临危受命

1986 年 3·12 植树节，新疆维吾尔自治区常务副主席黄宝璋及毛德华、玉素甫·艾沙两位副主席来到吐鲁番，参加吐鲁番一年一度的植树节活动。活动结束后，他们来到吐鲁番治沙站，看望在站上工作的科研人员们，和他们共同探讨关于恢复南疆的沙漠红柳植被问题。

刘铭庭在完成策勒的防风治沙工作以后，就固定在策勒治沙站工作。那次，他是从乌鲁木齐赶到策勒的，因为他要在策勒治沙站培育各种红柳，而吐鲁番沙生植物园里有他多年来培育的 15 种红柳，于是他

第一章　塔克拉玛干的呼唤

就准备先到吐鲁番沙生植物园里采集各种红柳枝条,然后直接到策勒去工作。凑巧的是,就在这个时候他遇到了黄宝璋副主席一行,于是他们就在沙生植物园里畅谈起来。

其实黄宝璋副主席是专门来找他的。1982年刘铭庭受自治区主席司马义·艾买提的委托,三年时间就全面解决了策勒的风沙问题,解除了策勒县城的危机,特别是他利用洪水灌溉,大面积恢复红柳植被的做法,他们都很清楚。因此,他们对刘铭庭大面积解决南疆红柳危机的能力是很信任的。

黄宝璋副主席对刘铭庭说:"现在南疆的红柳破坏得很严重,特别是和田地区最厉害。主要原因是那里的群众没柴烧,缺柴火,他们把沙漠里的红柳都砍光了,生态破坏很严重。我们既要解决那里群众的烧柴问题,又要尽快地恢复红柳植被。我给你20万元,你能不能保证在三年之内恢复红柳植被10万亩?"

刘铭庭立即向三位副主席保证:"这个问题我有办法解决,我一定不辜负自治区领导的期望,保证按时、超额完成任务。"

于是,黄宝璋副主席当场就拍板做出决定,由刘铭庭牵头来完成这项任务。这是他第二次向自治区领导立下军令状,而这次的任务更艰巨,因为这不像上次仅是策勒一个县,而是南疆的多个县。

黄副主席更是雷厉风行,两天后即3月14号,自治区财政局就给刘铭庭打来电话,让他速去办理20万元的拨款手续。几天后这笔款就到了新疆生态地理研究所(生地所)的专款账户上。这属于南疆造林专款,除了刘铭庭以外,任何人都无权动用这笔资金。

刘铭庭之所以敢打包票、敢拍胸脯,是因为他的心里是有数的。在治理策勒风沙的时候,他采用的"引洪灌溉法"已经收到了极其显著的效果,得到了充分的验证。实践证明,在流沙地和重盐碱地上种植红柳，这是大面积、快速发展红柳的最有效办法。

他立即赶到南疆，决定在喀什选一个县、和田选三个县，一共四个县。喀什的伽师县是个大县，不仅人口多，而且盐碱地也特别多，如果能把那里的红柳发展起来，将对整个喀什地区起到示范作用；而和田的策勒、于田、民丰都处于沙漠的边缘地带，风沙灾害严重，如果趁这次机会把当地的红柳植被发展起来，就能彻底解决当地的生态和烧柴问题。

于是，他就在喀什、和田之间来回奔波，与四个县的林业局签了协议。为了确保完成任务，在协议中他将原定的10万亩扩大到20万亩，仅伽师县就和他签订了完成10万亩任务的协议。他又和每个县林业局一个一个地谈，谈具体的实施方案，谈实施中的具体细节，然后一步一步地推进，一项一项看着他们实施，遇到问题及时沟通、及时解决。

每个县林业局都积极配合，给予了最大的支持。因为这是他们一直以来迫切想解决而没办法解决的事情，现在有人主动来帮他们解决，而且还不用自己花钱。特别是对于伽师县来说，全喀什地区只有他们得到了这个项目，而且一共20万元的资金给了他们10万元，他们还有什么理由不好好干？

1986~1988年，刘铭庭不停地在这四个县之间来回奔波。第一年刘铭庭最操心，因为四个县从来没有做过这样的事情，对洪灌地区的选点问题，对修筑拦水坝的距离、位置、高度等问题，刘铭庭都要进行实地勘察，帮他们一一解决。唯有策勒让他省心一些，因为先前他们跟着刘铭庭干了几年，对"引洪灌溉法"已经基本掌握。通过第一年的实际操作，后面两年就越来越好了，刘铭庭主要是去实地验收，指出他们实际操作中存在的问题和需要改进的地方，并力求工作达到最理想的效果等。

通过他们的艰辛努力，效果很快就显现出来了。当推土机将一个个拦截坝推起来,把洪水一片一片地引进去之后,几百亩、上千亩的红柳很快就种起来了,最后把它们连成一个整体的时候,一个几万亩的生态林就这样奇迹般地出现了。

三年后的1988年,是他们的收官之年。经刘铭庭一家一家地验收和详细统计,红柳造林面积不是10万亩,也不是20万亩,而是27万亩,仅伽师县就有10万亩,其他三个县有17万亩,如果再加上其他几个由他指导自发完成的县,加起来有30多万亩。他以超出原计划两倍的成绩,出色地完成了三位副主席交给他的任务。在他的带动下,"引洪灌溉法"得到了广泛应用,喀什、和田等县纷纷效仿,整个南疆的红柳面积在短短几年间就增加到500多万亩。

特别是伽师这个有着20多万人口的大县,那里的盐碱地特别多,通过洪灌,大片的红柳和绿色植被蓬勃而生,一片片绿洲应运而生,生态环境的迅速改变让他们对治理沙漠充满了无限的希望。他们开始明令禁止对红柳乱砍乱挖,老百姓也自觉起来,开始烧煤气,一年下来,结果发现烧煤气比烧红柳柴火便宜。人们继续引洪灌溉发展红柳植被,现在仅一个伽师县就已发展到100多万亩,红柳彻底改变了当地的生态环境。

刘铭庭在进行这项工作的时候,他并不仅仅针对这四个县,而且对整个和田地区的七县一市都做了调查。1986年,刘铭庭在皮山县做调查的时候,发现该县卫星公社十九大队是一个靠近沙漠边缘的生产队,荒漠化情况与当年策勒县策勒乡的十八大队一样,耕地和房屋都让风沙埋掉了,村子里300~400人都被风沙撵走了。于是,他们就按照刘铭庭的治沙方案,在离小队2千米风口的沙地上栽满了红柳,又将洪水引到沙地上,在红柳的前面种植了大量固沙植被,在红柳的后面种了6000亩的沙拐枣,其中2000亩就直接种在风口上,同时在条田的四周建起防风林带，这样就把风沙全部堵住了。那个生产队从此安然无恙，三年后的1988年，搬走的老百姓又全搬回来了。

1995年联合国环境规划署评奖核查的时候，刘铭庭还把那里作为一个考察点，带领联合国专家专门到那里去看了。皮山县治沙站站长吴成伦还获得了"全国劳动模范"荣誉称号，又提了一级工资，当时就是他配合刘铭庭一起干的。

任务圆满完成后，刘铭庭就到黄宝璋副主席那里汇报，黄副主席听了非常高兴，并在笔记本上写道："这是为南疆人民办的一件大好事。"这充分表达了他对刘铭庭及其他参与此项工作的工作人员的高度认可和赞誉。

任务的圆满完成固然让刘铭庭高兴，但有一件事还是让他感到有些遗憾。那就是当他拿着一万多元的票据到所里报账时，结果被告知，他的造林项目款已经花光了，他的票据因资金没有出处，已经没有办法报销了。他向财务人员解释，那些票据都是他几年来在造林时来回坐车、住店的凭证，都是为造林项目花的钱啊！人家说："谁让你不算账、不计划、不给自己留余地呢？这是财务规定，我们也没办法。"

是的，这确实不能怪人家。他向来是个心粗的人，除了对工作认真负责以外，对其他任何事情都不在意，对金钱也从不关心、不感兴趣，更不会算账，因此就导致了这样的结果。想想真是有点冤，几年来他辛辛苦苦为南疆几个县造林，结果花的都是自己的钱。对此他丝毫不在乎，只是想起来有点可笑而已。他也从未向我提及过这件事情，只是在他家采访时，当他向我讲述完成造林任务时，他老伴储惠芳笑着插嘴道："是啊，任务是完成了，钱也给他们分光了，结果自己亏了一万多元。"刘铭庭也不辩解，只是憨厚地笑笑说："这都过去了，还提它干什么？这只能怪我自己粗心，没有算账，怨不得别人。"

三次荣获联合国环境规划署大奖

刘铭庭在南疆流沙地、重盐碱地引洪灌溉,大面积、快速发展红柳荒漠灌木林的成果,不仅在南疆塔里木盆地得到广泛的应用,而且在甘肃河西走廊的敦煌市和瓜州等地也开始应用,并得到了联合国环境规划署的高度重视。

因后面的文章中多次出现"柽柳"和"红柳"名称,所以在此有必要说明一下,柽柳就是红柳。柽柳是红柳的学名,是学术界的专业名称;柽柳的茎、枝条都是红色的,所以老百姓又叫它红柳,这是一种最普遍、最通俗的叫法。为了阅读方便,在牵扯到学术方面的时候,就用柽柳,除此以外均用红柳。

其实这项新技术所产生的巨大效应,对刘铭庭和许多人来说都是始料未及的。当初自治区领导的目的就是让他在南疆尽快恢复一部分红柳植被,一是解决南疆群众烧柴的实际问题,二是恢复被砍伐和毁坏的红柳植被,以缓解和迟滞沙漠荒漠化速度,逐步形成良性循环。在向中科院、联合国环境规划署上报评奖材料时,刘铭庭他们总结出了许多客观、实际的理论依据。

在针对南疆的现实情况时,他们是这样描述的:"地处新疆南部的塔里木盆地,气候干燥炎热,盆地和平原区年降水量不足 50 毫米。风沙灾害严重,盐碱地分布面积广,是中国西部一个极度干旱的荒漠区。盆地内人口 750 万,煤炭资源十分贫乏,广大群众生活能源很大一部分依靠荒漠植被来补充,天然植被遭到很大的破坏,其中柽柳荒漠灌木林受害最为严重。荒漠植被的破坏,导致一些地区风沙、盐碱灾害有增无减,成了直接影响这些地区生产发展和人民生活水平提高的主要障碍。

现实情况要求必须尽快寻找到一种有效的办法,既能在短期内快速绿化流沙地和重盐碱地,改善农田周围的生态环境面貌,促进农业向前发展,又能在短期内基本解决广大群众'烧柴难'的问题。"

这里面提出了两个关键性的,而且还很矛盾的问题:既要快速解决大面积流沙地和重盐碱地红柳植被问题,又要短期内解决广大群众"烧柴难"的问题,而群众所烧的柴火主要就是红柳,因为南疆没有梭梭柴。既要恢复植被,又要提供烧柴,这是不是很矛盾?几千年都没有解决的问题,而现在要"快速""短期内"解决;几千年来都没有什么好办法,却要求现在"必须尽快寻找到一种有效的办法"。

单纯靠人的力量是不可能做到的。但是靠人的智慧,借用大自然的力量是不是能够做到?这就是刘铭庭所考虑的事情。他从低洼处因积水而形成一小片红柳的自然生长,想到了几万亩、几十万亩红柳的自然生长。这就是一个生物科学家,利用自己对沙漠环境和植物的充分了解,所发挥出的超常的想象力。

于是,他继续总结道:"塔里木盆地虽然降水稀少,但盆地四周分布的高山有丰富的积雪,夏季冰雪融化,全年水量的75%集中分布在6~8月三个月内,除满足农业用水需求外,各地均有一部分多余的洪水可供利用。"

在过去三十多年里,刘铭庭对塔里木盆地丰富的柽柳属植物资源进行多学科综合性研究,不仅知道塔里木盆地分布有16种柽柳,而且知道绝大多数为优良的固沙造林树种,其中相当一部分种类还具有很强的抗盐碱特性。在规划和执行治沙项目时,他始终坚持"科研与生产相结合,试验与推广相结合"的原则。

实际上,在刘铭庭科学研究的道路上,不仅仅是这一项,而是他一生都在坚持这个原则,每一项科研成果都和实际运用相结合,都成为防风固沙的有效措施。

通过多年的调查和试验研究,他完全掌握了一套利用夏季多余的洪水,在流沙地和重盐碱地打坝引洪与开沟引洪快速、大面积发展柽柳荒漠灌木林的实用新技术。经过七年的奋斗,策勒、于田、民丰、伽师四县在流沙地和重盐碱地上,通过引洪发展柽柳林4万公顷,取得了令人满意的成果,基本上控制住了风沙盐碱地灾害,生产迅速发展,群众生活得到明显改善,同时还大大缓解了广大群众烧柴难的问题。

伽师县重盐碱地1平方米土层含盐量3%～8%,地下水质15～30g/L的重盐碱地上,七年引洪发展柽柳灌木林6.7万多公顷,通过大面积柽柳林生物排水作用,地下水位两三年普遍下降1米以上,为农业的发展创造了良好的条件。1992年与1985年相比,全县人均粮食由331.5千克提高到503千克,棉花总产由300万千克增加到1850万千克,人均收入由203元增加到700元以上。策勒、于田、民丰三个县,七年中在流沙地引洪发展柽柳荒漠灌木林2.4万公顷,基本上控制了风沙对农田的危害,生态环境面貌发生了很大的变化。现在这三个县在发展生产、提高群众生活水平、增加收入等方面取得了与伽师一样的效果。

针对报告中"通过……生物排水作用,地下水位……普遍下降1米以上"这句话,在这里我要特别解释一下。按照我先前的理解,地下水位下降并不是什么好事情,给人一种地下水缺乏造成干旱加重的感觉,我想如果不是专业人士,一般人都会这样理解的。在请教了刘教授之后,我才理解了它的真正含义。

对于像伽师县这样的重盐碱地区,之所以很多土地都寸草不生,就是因为土地盐碱重,而盐碱重又是因为地下水位高。所谓的地下水都含有高浓度的盐碱,水位一高,这些盐碱就直接到了地面上,我们看到

沙漠之光

许多地方都是白花花的盐碱地，就属于这种情况，所以这种土地上任何植物都不能生长。刘铭庭带领大家利用洪灌技术，发展了大量红柳灌木林，而红柳又是耐盐碱植物，吸收和挥发了大量地下水，通过生物排水作用，地下水位普遍下降1米以上，这样就使原来的盐碱地都变成了良田，所以我们才看到了以上四个县的农业增产和丰收。而且这几个县继续发展洪灌红柳，仅伽师县就发展到100多万亩，四个县共发展300多万亩，这样才使得他们的农业生产一年比一年好，农作物产量也一年比一年高。

为此，刘铭庭还专门做过试验，在他们当初利用洪灌技术成功发展10万亩红柳生态林的地方，他挖了一个坑，挖到68厘米的地方就见水了。三年后他又来到这里，发现他当初挖的那个坑已经干透了，于是就在旁边又挖了一个坑，一直挖到2.8米的地方才见到水，说明这个地方水位比原来下降了2米以上。联合国环境规划署专家来考察的时候，刘铭庭还特意把他们带去看了那两个坑，这就充分说明大力发展红柳对农业生产所起的巨大作用，所有参观人员都为之赞叹。

我们来继续看刘铭庭他们的研究报告："该项目最近几年已在塔里木盆地50个县推广应用，并且很成功。实践证明它是一项投资少、见效快、成林早、效益高，不与农业争水争地，方法简单，广大人民群众乐于接受的实用性很强的发展荒漠林业的新技术。这些年，仅塔里木盆地平原各县，采用此办法，扩大柽柳荒漠灌木林35万公顷，中国甘肃河西走廊的安西、敦煌等地亦在推广此办法，并且取得了实效。此法也可以在世界干旱、半干旱地区，尤其在柽柳属植物分布较多的国家和地区大面积推广应用。"

从以上关于取得成果的总结性报告中，我们还可以看到报告以外的几个数字：1986~1988年四个县的成果是柽柳灌木林30万亩，而后他们利用洪灌技术继续发展,到 1992 年已达到 300 万亩;在同一时期,由于其他县市纷纷效仿,继续扩大战果,整个塔里木盆地已发展到 500 多万亩。种植柽柳不仅全面改变了南疆的生态环境,而且在发展农业生产、改善群众生活上都创造出了极其明显的经济效益。

从古到今,有谁能够在如此短的时间内,在塔克拉玛干沙漠上创造出如此巨大的生态、经济和社会效益?唯有刘铭庭和他的团队。为此,1990 年利用红柳治沙获中国科学院科技进步二等奖,1992 年获国家科技进步三等奖。

刘铭庭他们所创造的这种世界罕见的"荒漠化综合治理模式",不仅在国内连续获奖,而且还得到了联合国环境规划署专家的高度评价。1995 年,联合国在世界各个国家征集治沙先进经验,并首次设立"全球土地退化和荒漠化控制成功业绩奖"。当时刘铭庭报了两项,一项是"引洪灌溉,大面积、快速发展红柳荒漠灌木林技术",这个项目他是第一个完成者;另一项就是策勒防沙综合治理体系,这个项目刘铭庭是主要成员。全世界所有的沙漠国家一共报了 80 项,其中我国选送了 7 项。联合国一共选中 8 项,其中我国 2 项获奖,而这 2 项全是刘铭庭申报的。1997 年,联合国又给刘铭庭个人颁发了"荒漠化治理最佳成果奖"。刘铭庭先后获得联合国 3 次大奖,可以说,在防治荒漠化领域,刘铭庭是全世界获得联合国荒漠化治理奖项最多的科学家。

有趣的是,刘铭庭在 1995 年不仅获得联合国 2 项大奖,同时还获得"刘红柳"这样一个外号。事情大致是这样的,联合国环境规划署考察团团长詹姆斯是一位澳大利亚专家,在带领考察团参观万亩红柳生态林和红柳防护林的路上,刘铭庭就一直不停地给他灌输红柳的知识和红柳的好处。看到刘铭庭对红柳如此痴迷,詹姆斯团长就笑着称他为"刘红柳"。从此,"刘红柳"这个外号就在考察团和联合国环境规划署中叫响了，甚至许多沙漠国家都知道中国有个治沙专家"刘红柳"。

　　随后，对于他们这种利用洪水在流沙地、盐碱地大面积种植红柳灌木林的成功经验，联合国荒漠化治理中心主任卡迪还特意来信说："你们成功的经验将与全球人民共享……"可以说，在红柳的发现和研究成果上，在世界性荒漠化治理上，刘铭庭是独一无二、首屈一指的，他为解决荒漠化问题做出了卓越贡献。

第二章
自古英雄出少年

孤山下的"孩子王"

刘铭庭的家乡在山西省万荣县高村乡南里大队东头村。在山西这片处处是高山峻岭的大地上,他的家乡却处于运城盆地的平原上。但那里还是有一座大山,因为方圆几百里就这一座大山,所以当地人都叫它"孤山",而官方给它起的名字叫"孤峰山",似乎加一个"峰"字使得它更高大、更挺拔。

刘铭庭的家紧靠着孤山,那里属于山区和平原之间的丘陵地带,而这样的地形地貌,既不像太行山区和吕梁山区那样出行艰难,也不像平原上一览无余的单调、乏味。他们那里有山有树有林,有梯田有旱地,所有的路都起伏不平,像丝带一样蜿蜒曲折。因此,那里的景观也更加别致,人们的生活也更加丰富多彩。

孤山离他们村子有 2.5 千米，早先山上有几座庙，村里及外面很远地方的人们都去那里烧香、磕头、拜佛。"文化大革命"期间有人打着"破四旧"的旗号，把庙里许多木头都拆掉扛回家盖了房子，好端端的一座座庙宇被拆得七零八落。改革开放以后，为了发展旅游业，政府不仅修复重建庙宇，还增加了许多旅游景点，现在这座山已成为万荣县有名的旅游景区。

在东头村的西边有一个老四合院，这里就是刘铭庭的老家。可别小看这个四合院，它可是有一百五十多年的历史、五六代人住过的老建筑了，大大小小的房间算起来有 16 间，这座老宅是他的祖上一辈辈传下来的。1933 年 4 月 29 日，刘铭庭就出生在这个老四合院里。刘铭庭还有一个哥哥，叫刘铭鉴，比他整整大九岁。

父亲刘盛江，生于 1906 年；母亲史贪苗，生于 1903 年。母亲比父亲大三岁，当地信奉"女大三抱金砖"的说法。当时的婚姻都是"父母之命，媒妁之言"，由不得自己做主，而且母亲的家境不错，于是就有了这场虽是"捆绑"，但双方都很满意的婚姻。

爷爷是一个本本分分的农民，庄稼活样样都做得了，只可惜在父亲 3 岁时就因病去世了，奶奶没过几天好日子就开始守寡，从此带着父亲开始过起了孤灯冷影的日子。好在奶奶娘家的家境好，因而日子过得殷实，而且还一直供父亲上学。

父亲在本县上完高小后，又到临汾上中师，1928 年中师毕业后便到太原"成成驾校"学驾驶技术。通过两年的艰苦学习，父亲终于于 1929 年顺利毕业，拿到了盼望已久的驾驶证。当时不仅汽车稀少，驾驶员也奇缺，因此驾驶员这一职业在当时收入可观。在中国，20 世纪七八十年代就有"手握方向盘，给个县太爷都不换"的说法，何况是二三十年代。父亲能顺利完成学业，又能从驾校毕业，这是需要一定的经济实力来支撑的,这完全得益于奶奶娘家的支持,可见奶奶娘家的经济实力不一般。

父亲从太原驾校毕业后因成绩优秀留在驾校当教员。1934年,父亲的一名小学同学高虎文在西安市环境电话局当局长,他就让父亲去给他们单位开车,那是电话局的一辆专门为接线、拉线、装运设备而设的工作车。当时像父亲那样做过多年教员、技术熟练的司机很少,何况高虎文和父亲又是同学,因此父亲的待遇很高。

在刘铭庭的印象中,在他的幼年及少年时代,他从来没见过父亲。在1937年以前,父亲从西安回来过几次,但那时他还太小,根本不记事。从1937~1945年的八年间,日本鬼子占领了大半个中国,中国人民与日本侵略者进行了艰苦卓绝的抗战,直到最后胜利。当时的山西和陕西仅隔一条黄河,而山西是敌占区,惨遭日本鬼子蹂躏,陕西却安然无恙,成为抗日的大后方。

在那些年里,父亲不能回家,因邮路不通,他也不能把钱寄回家,何况家人又处在日本鬼子的枪炮之下,不知家里的妻儿生活怎样?他们是否安全?他焦急万分,一有机会就来到位于临潼的风陵渡黄河码头,望着一水之隔的家乡,看着滚滚流淌的黄河水,他百般惆怅、千般挂念,却望河兴叹,无可奈何……

而懵懂年幼的刘铭庭,对父亲当时的心境和自己所处的环境都一无所知,他完全沉浸在童年的天真和快乐之中。虽然当时家里没有了父亲这一重要经济来源,但由于刘铭庭的两个舅舅家境都很殷实,在他们的资助下,日子还过得去。似乎这已经是他们家的传统,一旦遇到生活危机,便依靠母亲的娘家人来度过危机,他的奶奶当年是如此,现在他和哥哥、母亲还是如此。

刘铭庭6岁那年就开始上学了。不是因为他特别聪明,而是因为他太调皮了。小小年纪就爬墙上瓦，下河洗澡、摸鱼，没有什么事情是他不敢干的。母亲怕他有危险，但又管不住，无可奈何之下，没到上学年龄就把他送到学校，目的就是让学校来管他。

小时候的刘铭庭顽皮、淘气是出了名的。他从小就精力旺盛，身体素质特别好，精力似乎无处发泄似的，没有一刻消停。他什么事情都敢干，都带头干，虽然他比别人年龄小，却是"孩子王"，是大家的头，那些比他大许多的孩子都跟在他的屁股后面。

他身体灵活，弹跳力强。在他10多岁的时候，一般的房子他在一定距离加速之后，蹬着墙壁手抓房檐就能爬上屋顶，村里那些又高又大的杨树、槐树、臭椿树、柿子树等，没有他上不去的，能爬的树都让他爬遍了，各种鸟窝也让他掏遍了，他经常带着小伙伴们烧鸟蛋吃。村里许多人家的枣子成熟的时候，村民拿长竿子往下打，高处的枣子竿子够不着，看着那些又红又大的枣子谁也没办法。这时候刘铭庭上阵了，虽然枣树上有刺，但是他敏捷的身体总是能巧妙地躲过，能够着的他就摘下来装在口袋里，够不着的他就用棍子打落在地留给主人，然后把摘的枣子分给小伙伴们，小伙伴们对他佩服得五体投地。

他们那里是丘陵地带，那些梯田的田埂上长着柿子树和枣树，最难爬的就数皂角树了。皂角树不仅高大，而且上面的刺又粗又硬。如果说枣树上的刺像针，那么皂角树的刺就像锥子，扎一下就让人受不了，如果爬不好挂到刺上是要人命的。刘铭庭性格倔强，荣誉感强，谁说哪棵树不能爬他就偏去爬哪棵树。有人就说，你敢爬刘春江园里那棵皂角树我就服你，于是他就爬上了那棵最难爬的大皂角树。

从小就是这样，刘铭庭喜欢干那些别人不愿干、不敢干的事情。不单是爬树，比如没人敢抓的蛇他敢抓，没人敢过的河他敢过，甚至没人敢捅的马蜂窝他也敢捅，被马蜂蜇得鼻青脸肿他也不在乎。他就是喜

第二章 自古英雄出少年

欢干那种带有挑战性的事情,他的内心深处已经有了一种英雄主义情怀。

可以说,村里的各种果子成熟了,最先享受的是他们这群少年,无论是梨还是枣、杏、柿子,什么成熟就吃什么,每次都是他领头。他们那里的柿子特别有名,而且大都生长在野外的田埂上,一般难爬的树,除了刘铭庭基本没人敢上。于是,刘铭庭就负责从树上摘柿子,其他小伙伴负责在地边挖洞捂柿子,等柿子捂好了,刘铭庭就和他们共同享用。

刘铭庭开始上学的时候,由于村里上学的孩子少,班上只有十二个学生,而且还分三个年级。学生年龄有大有小,大的有十三四岁,小的只有七八岁,当时刘铭庭是班里最小的,刚刚6岁。

那时候,他们上学没有什么正式课本,平时他们就用阎锡山时期的课本,日本人一来他们就改用日本人的课本,日本人一走他们马上又换回来,刘铭庭当时用的是哥哥的旧课本。

不好好学习的、经常迟到的学生都要罚站、挨板子。所谓的"板子",就是老师专门用来惩罚学生的"戒尺"。老师在犯错误的学生手掌心上连打五下,许多学生受不了疼都被打哭了。刘铭庭虽然很调皮,但他学习成绩一直很好,而且还非常守时,从不迟到,因此他从未因不学习或迟到挨过板子。但他也有挨板子的时候,那都是他调皮捣蛋的缘故。他是那种闲不住、好动、一刻也不消停的孩子,坐在他前面和左右两边的同学经常受到他的骚扰,有事没事就被他逗弄。同学们就经常告诉老师,一两次老师就批评他,次数多了他就得挨板子,挨板子的时候他也不哭,有一次手心都被打肿了。

别看他年龄最小,但他身体特别好,不仅跑得最快,而且声音也洪亮,学校每次做操的时候老师都让他做领队,喊操。一群大孩子由一个小孩子领着做操,让人感觉实在是有些滑稽、可笑。

他很小的时候就开始干农活了。他们那里柿子特别多,每年秋天做柿饼是一项很繁重的劳动,如给柿子脱皮、旋柿饼等,他五六岁就会干了。他们那里又是棉花种植大县,各家各户都有纺车、织布机,他七八岁就会纺棉花,帮母亲织布。不是说非得让他干,而是他对什么都好奇,又是个闲不住的孩子,看大人干什么他都想学,而且上手也快,一学就会。

他10岁那年开始学做饭,这可不是因为他想学,而完全是出于责任心。那时候教他们的老师工资由村里出,但每个学生家里要轮流管老师一个星期的饭。有一次正好轮到他们家管饭,眼看到吃午饭的时间了,不知道母亲干什么事去了还没回来,大门锁着他进不去,于是他急了,就翻墙进家了。

他没有做过饭,只是平时看母亲做过面疙瘩汤,就凭记忆做起来。这活虽说看着容易做起来挺难,但总算是做出来了,他还特意在里面放了两个荷包蛋,以弥补他厨艺的不足。正当他提着饭准备翻墙的时候,大门开了,母亲火急火燎地回来了,看到他手里提着准备给老师送去的饭,便揭开看了看,虽说质量不高但也能说得过去,特别是里面还有两个鸡蛋。母亲就笑着点了点他的脑袋,不知是批评还是夸奖地说:"说你调皮也真够调皮的,说你懂事你比谁都懂事。"母亲说着话,满脸洋溢着笑意。

孤山上出产一种叫红荆条的灌木,就跟新疆的红柳条一样,特别有韧性,村民们都用它编筐、菜篮子等各种生活用具。刘铭庭就采来许多红荆条,跟大人学编筐,结果学了没几次就会了,后来他们家用的筐、菜篮子、背篓、大鸡笼等生活用具都是他编的。

孤山上的野生果子品种繁多,最多的是杏子、核桃等,有一种只有孤山才生长的梨树,结的梨特别大,大的有1千克,一般的也有0.5千克。由于它个头大,但水分少、渣子多,不太好吃,因此当地人就叫它"笨梨"。每当那些野果子成熟的时候,刘铭庭就到山上去采摘,家人们每年都能吃到他摘回来的野果子。看到他才十来岁就这么能干,母亲没少夸他。

刘铭庭的抗战和父亲的运输线

那时候,小小年纪的刘铭庭既没有人带领,也没有人动员,完全凭着对日本鬼子的仇恨,自发地参与到抗战的行动中。

离他们村2千米的地方有一个高村乡,日本鬼子要在那里修炮楼,要各村每家都出人。哥哥是家里唯一的劳动力,家里的几亩地全靠哥哥侍弄。这样,刘铭庭便自告奋勇地要求去给日本人修炮楼。母亲考虑反正是给日本人干活,干多干少无所谓,只是顶个人数,就让他去了。别看他个头小、年龄小,但是他身体好,又有劲,人又机灵,出力的活虽然没有别人干得多,但跑腿打杂的事情全是他干。

在向景村修炮楼时有一件事至今想起来还让他心有余悸。事情是这样的:有一天收工的时候,日本人把所有人的干活工具都扣下了,让他们第二天重新带,也不知道日本人要这些工具干什么。当时,一般家庭都很穷,没有多余的工具,人们愤怒不已,但又无可奈何。刘铭庭当时更是气愤难平,就决定把自己的工具偷出来。

当时日本人在炮楼上有岗哨,刘铭庭也看到了堆工具的地方,正当苦于没有机会下手的时候,他看见一辆给鬼子送给养的牛车来了,鬼子的注意力都集中在了这辆车上,他便乘机从工具堆里拿回了自己的工具。可是怎么带出去呢?他又想到了那辆牛车。他就躲在牛车回去的路上,最后终于让那位赶车人帮他把工具带了出去。回来后母亲把他骂得不轻,说是命重要还是一把铁锹重要。当时要是让小鬼子看见,一枪就把你打死了。事后他也很后悔,为了一件工具冒那么大的风险确实有些不值,日本人是什么事情都能干出来的。

那时候日本人在敌占区各个地方搞奴化教育,大力宣传他们所谓的"大日本天皇"。当时县里要举办一个"日语学习班",抽调各个村学校优秀学生去参加,刘铭庭也被选上了,但是他坚决拒绝参加。看着日本人在自己的家乡肆意妄为,他幼小的心灵里充满了对日本侵略者的仇恨。为此,他还成功地进行过一次抗日行动。

有一次,他们的老师高忠义让他和一个比他大两岁的叫杨宗仁的同学到老师家去取戒尺。老师家在另一个村子,距他们学校有三四千米。他们取上戒尺回来的路上看见公路边日本人的电话线断了,一头搭在地上,另一头还在电线杆上。日本人在各个乡村横行霸道,看见不顺眼的就打就骂。他记得很清楚,他给日本人修炮楼的时候挨过日本人的打,因为当时他挖土的速度有点慢,日本人一脚就把他踹倒在地,嘴里还叽里咕噜地骂了半天;还有他冒着生命危险拿回铁锹的事情。这些情景都历历在目。当时他就和杨宗仁商量,为了不让日本人把电话线接上,就把两根电线杆子之间的这段电线掐断,让他们接不起来。杨宗仁有点怕,刘铭庭就给他鼓劲打气,于是两个人就开始干起来。

所谓的电话线就是一根铁丝。手里没有合适的工具,要把这样一根很结实的铁丝折断,实在是一件很不容易的事。于是他们就开始打起了老师那把戒尺的主意,把铁丝一头绕到戒尺上,然后把另一头绕在电线杆上,好在那铁丝不是特别粗,就这样他们硬是把铁丝折断了。除了两头吊在电线杆上的,折断的铁丝足有 40 米长。

杨宗仁说,赶紧把铁丝藏起来。刘铭庭说,如果让日本人找到了又接上,这样就白干了,最好把铁丝带走,让他们找不到。杨宗仁说,这大白天的怎么带?让人发现就麻烦了,要是让日本人发现,连命都没有了。刘铭庭一想确实如此。于是他灵机一动,把上衣脱下来,然后抓住铁丝的一头,让杨宗仁拿着铁丝围着他转,把铁丝一圈圈地缠在他的腰上,之后把上衣一穿,什么也看不出来。

看是看不出来,但是很难受。铁丝是硬的,腰是软的,铁丝勒得他很难受,有时候感觉气都喘不上来,就这样他硬是坚持着走回了学校。当时老师就把这节铁丝分成三段,一段20米的他自己留下了,两段10米的刘铭庭和杨宗仁各分一段,他们拿回家后做了晾衣服的绳子。

他们的这种自发的个人抗日行为,后来得到了组织上的认可。在2015年纪念抗日战争胜利七十周年之际,他作为共和国爱国贡献人物,到北京光荣地参加了"中国毛泽东思想学术研究会",他们家的那根当年日本鬼子的电话线,也作为抗战纪念实物被万荣县文物馆收藏起来,并配有文字说明。那节本来10米的铁丝,由于几十年的日晒雨淋,露在外面的全都锈掉了,只有两头屋檐下的两节留下了,全部加起来也只有2米,但这是他当年主动抗日的最好见证。

刘铭庭说,如果他早出生几年,他一定会参加当时活动在太行山区的八路军抗日队伍,也一定会成为一名勇敢的抗日战士。

父亲是个爱国司机,在同一时期,他做过两件对抗战、对国家有贡献的事情。

一次是在1939年。当时苏联支援中国抗日,新疆盛世才由亲苏改为反苏,不让苏联支援的武器装备放在乌鲁木齐,而放在星星峡的戈壁上。国民党就招募司机把这批武器拉回来再运往前线,当时大家都知道去新疆的路不仅远,还特别难走,一路上不是崇山峻岭,就是荒原戈壁,补给困难,路上危险随时都有可能发生。但父亲想,现在是抗战紧要关头,我们为国家做不了更多的事情,但利用我们的技术特长,给抗战运送武器是应该做到的。于是他就积极报名,坚决地参加了这次运输任务。他们组成一个有几十辆汽车的车队,经过来回一个多月的长途跋涉,终于把这批军用物资送到了前线。

还有一次是在1943年,当时滇缅公路已经打通,父亲又积极响应号召,被征集到国民党组织的一个汽车运输队,他们要把一批军用物资送到缅甸抗日前线。父亲依靠熟练的驾驶技术,又一次完成了运送抗日军用物资的任务。特别是经过"24道拐"时的惊险历程,让他终生难忘,这也成为他人生当中一段光荣的历史。

刘铭庭父子虽在不同的地方,但他们都在自觉地用自己的力量尽可能地为抗战做些事情。不仅如此,父亲还为新疆解放做过贡献。

那是1949年的秋天,兰州已经解放。父亲当时去兰州给西安的一个商行拉货,货已装好,正准备返回。这时解放军要解放新疆,向新疆进军,但是他们缺乏运输工具,为了快速赶到新疆,他们就动员这些在兰州的汽车司机,希望他们能把人和武器运到新疆,父亲二话没说就同意了。他把汽车上的物资全部卸下来,放在解放军指定的仓库里,那里有专人看管,他们让父亲放心。

父亲当时给解放军拉的是大炮和炮兵,由一个炮兵营长带领。1949年9月26日,他们刚到哈密就听到消息,新疆已经和平解放。他们本来是要到乌鲁木齐的,然后改道去了南疆拜城,直到一年多之后才回来。解放军对这些支援他们的司机很好,不仅给了他们来回的油资,还给了他们工钱。当刘铭庭父亲回到兰州的时候,他的货物还完好无缺地堆放在仓库里。他装上货以后又赶回西安,当时他是给西安的一家叫"德聚祥"的商行拉货,他们一年多连货带人都没见到,还以为父亲早出事了,他们的一车货肯定也没有了。没想到一年后,父亲竟然把他们的货又拉回来了,那种失而复得的感觉就像白捡了便宜一样令他们十分惊喜。可以说,刘铭庭父亲这样一位爱国司机对国家也是有贡献的。

这种亲人不能相见的日子一直持续到 1945 年 8 月。日本鬼子一投降,西安临潼的风陵渡黄河渡口就开了,整整憋了八年的黄河两岸终于恢复了流通。刘铭庭记得父亲回家的那一天大约是 8 月 20 号,这是刘铭庭从记事起第一次看到父亲。当看到一家人都安然无恙时,父亲那颗悬了八年的心终于放下了。

父亲看到离家时还很小的刘铭庭已经长这么大了,又看到他的各门功课都很优秀,心里很是高兴。但当他看到村里破旧的学校时,父亲决定把刘铭庭带到西安,让他接受好点的教育。在家里住了一段时间后,父亲就带着刘铭庭来到了西安。

会"翻跟头"的小队长

1945 年 9 月初,刘铭庭随父亲来到西安。在过黄河风陵渡渡口的时候,他看到了波涛汹涌、奔腾而下的黄河,这是他第一次看到这么雄伟、这么有气势的场面,这给他留下了深刻的印象。他还不知道,他当时正在沿黄河逆流而上,这成为他最终到达西部大漠的起点。

从偏僻的山区农村来到西安这样一座大城市,一开始西安给了他太多的惊喜和不适应。说惊喜是因为这座城市完全改变了他过去的乡村生活方式,让他有了一种全新的城市生活体验和感受;说不适应是因为他是一个无拘无束野惯了的农村孩子,无论是吃饭、穿衣,还是各种生活习惯都有了根本性的改变,都有了严格的制约。比如说在农村老家的时候,一到夏天,除了在学校,他很少穿鞋子;再比如在乡村的路上他想怎么走就怎么走,甚至他经常不走路专走路边的草地。而在城市就不行了,走马路是有规矩的,再说路两边都是车,都是建筑物,想随意走也走不了。还有早晨要刷牙、晚上要洗脚等,这些都让他难以忍受。

当时的小学仅为1~4年级,而5~6年级叫高小。他当时的成绩在农村还不错,但和城市的学生相比就差一截了。他虽然在家乡已上了五年,但由于没有正规课本,没有规范的教育,而且家乡学校又是几个年级合在一起,老师在一间教室里同时给几个年级上课,互相干扰严重。因此,他当时的学习成绩能达到小学毕业水平,已经是相当不错的了。

来到西安时他是直接从高小上起的,学校是位于西安市北柳巷的一区三校。一开始,刘铭庭性子有所收敛,不敢调皮捣蛋了,面对焕然一新的学习环境和新的同学,他变得老老实实、规规矩矩。

他们班当时有50多人。由于他的动手能力特别强,在班级劳作课上,他所制作的各种学习用具,如铅笔盒、笔罐等都十分精巧;在美术课上,他充分显示出了艺术天赋,他的碳粉画无论画的是人还是物,都十分逼真,每次都受到老师的表扬,为此,班主任还让他当了副班长。

来学校不久,刘铭庭就发现,在他们学校隔壁有一个"三艺社",这是一个专门演秦腔的剧团,他许多同学的父母都在这个剧团里工作。这样他就有机会跟同学来剧团看戏,由于是免票,他就经常来看。可以说,在刘铭庭一生中,他看得最多的戏就是秦腔,而且都集中在那两年。

一段时间后,他对新的环境熟悉和习惯了,便"原形毕露"。不过这时候的他已经不顽皮和淘气了,更多的是对身体过剩精力的消耗。因为学校有许多体育设施,如单杠、双杠、沙坑、篮球场等,过去在农村时他之所以那么喜欢爬树,是因为实在闲得无聊,又没地方去消耗过剩的精力。现在来到城市,有的是让他消耗精力的地方。

当他熟练使用这些体育设施后,便对它们失去了热情,他是那种天

第二章 自古英雄出少年

生喜欢具有挑战性项目的人。在进剧团看戏的过程中,他突然对那些演员翻跟头的动作产生了浓厚的兴趣,看到他们在舞台上流畅地前空翻、后空翻、侧翻,感觉这是一件很有意思、很有挑战性的事情。虽说那都是专业演员经过多年苦练才有的结果,但是他更愿意去尝试这些一般人连想都不敢想的事情。

于是,在课余时间和礼拜天,他就来到学校的沙坑前或草地上,开始苦练翻跟头的技能。开始的时候是很苦的,这种苦不仅仅是出力、流汗,而且经常受伤,不是头碰到地上头皮被蹭烂,就是翻过去后腰和屁股都摔在地上,疼得半天都爬不起来。

剧团里面演员的功夫一般是从小练就的,比如下腰、劈叉等,他们身体的柔韧性是平常人不能比的,何况他们都有专业的老师指导和保护,而像他这样的生手,要想练就专业演员的那般功夫,其难度可想而知。一般人经过几次尝试后便会知难而退,知道不是自己能干的事情就会及时收手。但他不是这样,他不怕苦、不怕累,也不怕摔、不怕伤,总是一边琢磨,一边苦练,一刻也不停息。在那些天里,因为头上的伤没有好,为了不让人发现,他专门买了一顶帽子戴在头上。

练功的难度是不可想象的,但是他的倔强和毅力也是无法改变的。在经过一段时间的苦练后,他竟奇迹般地练成了翻跟头。

此后,他经常在学校的操场上或篮球场上进行翻跟头表演,每次都赢得同学们的齐声喝彩和热烈的掌声。经常是只要他一到操场,同学们就开始向他围拢,请求他表演,他无疑成了同学们关注的焦点和中心。

一个初来乍到的农村孩子,竟然在不长的时间里学会了翻跟头,许多同学都艳羡不已;特别是那些父母在剧团工作的学生,更是感到惊奇和不服气。因为要论学这些功夫,他们有着更加得天独厚的条件,他们不甘落后，也开始练起了翻跟头。毕竟他们受父母熏陶多年，在家有父母的点拨，在学校有刘铭庭的悉心指导和帮助，他们上手就比刘铭庭快多了。

那时候每到课余时间，在学校的操场上，有二三十个学生跟着刘铭庭学翻跟头，围着看的人更多，操场上每天都热闹非凡。知道的是一群孩子为了兴趣和爱好在那里玩耍，不知道的还以为走进了专门教孩子学功夫的学校呢。就这样，一年时间，这些同学跟着刘铭庭都学会了翻跟头。

当时的儿童节是每年的4月4日。在第二年的儿童节前夕，学校让刘铭庭组织一支功夫表演队，并任命他为功夫表演队小队长，让他们儿童节上台表演。刘铭庭就挑选了12名技术好的同学，天天领着他们排练。

儿童节那一天，当报幕员报完节目之后，刘铭庭就领着他的这支功夫表演队上场了。刘铭庭完全是按照正规演出的顺序和要求进行表演的，他们先是分两组从两边侧翻入场，然后又分组进行前空翻、后空翻表演，还有集体表演、单独表演、双人表演等，看得人们眼花缭乱，赢来一阵阵热烈的掌声。在那天的节目里，他们得到的掌声最多。此后，他们的功夫表演就成了学校的保留节目。

第三章
校园里的青春时光

三换门庭的中学时代

　　1947年,刘铭庭从西安市一区三校毕业后,就到西安市民兴中学上中学。一年后,他感觉这不是西安市最好的学校。当时西安市最有名的是中正中学,"中正"二字来自"蒋中正"之名,是得到过蒋介石的认可,由胡宗南手下的一名国民党将领组织创办的。这所学校先前一直在西安市城外,1947年春天搬到城里,刘铭庭想往这所学校转,经过考试后刘铭庭被该校录取了。刘铭庭在这所学校上了一年,1948年5月西安市解放,校长也随蒋介石跑到台湾去了。

　　因和蒋介石反动政权有直接关系,学校被解放军查封了。但是人们对这所学校的教学质量还是高度认可的。当时规定,凡是这所学校的在校学生,无须考试,可以选择到西安市任何一所中学就读。于是刘铭庭就选择了陕西省西安市省立第一中学,这是当时西安市一所有名的重点中学。

刘铭庭的选择无疑是正确的。在这所学校里,他充分掌握中学的基础知识,为进入大学打好了坚实的基础,同时他还接受了进步思想,为他选择今后的人生之路起到了至关重要的作用。

让刘铭庭没有想到的是,在西安市省立第一中学上学期间,他还得到了许多意外的收获,那就是他认识了很多中国共产党领导干部的子女,仅从延安中学转过来的就有三四百名,习仲勋的妹妹习燕英就是其中的一位,而且是他的同班同学。

这些从延安来的学生给他留下了极其深刻的印象:他们学习认真、刻苦,待人接物有礼貌、懂道理,还特别守规矩、守纪律。他们思想先进,眼界开阔,对国际国内形势都有充分的了解;他们一个个都有出色的口才和表演能力,更是让刘铭庭这些本地学生佩服得五体投地。学校组织的乐队、文艺队,成员几乎都是这些从延安来的学生;在经常举行的各种文艺活动中,能上台表演的也是他们,即便是即兴表演,只要点到谁,谁就能立即上来进行表演,似乎他们每个人都有几手绝活。这让刘铭庭深深感受到,大家都是年龄相仿的在校学生,能力竟有这样的天壤之别。在感觉自己与他们存在巨大差距的同时,他们也成为刘铭庭学习的榜样,后来刘铭庭身上所呈现的许多优秀品质,如认真、刻苦、严谨、努力、务实等都与此有关。

出于好奇,在认识和熟悉了习燕英之后,刘铭庭就对习燕英提出想去她家看看的请求,习燕英微笑着爽快地答应了。

一个星期天的下午,刘铭庭按照先前的约定时间来到了习燕英家,她家就在西北军政委员会的院子里。见到刘铭庭后,习燕英就领着他进了大院。经过院里的一棵大树旁时,他看到几个人正围坐在树下下

第三章 校园里的青春时光

象棋,当他看到其中一个身材魁梧的人时,就问习燕英那个人是谁,习燕英告诉他是彭德怀。他当时听了愣了一下,因为彭德怀当时是中共中央西北局第一书记、西北军区司令员、西部军政委员会主席,而且在许多文件、公告和宣传材料中,他都见过这个名字,而且也知道他是当时整个西北最大的领导,今天竟能见到他,他感到很荣幸,觉得来她家很值得,就不由得多看了彭德怀几眼。他看到彭德怀在那里只顾和几个人下棋,很率性地时而开怀大笑,时而紧锁眉头。他感到彭德怀是那么率真和亲切。

还有她的哥哥习仲勋,当她把他领进家门,向哥哥习仲勋介绍刘铭庭时,习仲勋亲切地和他握手,并和蔼地问他学习怎么样,有哪些爱好。他当时很腼腆,很不好意思,不知道如何回答,还是习燕英替他回答的。习燕英告诉哥哥,刘铭庭不但学习好,还是一名体育健将,特别是跟人家剧团学的翻跟头特别好,一点都不比专业演员差。习仲勋听到这里笑了起来,就说,好,很好,将来做演员和运动员都不错。刘铭庭和习燕英都笑了起来,接着,习燕英领着刘铭庭参观她家其他地方去了。

习仲勋当时是中共中央西北局第二书记、西北军政委员会副主席、第一野战军暨西北军区政委。那一天刘铭庭见到了整个西北地区两个最大的领导,可想而知心里有多激动。两位老一辈革命家的生动形象,成为他心中永久的记忆。

在和习燕英的交往中,他还知道了一个地方,那就是位于七贤庄的"八路军办事处"。这里距离他上学的学校仅有一千米,每天上学都要经过这里,但是他始终不知道里面的秘密。有一次,习燕英告诉他,在抗战前后的十多年里,有数以万计的全国各地爱国青年,就是通过这个"八路军办事处"走向革命圣地延安的。那一刻,他对这个"八路军办事处"心生敬意。他当时就想,如果早一点知道这个秘密的话,他一定会对这个地方多加留意和关注。

　　1948年5月西安市解放,为了配合宣传解放军势如破竹,即将解放全国的大好形势,学校组织了美术组,把喜欢美术并具有绘画特长的学生吸收进来。由于刘铭庭有美术天赋,他进入学校美术组,并担任美术组组长。他们经常给学校办连环画画展,出大海报;他们还把连环画和海报贴到大街上,让更多的市民知道中国人民解放军正向全国进军,国民党腐朽政权正面临垮台。当时他们不仅画中国的,还画苏联的,比如苏联卫国战争场景,列宁、斯大林的巨幅画像等。

　　他当时遇到了一个非常好的美术老师,老师非常器重他,他说刘铭庭在美术方面具有灵气和天赋,将来如果往这方面发展必成大器。他还教刘铭庭写得一手宋体美术字,在正式场合、会标、横幅、大标语等都使用这种宋体美术字。

　　当时西安市各个区及各个学校,经常开纪念大会、搞各种庆祝活动,每次遇到这样的情况,刘铭庭都要写很多大幅标语,一年下来,仅刘铭庭写的宋体美术字标语就有几百幅。

　　一次市里搞大型活动,从各个学校抽调人员去帮忙,刘铭庭自然也在被抽调之列。当时刘铭庭专门写字,西安女中的七八个女学生帮他剪字,刘铭庭用尺子和铅笔在大白纸上把宋体美术字写出来,女同学们就用剪刀把这些字剪下来,然后再把这些剪好的美术字用大头针别在红布上,这样一幅标语就制作成功了。当时就刘铭庭一个人写字,七八个女同学剪字都来不及,要知道她们每个人所剪的地方都是刘铭庭用铅笔画过的,可想而知刘铭庭当时美术字写得有多快,技术有多纯熟。

　　就在那次工作中,他认识了杨虎城的小女儿杨拯陆。后来刘铭庭在新疆工作时,听说她于西北大学石油地质系毕业后,也主动要求到新

第三章　校园里的青春时光

疆工作。1958年初春,她担任新疆石油管理局地质勘探队117队队长,在三塘湖地区勘探石油地质时,突然遭遇暴风雪,气温骤降至零下20摄氏度以下,她当时穿得较单薄,不幸被冻,牺牲了,年仅22岁。当听到这个消息后,他心中很是悲伤,为失去这样一位同志感到深深痛惜。

1948年8月到1950年8月,他和习燕英做了两年的同班同学。初中毕业后,习燕英就去西安女中上学了,他选择留在西安的省立第一中学,并在初中升高中的考试中被顺利录取,这就是说,整个初中两年、高中三年,他都是在省立第一中学上的。

两年时间虽短,但习燕英让他知道了许多过去不知道的事情,这给他留下一生难以磨灭的印象。在他的同学中,有许多比和她交往的时间更长的,但能深藏在记忆中,让他始终不能忘怀的只有她一个。

此后他们再没有联系,直到五十多年后的2008年他们才重新联系上,他们都知道了对方的大致情况和经历,她后来在北京师范大学图书馆工作,最后是以一名普通馆员的身份退休的。刘铭庭很有感触地对我说,习燕英的家人从来没有给她半点照顾,她的一生全靠个人努力。那一刻,我们对习仲勋这样的老一辈革命家充满了无限的敬意。

他在西安市上学的几年间,父亲常年在外面跑车,一回到西安就给他一些零花钱,除此之外,他和父亲很少见面。刘铭庭常年住校,除了放假回山西老家看望母亲以外,基本上都在学校。可以说,他自从来到西安以后,一直都是独立生活。

在西安上学期间,他和大哥也见过几次面。当时父亲在电话局给大哥找了份工作,如果大哥在电话局好好干的话,也会有一份不错的固定收入,而且还可以按时退休。可是大哥偏想跟他学开车,父亲考虑开车实在太辛苦,坚决不同意大哥的要求。大哥的性格也挺倔强,他辞去工作,自己到宝鸡的一个驾校学开车,由于国民党军节节败退,驾校不久就自动解散了。丢掉工作的大哥无处可去,只好回到老家,娶妻生子,和母亲以种地为生。

这让刘铭庭感到欣慰,有大哥在母亲身边,他就放心了许多。

兰大的体育骄子

1953年,刘铭庭高中毕业后接着就参加高考,当时没有录取通知书一说,更不可能像现在这样,把录取通知书单独寄给个人。那时候只有一份统一的录取名单,几千名被录取的大学生名字都刊登在《西安日报》上,占了报纸好几个版面。上面字小,密密麻麻的,不仔细看就找不到自己的名字。刘铭庭看第一遍的时候没找到自己的名字,当时还以为自己没被录取,直到第二遍时才看到自己的名字。一看是"兰州大学生物系",他当时高兴坏了,心想,只要能上大学,不管他什么专业。

省立第一中学是西安市重点中学,录取率高是自然的,这一点刘铭庭毫不怀疑。后来了解,省立第一中学不是录取率达到多少,而是100%录取,不仅他们这一届如此,而且前几届和后几届都是如此。因此,只要中考能考进省立第一中学,就等于迈进了大学的门槛,刘铭庭还为自己先前的担心感到有点可笑。

当时没有自己填志愿一说,全部是国家统一分配,让你学什么就学什么。刘铭庭对我说,其实想起来觉得这样也挺好的,省去了许多烦恼,大家都是国家的人,国家让干什么就干什么,特别是上大学还不用花一分钱,最后国家还分配工作,这是多好的事情啊!心里只有满足和光荣,没有丝毫的怨言。而且那时候人的思想也很单纯,都以响应国家号召为重,很少有人去考虑个人的爱好,觉得国家给你分了什么专业,那就是国家需要这方面的人才,没有什么可挑三拣四的,一切服从国家分配,祖国需要我干什么就去干什么。

刘铭庭又开始沿黄河逆流而上,向人生理想慢慢靠近。他清楚地记得到达兰州的时间是 1953 年 9 月 1 日,这是学校给他们规定的报到时间。来到兰州大学后,当时兰大生物系只有动物和植物专业,最后学校给他分的是植物专业。

在大学一二年级的时候,大家上的都是基础课,直到大三、大四的时候他们才开始分方向发展。他们大学快毕业时,生物系又增加了地植物学和植物生理学两个专业,但这似乎已经与他没什么关系了。

在大学期间,他不但基础课学得扎实,而且在体育方面也有了更全面的发展,这与他良好的身体素质和潜藏的体育天赋有直接的关系。他从小爬遍村里最难爬的树,蹬着墙就能上房,在西安学会翻跟头,这些都说明他具有体育方面的潜质,当然,这跟他自己的勤学苦练也不无关系。

他在省立第一中学上学的时候,就已经是学校的体育明星了。他爱好广泛,特别喜欢各种体育运动,当时一中的高中篮球队"西河队"、田径队他都是主力队员。他的臂力特别强,一般人扔手榴弹也就是 30～40 米,能过 50 米的极少,而他却能扔出 57 米,垒球能扔出 60 多米。由于他弹跳力特别好,在 1952 年西安市第一届学生运动会上,他在撑竿跳高中获得第一名。

他的精力特别旺盛,从不知疲倦,身上总有使不完的劲。他一直没有丢掉翻跟头的功夫,在学校的操场上、篮球场上及垒球场上,他时不时地就来几个前空翻或后空翻。特别是在篮球或垒球进球的时候,他随即就来个空翻,以表达庆贺和激动的心情,每次都能引来周围看球的同学一阵喝彩。有时候同学们还吆喝着请他专门进行表演,一般情况下他觉得不好意思,感觉一群人围着他像耍猴似的,很快就溜走了。但在特殊情况下,他不得不满足他们的需求,比如他想走却走不了,总是有同学堵住他,特别是一些女同学,这时候他就不得不表演了,演一种还不行,只有把他会的都演遍了,同学们才放他走。

其实同学们都看过他表演翻跟头,因为从初中到高中,他的翻跟头一直是学校的保留节目,在高小他领着一群同学表演,初中以后大家都各奔东西了,也就只能是他一个人表演了。每次学校开联欢会或文艺晚会,都安排他表演这个节目。

看过是看过,只是这个节目大家都爱看,百看不厌,因为它不像唱歌跳舞,稍加练习谁都能来几下子,翻跟头不是谁都能来的,这是真功夫,看着也特别带劲、过瘾,特别是他能干专业演员干的事情,大家就觉得很新奇,每次看都觉得新鲜。

刘铭庭进入大学以后,不仅是篮球、垒球代表队的主力队员,而且还加入了田径代表队和体操代表队。加入田径队是因为他的撑竿跳高曾拿过西安市学生运动会的第一名,进入田径队可以说是再自然不过了的;而加入学校的体操代表队就有点意思了,有点歪打正着的味道,因为他完全是凭着翻跟头的本事进去的,而且很快就成为体操队的主力队员。

经过一段时间的磨合和考量,他根据自身的优势和条件,对今后的体育运动做了有选择性的定位,他决定该放弃的放弃,该重点发展的重点发展。比如说篮球,在初高中时期,大家个子都不是太高,完全凭的是实力和技术。他身体强健,能跑能抢,运球技术也好,充分显示了他的优势。然而在大学就不行了,他虽然仍具有这些优势,但球队挑选的几乎都是大个子,而他身高只有 1.66 米,这一点他明显处于弱势;虽然他弹跳力好,但他始终被大个子们压着,想跳也跳不起来,一个篮板球都抢不上。手里拿不上球,再能跑、再能跳又有什么用?于是,他就主动退出了篮球代表队。他根据自己身体素质好,轻巧、敏捷,弹跳力和爆发力强等特点,决定今后主要往田径方面发展。至于垒球和体操,因这些都属于集体项目,重在参与,也不作为个人重点发展方向。

在田径方面除保留原来的撑竿跳高以外,又增加了跳远和三级跳远两项,因为这些都和他的身体素质有直接关系。此后,除必须参加的集体体育项目以外,他把主要精力和业余时间都用在了他的优势运动项目上。

他的选择无疑是正确的。由于他及时转变方向,加上勤学苦练,在当年的全校大学生运动会上,他在撑竿跳高、跳远和三级跳远三项比赛中均获第一名。不仅如此,在此后三年里,每次都是他一个人包揽这三项冠军,以至于在后来的许多年,在兰大的学弟学妹中间还流传着他的传奇故事。每当有人偶尔得个冠军沾沾自喜的时候,就有人说,要是刘铭庭还在的话,你一个也别想得。

刘铭庭也为得到这些荣誉和成绩感到光荣与骄傲,大学毕业那年,他穿着运动装,挂着 12 块奖牌,专门到照相馆里照了张相。这是他青春的印迹,是他大学时代的纪念,是他心中永远都抹不去的记忆。直到今天,当 88 岁的刘铭庭看着这张照片时,眼里仍然充满着对那段美好生活的无限怀念。

喜忧参半的考察实习

在兰州大学上大二的时候,他还做了两件感到骄傲的事情,那就是他为兰大生物系采集到了两个珍稀标本。

那是在1954年,他们去甘肃天水的武山考察实习,那一次的主要任务是采集昆虫和动物标本。有一天,在武山的一条深谷里采集标本的时候,在一个小山坡前,他发现了一个蛇洞。当时一条毒蛇正在吃一个癞蛤蟆,毒蛇的整个身子都在洞里,癞蛤蟆已被毒蛇吞进去一半,就剩下癞蛤蟆的大屁股和蛇头留在洞外。毒蛇想把癞蛤蟆拖进洞里,无奈洞口太小,癞蛤蟆的屁股太大,它怎么也拖不进去。

刘铭庭教授告诉我,蛇的吞咽能力是极强的,比它食道大几倍的动物它都能吞下去,像这样的情况,只要给它一定的时间,它就能慢慢地把癞蛤蟆吞下去。刘铭庭看到这是一个难得的机会,于是就用随身携带的长钳子,把毒蛇的头部死死地夹住,然后把毒蛇打死了,以它们的这种原始形态制作成标本。这不仅是两种动物标本,而且是非常生动、形象的动物食物链标本。可以说,这样的标本是可遇不可求的,是极其珍贵的。

还是那次考察实习,在一个僻静的山坳处,有一片很美的野花丛。正在他欣赏之际,突然在花丛中出现了一只硕大的凤蝶,他一看,这又是一个绝好的标本,就想一定要把它采集到手,于是他就在那片花丛里追逐起蝴蝶来。蝴蝶上下飞舞,他根本抓不到,但是他始终不放弃,还是拼命地追。追了很长时间后,蝴蝶被他追急了,就离开平坦的花丛,开始往有沟沟坎坎的地方飞,可刘铭庭还是不放弃,仍然拼命地追,一次次摔倒,一次次爬起来继续追,幸亏这蝴蝶上下翻飞的速度不是太快,一直没有离开他的视线。就这样追了一个多小时,蝴蝶可能是太累了,就落在一丛灌木上休息,刘铭庭感到这是唯一的机会,因为他也累得不行了,如果再逮不住,他没有力气再追了。于是他就脱下上衣,突然猛扑上去,蝴蝶终于成了瓮中之鳖。

第三章 校园里的青春时光

其实当他扑上去的时候，如果蝴蝶飞不出去，它就在劫难逃了，因为当刘铭庭的身体压上去的时候，它即便不被刘铭庭的身体压死，也会让那些灌木上的枝条挤死。你想蝴蝶那样极其单薄的身体怎能经得住这样的挤压？果然不出所料，当刘铭庭小心翼翼地移开身体的时候，那只蝴蝶已经掉在灌木的下面不动弹了。

刘铭庭就这样又得到了一个绝好的标本。经测量，那只大凤蝶的直径整整10厘米，像这样大的凤蝶标本是极其稀少的。直到现在，刘铭庭的那两个标本还放在兰大生物系标本室里，只是人们在欣赏的时候，很少有人知道这背后的故事。

在考察实习的过程中，他们也遇到过危险，1954年的那次陕西太白山考察，他们就连续遇到两次危险。

海拔3771.2米的太白山素有"太白积雪六月天"之说。那里气候变幻无常，看见云就有雨，山下山花烂漫，山上寒气逼人。上去的时候他们是集体行动，他们一边上山，一边采集各种植物标本，因此走得很慢。第三天的时候，那天晚上他们正好住在半山腰上，傍晚的时候还是晴朗的天，半夜的时候突然下起了大暴雨。

他们住在一间年久失修的旧房子里，隆隆的雷声和猛烈的暴雨让同学们心惊肉跳，谁都不敢入睡，都在静待雨停和天亮。突然间，屋顶开始漏雨，一股雨水冲了下来，紧接着一块屋顶开始塌陷，雨水和着泥巴、砖瓦一起往下掉，屋顶很快就出现了一个大窟窿。同学们都吓坏了，带队老师急了，立即高喊道："同学们，快往外跑！"于是，同学们一个个争先恐后地开始往外跑。有一个同学在门口摔倒了，大家都从他身上踩过去。到了外面清点人数时，发现少了一个叫郭春海的同学。大家赶紧回头找，到了门口时发现他还趴在大门口的地上，当时他已经被踩得神志不清了，几个人忙把他抬了过来，好一会儿他才清醒。虽然

沙漠之光

只是一场虚惊,但给每个同学留下了一次面对生死的体验。

事后有同学故意问郭春海:"你当时不往外跑,趴在地上做什么?"郭春海很生气地说:"我哪里有机会爬起来?清醒的时候我倒想起来,可你们一个个都从我身上过,我哪里爬得起来?我已经被你们踩晕了。"同学们一个个都想笑,但看到他生气的样子都不敢笑,但还是有同学憋不住笑了出来,结果大家全都笑起来,有的甚至笑得弯了腰,笑得流出了眼泪。最后他自己也很无奈,跟着大家苦笑起来。

他们整整花了六天时间才到达山顶,下来的时候刘铭庭和另外一个同学结伴,一天就回到了山下,其他同学都是第二天才回到山下的,可见他的速度之快。

那次考察回来的路上他们遇到了一次真正的危险,事情经过大致是这样的:

在考察完太白山之后,他们就开始返回学校。他们是坐火车回来的,当火车行驶到甘肃境内一个叫甘草店的地方时,由于洪水把铁轨下面的路基冲垮了,有一截铁轨下面整个都是空的,当他们乘坐的火车经过此处时,在火车车头过去之后,第一节车厢和车头分离了,整个一节车厢都栽下了轨道,造成了后面的车厢连续侧翻、出轨等不同程度的事故。当时受损最严重的就是第一节卧铺车厢,那里面坐的都是换班休息的乘务员,他们没有丝毫的防备,整个车厢一头栽下去了,当时就死了好几个人,其他人都受了重伤。靠前的几节车厢也都有人受伤,但大多是轻伤。

当时刘铭庭他们就在靠前的车厢里,他们都受伤了,但并无大碍。看到前面的车厢损失惨重,刘铭庭急忙带着几个身体好的同学前去抢险、救援,直到把所有的伤员都运送到安全地带。事后,为了表达对兰大同学们的感谢,兰州铁路局还专门到兰州大学进行了慰问,并向他们

第三章 校园里的青春时光

赠送了一面锦旗。

那次太白山考察之行是他们终生难忘的,连续两次遇到危险,可以说这对他们的心理是一次冲击,也许正是因为有了这样的人生经历和考验,他们很快成熟起来,更好地面对未来和人生。

第四章
西部的召唤

到祖国最需要的地方去！

塔克拉玛干是世界第二大流动性沙漠，人们称它为"死亡之海"，它可以吞噬一切。在过去的几千年里，它毁灭了多个人类文明和家园，埋藏了多个王国和城堡。而红柳能与之抗衡，在恶劣条件下能创造生命奇迹。但由于人们的过度砍伐和破坏，风沙更加肆无忌惮，开始了它向现代人类文明挑战的步伐。为此，刘铭庭不惜倾注一生对风沙进行研究。

刘铭庭出生于山西省万荣县，中学就读于陕西省西安市省立一中，大学毕业于兰州大学生物系植物专业。按理说无论如何他和新疆，和塔克拉玛干都扯不上关系，而事实上他却在这片西部大地上奋斗了一生。这一切都源于大学期间他参加的一次在新疆的实习和

第四章 西部的召唤

考察。

1956年,兰大生物系老师张鹏云,带刘铭庭他们到新疆进行了为期一个月的生产实习。他们是从兰州坐火车到酒泉,然后又从酒泉乘坐一辆敞篷的苏联嘎斯汽车去的。当时那里没有一条像样的路,全是尘土飞扬的土路,路上的尘土有40~50厘米厚,而且还非常颠簸,他们全身上下都堆积了一层厚厚的尘土,一个个好像刚从地里钻出来似的;下车的时候互相都不认识了,只看见露出的两排白牙和两个眼珠子在转,大家都互相问,你是谁?只有说话了才知道是谁。但是大家都非常高兴,笑得特别开心。

当时实习的地点是新疆尉犁县孔雀河沿岸的阿克苏甫村,主要是考察植物、气候、土壤。那里位于塔里木河下游,红柳特别多,分布在孔雀河和塔里木河两岸。在课堂上,张鹏云老师给他们讲过很多关于红柳知识,刘铭庭对红柳并不陌生。当时正是红柳开花的季节,在那极其荒凉的沙漠、戈壁上,看着那一片片火红火红的红柳,他当时就喜欢上了这种既坚硬又有柔性的植物,他对新疆有了感情,对红柳、对沙漠产生了浓厚的兴趣。他觉得他的未来、他的事业,就应该像这些红柳的花一样,在这浩瀚的塔克拉玛干沙漠里盛开。他当时采集了许多红柳植物标本,一直珍藏在身边。

刘铭庭性情温和,性格开朗豁达,但在随性的外表下,却藏着一颗无比坚毅和强大的内心。他有着极好的身体素质和强健的体魄,在大学的历届运动会上,他的跳远、三级跳远和撑竿跳高始终都是第一名,是学校纪录保持者,许多老师和同学都建议他往体育方面发展,将来必有前途,但他只是不置可否地笑笑。

刘铭庭的内心是极其深远的,他有着远大理想和抱负,他的志向在浩渺的天地之间,他的诗和远方在苍茫的大漠戈壁中。他认为,要想成就一番事业，就要响应党的号召，到最艰苦的地方去，到祖国最需要的地方去。新疆还很落后，那里需要开发，那里更需要人才，只有在那里才能最大限度地发挥人才的作用。他觉得，他强健而充满力量的身体，都是为那里准备的。

1957年八九月是他们的毕业分配时间，为了能投身沙漠，实现愿望，他提前三个月于5月14日，就给时任国家高教部部长的杨秀峰写了一封信，信是这样写的："敬爱的杨部长，我以激动的心情，向您写这封信。我是兰大生物系应届毕业生，在毕业前夕，我坚决要求组织把我分配到祖国最艰苦、最需要的地方去，把我分配到祖国的边疆去，我要把自己的青春献给社会主义最壮丽的事业……"

杨部长很快就回信了，对他的精神给予了高度赞扬，并表示他们将给兰州大学分配委员会打招呼，希望在分配的时候能照顾他的志愿。同时又把信转给了兰州大学党委，兰州大学把他的信刊登在第51期校刊上，这封信当时在兰大引起了很大的反响，现在这封信珍藏在兰州大学的档案馆里。就这样，他如愿以偿地来到了新疆，成为百万支边大军中的一员。

"青年渠"上的"修渠大王"

他来到中科院新疆分院报到的日子是1957年9月1日。而1956年筹备成立的新疆分院，当时只有三个人，一个是王震将军带过来的，叫谷包，是兰大历史系毕业的，担任分院副院长；另外两个一个是中山大学地理系毕业的，一个是南京林学院毕业的。分院院长由省领导兼任，当时的新疆分院几乎是一副空架子。1957年倒是从南京大学分来了五个地理系大学生，但考虑到新疆没有老师带他们，就

第四章　西部的召唤

让他们继续留在南京,由中科院江苏生态地理研究所代培,直到1958年春天才过来。1957年的新疆分院,所有的工作人员和后勤服务人员,一共只有14个人。可以说,刘铭庭在新疆分院算得上是元老级别的人物了。

刚到新疆分院的刘铭庭,当时既没有老师带,也没有具体的工作,每天只能到图书馆查查资料,看看专业书籍,感觉浑身是劲就是没地方使。一心来到新疆想干一番事业的刘铭庭,面对这样的情况,内心很是焦急。

仅仅过了两个来月,当从《新疆日报》上看到自治区团委发出全市青年义务参加修建"青年渠"的倡议后,他感到无比的兴奋和激动,他感觉自己终于有了用武之地,于是第一个向分院报名,请求加入修建"青年渠"的劳动行列。

"青年渠"位于原乌鲁木齐河的最上游,从南山山口到乌拉泊水库,全程32千米。原来的乌鲁木齐河没有正规渠道,顺着老河道自然流淌,先到乌拉泊水库,又到红雁池水库,然后顺着老河滩(现为河滩公路)一路向东北方向胡乱流淌。王震将军带领解放军进疆后,在五家渠一带开办了30万亩农场,为了解决农场用水问题,就带领几千名解放军官兵修建了"和平渠"。"和平渠"从红雁池水库入口,到五家渠"猛进水库"(现为青博格达湖)结束,全程41千米。"青年渠"在最上游,"和平渠"在最下游。如果将"和平渠"再进行细分的话,从红雁池水库到黑山头为市区部分,主要为盛世才、陶峙岳修建,全长11千米;从黑山头到五家渠"猛进水库"为30千米,全部为开挖新渠,为王震将军带领部队修建。

自治区团委发出倡议后,各单位积极响应,新疆分院也报名全员参加。当时考虑到各单位既要参加修渠,又不能丢下本单位工作,再说一次去多了人工地也施展不开,于是就决定,凡参与修渠人员分期分批上,每批只干一个月,一共分为五期五批。刘铭庭好不容易盼来的"活动筋骨"的时间才只有一个月,感觉很不过瘾,于是坚决要求连干五期五个月,直到"青年渠"修建完成。

当时全市第一批参与修渠的人员有1万多人,被编成几个大队和若干个中队,分散在32千米的修渠工地上。他们文教系统包括卫生、教育、文化、科研等单位修渠人员被编成了文教中队,总共600多人。当时看到他工作积极,热情高涨,中队就给他安排了个小队长职务,让他带领分院和另外一个小单位一共十几个人干活。

当时是11月份,天冷得特别早,过了10月中旬就下起了头场雪,进入11月份已是天寒地冻,"青年渠"又是在更加寒冷的天山脚下,这里进入冬季更早,几乎要比山下平原地区提前一个月。

他们前两批的主要任务是挖渠,挖渠在整个修渠工作中是最繁重、艰巨的工作。当时冻土层已经达到30厘米,那里的戈壁下面都是石头,土质十分坚硬,在这种又冻又硬石头又多的戈壁上要挖两米多深的渠道,那种艰辛可想而知。当时没有任何机械设备,全凭人力挖掘,他们所能使用的工具主要就是十字镐、铁锹、钢钎、大锤等,十字镐挖下去火星乱冒,整个手臂被震得发麻,地上却只留下一个白点子。他们就这样一点一点地完全凭人力进行挖掘。几天之后,许多人的虎口都被震开裂了,包扎伤口的纱布被渗出的血染红,但是他们还是坚持干着。

刘铭庭自然是他们小队最能干的人,尽管他力气大、有耐力,干的时间比别人长,出的力也比别人多,但成果不大。他感觉这样干,付出和收获很不对称,不是办法,于是他就开始试验其他施工办法。他想,现在最令人头痛的就是上面30厘米的冻土层,如果能解决这个问题就等于所有问题都迎刃而解。他是一个只要遇到问题就要用科学的方法去解决的人,他一生都是如此,否则他也不会有那么多的科研成果。于是他发明了"内部深挖拓展技术"。

所谓的深挖技术主要就是绕开上面的冻土层,把主要精力和时间放在深挖和内部拓展上。先是在上面用十字镐挖,十字镐够不上的就用钢钎挖,主要目的就是把这个坑挖深挖大。等到坑里能下去两个人或四个人的时候,就分成两组分别往两个方向挖,而其他人就在坑上面把从坑里面挖出来的土运到更远的地方去。等到下面的坑挖得足够大,两边的冻土层都成了一层空壳的时候,再用大铁锤把两边的冻土层砸塌,然后继续往两边延伸。

这样挖渠的速度不仅快了许多倍,而且每个人都各有分工。由于下面的人要把土扔到渠上面,特别吃力特别累,于是刘铭庭就把所有人分成三个小组,每个小组每次 10 分钟,轮换着下去挖土,这样就始终保持着快速掘进。

通过这样改进之后,他们就成了进度最快的小组。其他小组看见后也学习他们的方法,于是,整个中队都向他们学习。大队知道后,又让各中队派人来学习他们的经验,很快,他们的方法开始在整个大队中应用。

当第一期结束的时候,他被大队评为"青年突击手"。他们分院包括所有后勤人员,一共来了 9 个人,其他 8 个人都回去了,就是他坚决不回,坚持留下来继续干。当时号召知识分子要"又红又专",他觉得这是锻炼意志和品质的最好机会,这里是苦,是累,可是不苦不累要我来做什么?他怎么能放弃这样好的机会呢?于是他坚决留了下来。

当第二期开始的时候,他已经变成了副中队长。当时一个普通中队有 120 人左右,相当于一个连队,由一个中队长和一个副中队长共同管理。凡担任副中队长以上职务的都是脱产的,主要做管理和协调工作,只要把队伍带好就行了。可是他从不脱产,每次分任务的时候都给自己也分一份。当时他们的大队长兼党支部书记是自治区团委的组织部长部,叫张昌荣。大队长就对他说,你不用亲自劳动,只要把大家带好就行。可他说,你给我脱产的权利,但是我不脱产,脱产了以后就慢慢脱离群众了,我必须给他们做出样子来。你只有比他们干得多,干得好,他们才会服你。于是在繁重的修渠劳动中,他的能干是出了名的。每一期结束的时候都要进行评比,结果每一期他都是劳动模范,都是"青年突击手",渠上的每一项劳动纪录都是他创造的。

通过第一期和第二期的艰苦努力,大家终于把大渠的挖土工程完成了,大渠的形状、轮廓也出来了。第三期的任务主要就是捡石头,为后面的铺渠做好充分准备。

到第三期的时候,刘铭庭已经是文教中队的中队长。当时捡石头也有很严格的要求,不要长的,不要方的,也不要圆的,只要扁的。当时国家物资紧张,没有水泥,既要渠道结实,又不用水泥填缝,于是人们就发明了这种干铺卵石的方法。用石头一层一层地压过去,只有扁的才能压得住,其他形状的都压不住,所以这就给捡石头增加了极大的难度。

乌鲁木齐河两岸石头最多。因为河水把土和沙子都冲走了,剩下的全是石头。他们很快就把河这边的石头都捡完了,但距离完成任务还差得很远,如果要想尽快完成任务,就只有把河对岸的石头也捡过来。

当时天气十分寒冷,河水也流得很急,河道宽的地方有10多米,窄的地方也有6~7米,人根本没办法过去,大家都在纷纷想办法。这时候二医院的一名工作人员找来一根椽子,开始往河对岸搭,结果没搭稳,让河水冲走了。刘铭庭一看就急了,忙跳进水里,把椽子抢了回来。

第四章 西部的召唤

二医院的那名同志也非常勇敢,也跳进水里,和刘铭庭一起把那根椽子搭好。他俩干脆就站在水里了,让岸上的人迅速拿来三根椽子,他们把桥搭好后才回到岸上。

那天,他们在寒冷的河水里待了有20多分钟,当时气温在零下十几摄氏度,河水更是冰冷刺骨,但是他们硬是坚持把桥搭成后才回到岸上。他们一出水,腿上的衣服立即结成了冰,腿成了直腿,走不了路,他们只好把裤腿上的冰敲掉后才回到帐篷。他们换上干衣服后,立即加入捡石头的劳动队伍中。在大家的共同努力下,终于顺利地完成了捡石头的任务。

为此,《新疆日报》记者萧冰以他们在冰水中搭桥的事迹写了一篇通讯,以《自豪吧,年轻人!》为题,刊登在1958年1月24日的《新疆日报》上。

第四期的时候刘铭庭仍然担任文教中队队长,这一期的主要任务是铺渠,后面第五期的任务也是铺渠。其实第三期快结束的时候,大家就已经开始为第四期铺渠做准备了。当时大队让每个中队选派两名工作较固定人员,去水利厅工地铺渠师傅那里学两天铺渠技术。刘铭庭考虑自己反正是不会走的,属于长期的固定人员,就去学了。

结果两天还没学完,他就成了铺渠师傅。他既有力气,手又灵巧,又有眼力。铺渠的快慢主要在于眼力,既要看好位置的大小,又要迅速找到合适的石头。刘铭庭在石头堆里一眼就能看准哪块石头合适,一次成功。因此,他铺得又快又好,就连教他的铺渠师傅都自愧不如。

铺渠中,他带领的中队每次都超额完成任务,成为全大队学习的榜样,每天都受到大队长的表扬。之所以取得如此成绩主要有两个原因:一是刘铭庭铺渠的速度特别快,比如规定每人每天铺卵石渠道3平方米,他一天竟铺了60多平方米,是规定任务的20多倍,他成了全大队赫赫有名的"修渠大王";二是他亲自干,带头干,而且还比别人干得多,他的精神极大地鼓舞了其他人,于是大家都拼命地干,形成了一种你追我赶,不甘落后的气氛。

为了表彰他们中队的突出表现,大队专门奖励他们文教中队一面写着"保尔·柯察金中队"的大红旗,他们中队就成了"青年渠"上有名的"保尔·柯察金中队"。奥斯特洛夫斯基是那个时代年轻人的榜样,他不仅是苏联年轻人的杰出代表,他的精神与事迹也激励和鼓舞了中国的几代年轻人,他的自传体小说《钢铁是怎样炼成的》在那个时代影响了大量的年轻人。因此每天看着这面代表着至高荣誉的红旗在工地上飘扬,文教中队青年们斗志高涨。

大队长和刘铭庭已经相处几个月了,对刘铭庭也有了深入的了解。一天晚上他找到刘铭庭,恳切地说:"我看你各方面都很优秀。如果你愿意的话,明天早晨大队开会,我就宣布你各方面表现突出,批准你火线入党。"刘铭庭犹豫了半天后才对大队长说:"你让我先考虑一晚上再说。"

其实他当时那么拼命地干活,并不是为了入党。他当时想的就是,要在劳动中锻炼自己的筋骨,磨炼自己的意志,为将来到沙漠里工作做好充分准备。他想,要在这种极其繁重的高强度劳动中,出过大力、流过大汗,吃更多的苦,干更多的活,受更多的累,这样将来才有能力去应对沙漠中更加残酷的环境,将来无论遇到什么样的困难,他才有能力、有信心去战胜。至于入党,他觉得这是一件严肃、神圣的事情,这一直是他的梦想,但是如果就这样入党的话,他觉得太快、太突然了。他觉得自己还没有经过党的考验,不知道够不够一个共产党员的标准,他甚至还想别人会不会说他这么拼命地干活就是为了入党。他坚信:凭着他的实干精神,凭着他对党的绝对忠诚,入党是早晚的事。于是他决

第四章 西部的召唤

定,还是缓一缓。

第二天早晨,当他把这个决定告诉大队长的时候,大队长觉得很惋惜,许多同事也说他太过认真,有些迂腐,就这样错过了一次绝好的入党机会。也许正是他的这种严谨、认真、执着的精神,才让他的事业有后来的成就。

到了第五期,刘铭庭还是不脱产,始终战斗在第一线。可以说,像他这样从头干到尾,既当领导,又亲自参加干活,而且还比别人干得多的,在五批5万多人中间唯有他一人。一般人干完一期就回去了,也有从头干到尾的领导,但他们都不亲自参加干活,只负责指挥和协调。刘铭庭付出了比别人多几倍的辛苦和汗水,他是中队长,早晨要比别人早起,因为他要叫大家起床、洗脸、吃饭;晚上要比别人晚睡,别人吃完晚饭就睡觉了,他还要到大队去开会,还要考虑第二天的任务,怎么分工,怎么干;干活的时候他要检查、指导,遇到问题还要处理、解决;同时还要完成自己的任务,而且还要比别人干得多。

从第一期到第五期,期期都是"青年突击手",每样劳动纪录都是刘铭庭创造的。从小到大,无论干什么,他都是这样,从不计较个人得失,从不计算自己的付出,总是拿出自己最大的能力,争取最好的成绩。他唯一在乎的就是自己是否已经尽了最大的努力,取得了最大的效益,他天生就是这样一个人。

他一直干到大渠完工。1958年五四青年节,那天举行"青年渠"全面建成、开闸放水仪式。正好碰上苏联的一个青年代表团也来参加"青年渠"放水仪式,给这个具有历史意义的节日增添了特殊意义和纪念意义。当大渠开闸放水的那一刻,望着欢快跳跃、奔涌而下的渠水,站在渠两岸的万余名建设者欢呼雀跃,那欢乐的声音和热烈的气氛在戈壁荒原上久久地回荡……刘铭庭至今想起那一幕还记忆犹新,心情激动，他的思绪仿佛回到了那激情燃烧的岁月。

走进沙漠，开启治沙人生新起点

1958年5月，他刚刚结束长达半年之久的极其繁重的修渠劳动，回到单位还没有来得及休息，分院又让他以治沙组成员的身份参加了由中科院组织的"新疆综合考察队"考察工作。

其实"新疆综合考察队"对新疆的综合考察从1956年就开始了，一直到1960年结束。他们的主要任务就是对新疆做一个全面、系统的综合考察，为下一步制订沙漠治理方案做准备。他们不仅对新疆，还对内蒙古、甘肃等沙漠地区也进行了考察，目的就是先摸情况，再进行有针对性的治理。

这次综合考察队集中了各方面的专业人才，主要对南疆整个塔里木盆地的气象、动物、植物、地质、土壤改良、地形地貌等进行全方位的综合考察。其中苏联专家16人，包括2名院士和他们的助手；中科院专家18名，包括3名院士和助手；新疆分院有5人参加。加上司机、炊事员及有关工作人员，总计有100多人。所有人员及勘察设备、粮食、蔬菜、帐篷等，整整装了20辆汽车，形成一支浩浩荡荡的队伍。

他们是在1958年5月出发的，先在吐鲁番盆地进行考察。刘铭庭记得很清楚，当他们到托克逊的时候，当时的托克逊县委书记铁木尔·达瓦买提热情接待了考察队；到六七月份的时候，他们到了巴州的焉耆盆地，接着他们又到了库尔勒、阿克苏等地。刘铭庭是治沙组的，他的主要工作就是发现、采集和研究各种治沙植物标本，为将来在治沙中的实际应用做准备。

1959年他又参加了中科院的"塔里木东部沙漠考察队"，他们在刚

第四章 西部的召唤

刚开春的3月就出发了,因为这次考察时间长、项目多、任务重,他们在冬天就做好了准备。

考察队一共十几个人,几乎每个专业都有,但学植物的就他一个,他的主要任务还是采集、研究优良固沙植物标本,为今后治沙做准备。

他们从库尔勒出发,最开始从尉犁,沿孔雀河、塔里木河下游走到阿拉干,再向南走到若羌、且末。当时若羌到且末没有公路,特别难走,他们的车辆是当时的苏联嘎斯车,那些没有经过人工修筑,纯属自然形成的路面,不仅特别颠簸,还经常被迫停车,要么就是车陷在泥坑里出不来,要么就是路被洪水冲断过不去。遇到第一种情况,他们就全员下车,想办法把车推过去;遇到第二种情况,他们就要把那一段路修好,而刚修好的路面特别虚,走不好还会陷进去,他们还要砍来大量的植被垫在上面,然后才能勉强过去,他们就是这样走走停停。

那一路都是荒原戈壁的无人区,他们基本上是在野外宿营,生活特别艰苦。由于长期洗不上澡,他们的身上都长满了虱子,他们经常进行抓虱子比赛,看谁抓的多。有一回,他在一个背心里就抓了90多个虱子,当了一次抓虱子冠军。

那一次考察用了半年多时间,一直到10月份他们才回到库尔勒,等于走了五分之二个塔里木盆地,直到年底才回到乌鲁木齐。通过那次考察,他的收获是巨大的,他不仅对那一带各方面情况都比较熟悉了,还采集到了大量固沙植物标本,对他选择、研究优良固沙品种,培育优良固沙植物,建设吐鲁番沙生植物园都起到了重要作用。而且就是在那次考察中,他发现了极其珍贵的塔克拉玛干柽柳。他刚回到乌鲁木齐不久,又一次参加了修建"和平渠"的劳动,并被任命为文教卫生中队长,这个在后面再进行讲述。

1960年,中国科学院在南疆成立了莎车治沙站(研究站),他自告

沙漠之光

奋勇地去那里工作，从此开始了他的治沙事业。

治沙站位于莎车县团结公社的沙漠边缘地带。当时莎车站有他们新疆分院3个人，还有兰州沙漠研究所3个人，一共6个人。他们的主要工作就是详细调查风沙的成因、各种危害情况，并制订出相应的有针对性的治沙方案，帮助当地群众防沙治沙，积累针对各种风沙危害的治理方案和经验。

那里风口的沙丘特别多，且每年都在不断前移，再往前就是居民点和农田，那里有几千人和几万亩土地。肆虐的风沙不仅给当地的农业生产带来极大的危害和损失，而且已经严重威胁到了当地百姓的生命安全。因此，固沙治沙，防止沙漠继续前移成了他们的当务之急。

面对这种情况，刘铭庭和治沙站的同事们帮他们制订治沙方案。在当时既没有红柳苗子也没有其他灌木苗子的情况下，最好的办法就是设置各种固沙屏障，防止风沙继续前移。但是团结公社从来没有搞过沙障，必须依靠治沙站的科研人员带领他们一起干。于是，刘铭庭就主动承担起这一任务。

在1960年入冬的时候，利用冬闲，刘铭庭就开始帮助团结公社制作沙障。他带领村民们先是到各处去割芦苇、割野草，然后把它们一车车拉回来，用芦苇和野草在所有的风口处做成方格沙障，终于把那一片危害最严重的风口堵住了。

就在他帮助村民们制作沙障最紧张的时候，所里来电话让他速速回去，说党支部要讨论、研究他的入党问题。他当时想，我入党是为什么，不就是为老百姓做事吗？是我个人入党重要，还是帮老百姓干事重要？我总不能因为自己入党而把老百姓的事情撂下不管吧？因此他就没有回去，等他12月份回去的时候已时过境迁，虽然没能入党，但他并不后悔。

第四章 西部的召唤

在莎车治沙站短短一年时间里,刘铭庭和当地的老乡关系处得非常好。他是个闲不住的人,他不但帮他们治沙,还帮他们夏收、浇水、堵水口子。有一次大渠开口子,他帮他们整整干了一夜。

就在那一年的九十月,他又参加了由兰州沙漠研究所所长朱振达率领的"中科院塔西南考察队",对克里雅河(于田河)流域进行为期两个月的考察。

那次他们是沿克里雅河往塔克拉玛干沙漠腹地进发的,那里根本没有路,汽车是行不了的。于是他们就雇了25匹骆驼,带上行李、仪器开始沿克里雅河往沙漠深处进发,因为只有沿河才有水源,他们每次考察都是如此。那次随行的还有新华社的两名记者,一位是文字记者叫宋政厚,后任新华社新疆分社社长,他曾为刘铭庭写过四篇治沙报道;还有一位是摄影记者,叫敏富全。

克里雅河的源头是昆仑山,在19世纪的时候,它穿过整个塔克拉玛干沙漠,最后汇入塔里木河。现在这条河只能到达沙漠的中心位置,横穿整个塔克拉玛干沙漠是400千米,也就是说这条河只能到达200千米一个叫"卡拉丹"的地方。

就在他们沿克里雅河往沙漠里行进过程中,刘铭庭发现这条河的两岸普遍生长着他在1959年发现的塔克拉玛干柽柳,这为他后来研究塔克拉玛干柽柳的分布情况提供了重要依据。

他们一边走一边对沿途环境进行详细考察,因此速度十分缓慢。经过二十多天的行走,他们终于到达距离于田县200多千米的塔克拉玛干中心地带,他们在这里看到了一个"沙漠中的原始部落",这可以说是在刘铭庭近几年的连续考察中,印象最深、最有故事性的一次考察。

生活在这里的人们还基本处在原始状态,他们仍然以物易物,每户人家相距一般为几十千米，最近的也有十几千米，最远的也有一百多千米，他们之间一般很少往来，村民祖祖辈辈都没有去过县城，这里就是后来的于田县达里雅布依乡。

达里雅布依是克里雅河中下游的统称，汉语译作"大河沿"，有沿河而居的意思。达里雅布依人又被称作克里雅人，是沿河两岸居住的游牧者。克里雅河，维吾尔语意为"漂移不定的河"，它发源于昆仑山脉的乌斯腾格山北坡，全长530千米。人们摸不透它的秉性，它随心所欲地在沙漠里穿流，像一条丝带一样蜿蜒曲折，河道两岸茂密的胡杨林沧桑古朴，形成了一条东西宽9~16千米（最宽处96千米），南北长365千米的绿色长廊，沿途分布着天然胡杨林120万亩，河尾处3.2万平方千米的绿色三角洲就是达里雅布依绿洲。

这是世界上罕见的绿色长廊和神奇的沙漠绿洲，这条河是可以在这片沙漠生存的唯一希望。克里雅河深入塔克拉玛干沙漠腹地，最后消失在达里雅布依附近的浩瀚沙漠之中。

达里雅布依位于克里雅河下游，在塔克拉玛干沙漠腹地约240千米处，这里不仅有美丽独特的自然景观，还有神秘罕见的人文古迹。古代，沿克里雅河向北，纵贯塔克拉玛干沙漠的古道能通往龟兹，沿途有驿站、驿道和居民。现在发现的喀拉墩、丹丹乌里克、玛坚勒克等古代城郭遗址，曾经都是古代交通要道上的重镇。

据经常来这里的向导介绍，久居大漠深处的达里雅布依人家，一片胡杨林、一群羊、一口水窖，就是他们生存的需求和追求。依托河曲间一片茂密的胡杨林，他们的房子用胡杨做桩、用红柳排扎而成，墙体涂抹草泥，房顶铺以较厚的芦苇，用一根粗大的胡杨木对开之后做成房门，胡杨木和黏土垒成四五十厘米的台子，再铺上毛毡就是床了。由于风沙的侵蚀，大多数房屋墙泥脱落，看似一排排篱笆墙。

在考察中,刘铭庭他们还经过几户无人在家的人家,他们看到,在房子的前院,一根胡杨木搭在大门两边,木头上搭着一块旧毡子。向导说,他们这是在告诉来人主人不在,房门都没有上锁,胡杨木门虚掩着遮挡风沙,来人需要什么只管自取,只是走时要把门关好,把胡杨木和旧毛毡搭好。如果行人赶路热了,脱掉外衣放在路边,返回时也绝不会丢失。这里还保持着达里雅布依人夜不闭户、路不拾遗的古朴民风。

达里雅布依人没有定居的概念,河水流到哪里他们就迁移到哪里,胡杨树生长在哪儿他们就住在哪儿。达里雅布依人追随克里雅河生活,因为有河水的地方才有牧草,牧草养育了羊群也就等于养育了他们,因为他们唯一的劳动技能就是放牧。

这里每户人家都有5000~8000亩草场,他们放牧也极其简单,把羊放到草场上,羊儿们饿了吃草,渴了就去克里雅河饮水,如果不变天,羊都不需要赶回羊圈。刘铭庭他们看到确实如此,羊都是自由自在地觅食,没看到一个牧羊人跟随。

虽然河水已经断流,为了省去重新盖房、搬家的麻烦,也有一部分人不愿搬走。那里有他们的一大片胡杨林,河水虽然已到不了那里,但是在春天,洪水都流到了胡杨林里,因此那里的水草依然很茂盛。他们就在胡杨林里放牧,他们在那里打井,虽然上面的河水断流了,但地下水还很丰富,往下挖一两米就有水,他们就是这样生活。当井水也打不出水来的时候,他们也就不得不向南迁移。

关于达里雅布依人的来历有三种说法,第一种说法是他们是西藏阿里古格王朝的后裔,为躲避战乱翻越昆仑山进入这片绿洲的;第二种说法是他们就是这里的沙漠土著民族;第三种说法极富传奇色彩,即达里雅布依人是一千年前神秘消失的古楼兰人的一支。根据刘铭庭他们的观察,从长相、服饰特征来看,他们和于田人基本是一样的,没有显著的不同。

　　历史上克里雅河横穿塔克拉玛干沙漠,据说当时人们从昆仑山上开采出的大块和田玉料,就是从于田上船,通过克里雅河运到龟兹,再从龟兹沿丝绸之路东运至全国各地。

　　考察队沿河往塔克拉玛干沙漠行走,到达沙漠中心的时候,河水就消失了,他们也就停止前进了。因为没有水就没有了生存保障,他们也就不敢再往前走了。

　　在那片沙漠中心有好几座故城,都是达里雅布依人生活过的地方,最有名的是一个叫"卡拉丹"的故城。但刘铭庭他们看到的是,这里早已被风沙淹没,只有许多散落的胡杨树桩,显露着达里雅布依人曾经在这里生活的遗迹。由于河水断流,达雅布依人又继续向南迁移至大河沿乡,那里遗迹很多,有房屋,有残破的墙壁,还有磨面的石磨等,后来也被风沙埋掉了,最后他们被政府整体搬迁到离县城90千米的地方。

　　过去他们一直和外界没有联系,过着极其封闭的生活,也不知道外面都发生了什么。1953年的时候,于田县政府拿着粮食来慰问他们,他们还以为是国民党的部队,吓得到处躲藏,不知道早已解放了。

　　从1958年到1960年的三年间,刘铭庭连续参加了三次沙漠考察工作,不仅围着塔里木盆地绕了一圈,还深入塔克拉玛干沙漠腹地。这些考察活动使他对整个塔克拉玛干沙漠有了整体了解,特别是充分了解了各种治沙植物,这些对他后来的治沙工作,以及对优良治沙植物的选择、采集、培育和应用都起到了极其重要的作用。

第五章
"和平渠"上的爱情之花

从江南水乡到西部新疆

当刘铭庭怀揣着远大的理想和抱负,投身到塔克拉玛干大沙漠里,立志改变新疆沙漠环境的时候,他不知道此时还有一个人也怀着"支援边疆、建设新疆"的崇高理想,从南国的水乡来到了西部新疆,她就是和他结为终身伴侣的储惠芳。

1938年2月7日,储惠芳出生于江苏泰州漆潼镇。那是一个典型的水乡,四处都是小桥流水、小船游弋、杨柳轻拂、清波荡漾。她的童年、少年就是在这样一个美丽的江北小镇度过的。

1956年,她于漆潼镇初中毕业,因她姑奶的家在扬州,于是在当年的9月她考进了扬州卫校,这所学校就是后来的扬州医学院。

由于聪明好学,她当时的学习成绩特别优秀。初中毕业时,老师就跟她做工作,让她继续上高中,将来一定能考上大学。但是她为了给家里减轻负担,想早日工作,就选择了不但不花钱,还管吃管住、给补助金、包分配的中专学校。

她在扬州卫校学了三年,于1959年7月毕业。当时新疆正在江苏、安徽、山东、湖南、湖北等省份大量招收支边青年,特别是对各个学校有较高文化程度的青年更是情有独钟,各大中专院校、中学都收到了这样的通知,扬州卫校自然也不例外。于是,"到边疆去""到新疆去""到祖国最需要的地方去"成为那个时代最响亮的口号,也成为百万有志青年对人生价值的一种追求。

扬州卫校在1954年就有一批毕业生到新疆工作,学校还将他们在新疆的事迹广为宣传,同时还放了一部叫《护士日记》的电影,内容是一名护士主动到新疆工作,如何帮助当地群众看病救人,很是感人。作为同行,同学们都受到很大的感染,心情都很激动。

于是,"到新疆去""到祖国最需要的地方去"就成了储惠芳当时的坚定选择。当她回去和家人商量的时候,父母都不同意,看到她情绪有些低落,父亲就稍作缓和地说:"如果学校非要你去你就去,如果没有要求你去千万不要主动要求去。"她当时没有说什么,但是心里早就有了主意。

当时还有很多关于新疆生活的传言:那里没有水、没有盐、没有路、没有车,也没有房子,住的都是羊圈,天天和马牛羊住在一起。出行都是骑马、骑骆驼,那里还过着原始生活,生活非常艰苦。但是这些没有动摇她的想法,反而使她更加向往那里的生活。回到学校后,她就立即向学校打了报告,自然很快就得到了批准。

那一次,他们学校共有15名同学被批准。1959年,他们一同加入了浩浩荡荡的百万支边大军。想到新疆没有水,她们就提前把所有的

第五章 "和平渠"上的爱情之花

衣服都洗干净,叠好放好,还带了几包盐。当他们戴着红花,上了火车,踏上西行的漫漫路途时,一个个都掩饰不住内心的激动和自豪,因为他们第一次坐火车,第一次走这么远的路,他们当时都有一种"八千里路云和月""英雄出征不回还"的感慨和豪情。

当时火车只通到尾亚,然后坐汽车一路颠簸一路尘土地来到乌鲁木齐。他们当时都分在新疆卫生厅工作,储惠芳被分到卫生厅直属的"健康委员会"科室。经过几天的休整和适应之后,他们发现这里并不像传说的那么可怕,这里不仅有水、有电、有房子,而且还有他们从来都没有住过的楼房,她们三个人住一个宿舍,既宽敞又干净。特别是生活还非常好,米面肉蛋,要什么有什么,还天天变着花样,早餐最为丰盛,花卷、馒头、油条、鸡蛋,甚至还有现烤的烧饼。

她们原本是打算来吃苦的,也做好了吃苦受罪的充分准备,却不承想一下进了天堂,这让她们一个个都有些始料未及。她们一个个都面露喜悦地诉说着自己的感受,庆幸和失望的成分到底哪个多一些呢?我想从他们喜悦的表情中自然可以分辨出来,因为没有几个人愿意放着好日子不过去自讨苦吃的。

但是,几个月后他们被编入医疗队,下到南疆农村,他们立即就知道了什么叫贫困、艰难和落后了,也深刻地体验了比他们想象中还要艰苦的生活。

他们来到阿克苏,这里是一个地区级机关,按道理应该有起码的接待条件,可是没有。没有招待所、没有床,把机关办公桌临时搬到一起,摆成一排,晚上他们就睡在办公桌上。早晨还要早早起来,把各自的行李捆好集中在一个不显眼的角落里,因为白天办公桌要用来办公。这就不说了,关键是晚上的臭虫多,把人咬得根本睡不成觉。伙食也不好,一人一碗菜汤、一个馍馍,或者一份大锅煮的白菜、一个窝窝头,再没有什么其他花样。

　　第二天，他们五人一组来到农村，看到老百姓的生活就更苦了，相比之下，他们在阿克苏的生活算是很好的了。他们到农村去坐的都是马车，一路上飞扬的尘土让他们眼睛都睁不开。他们在给老乡看病做调查的时候，看到他们都穿得破烂不堪，屋子里的炕上除了一块毛毡和一床破被子以外，几乎什么都没有。吃午饭的时候，全家人围在一个大木盆前，每人用一个木勺子喝木盆里面的"乌麻斯"（维吾尔语，面糊糊的意思），里面看不见一个面疙瘩、一片菜叶，只是放了些盐。即便如此，还不能保证一年四季一天三顿，夏天的时候一天三顿，冬天的时候一天只有中、晚两顿。为了让鞋子穿得更长久一些，老百姓在家里一般都舍不得穿鞋，只有外出逛巴扎（维吾尔语：集市）或走亲戚的时候才穿，而且在路上还不穿，把鞋子搭在肩上，到了地方才穿上。

　　储惠芳他们虽然生活也很艰苦，吃得很差，但还能保证每顿都吃饱，和那些老乡相比，他们的生活就好多了。因此，他们都很满足，没有一个人叫苦。

　　在用听诊器给老乡听诊或给他们扎针的时候，衣服一揭开，身上的虱子白花花一片，虱子从领口往外爬，他们没事的时候经常坐在墙根下抓虱子。经过详细调查，那里的妇女病特别多，大多是子宫下垂，主要原因是结婚次数多，生孩子多。

　　那次医疗队下乡的南疆之行，在短短三个月的巡诊调查中，他们对基层群众的疾苦和病痛都有了深入的了解，这对他们每个人的思想都有很大的触动，储惠芳有了更深刻的体会和感受，她对今后的生活有了更加坚定的信心。今后无论遇到怎样的困难，她都有信心和能力去战胜。

第五章 "和平渠"上的爱情之花

"和平渠"上的爱情之花

1959年10月底,乌鲁木齐市"和平渠"改建工程开工,自治区给乌鲁木齐市所属各单位都分配了修渠任务。文教系统直接点名把刘铭庭从分院叫去,又一次让他担任文教中队长,带领该系统所有修渠人员完成修渠任务。这是因为1957年11月~1958年5月,在修建"青年渠"的六个月劳动中,他的吃苦能干和修渠技术好出了名。在那次修渠中,他创造的各项劳动纪录至今没有人能够打破,而且带领的文教中队还获得了"保尔·柯察金中队"荣誉称号。名声在外,这次修渠任务的领队也就非他莫属了。于是,他便成了文教中队长。

那时候,储惠芳他们的医疗队也从南疆回到卫生厅不久,卫生厅也接到了乌鲁木齐"和平渠"开始动工修建的通知,还像1957年修建"青年渠"一样,整个文教系统组织一个中队,并由卫生厅选派一名医务人员,作为随队医生。储惠芳听到消息后,立即向领导提出申请,要求前去参加,领导看她积极热情,就同意了她的请求。就这样,她如愿地来到了"和平渠"建筑工地,做了一名随队医生。那时她还不知道,有一个人正在"和平渠"的工地上等着她,他就是刘铭庭。

当储惠芳在文教中队驻地第一次见到刘铭庭的时候,他衣着随便,很不讲究,怎么看都不像个搞科研的知识分子。

那时候,储惠芳背着个药箱子,经常到工地上转,遇到磕磕碰碰的、头疼脑热的,她好及时包扎救治,在工地上时常看到刘铭庭,越看他越不像个领导和知识分子。因为中队长一般是不干活的,可是他比任何人干得都快、都好,而且干得还最多。他看着特别憨厚、实在,一副傻乎乎的样子,干活特别卖力,跟头"老黄牛"似的。那时在工地的驻地前有一块黑板,每天都要登记劳动成绩最好的前十名名单,储惠芳每次看到他都是第一名,而且后面的都和他差距很大,每天的劳动纪录都是他打破的。在刘铭庭的带动下,文教中队的劳动进度在整个大队始终排名第一。

开始的时候她对他根本没有感觉,觉得没有哪个女孩子会喜欢上这样衣着不讲究的男人。但刘铭庭带有传奇色彩的修渠故事,和他吃苦、能干的工作精神深深吸引着她,使她对他产生了一种好奇和想更多了解他的心理。

随着时间的推移和更多的接触,她对他排斥的心理逐渐减少,对他的好感在逐步增加。他的憨厚实在和做事认真,让她觉得这是个靠得住的人;他在劳动中的拼命精神和顽强意志,以及他那种从不计较个人得失,总是以大局为重的胸怀,又让她觉得这是一个能成就一番事业的人。关于他的不讲究穿着,她就想,不能要求一个人十全十美,他天生就是那样的,也说明他是个不虚伪、不会刻意掩饰自己、不为别人的喜好改变自己的人。他就像一个透明的人,时刻都把最真实的自己全部展现出来,从这一点上讲,这又是他品质纯洁的一面,于是她把他最大的缺点也变成了优点。

她这样想之后,渐渐地对他就有了更多的好感和留意。她觉得一个事业心那么重的人,那么辛苦,那么劳累,身边应该有个人来关心他、照顾他,让他有一个可靠安全的后方,有一个能让他得到慰藉的地方,让他一心一意地去干事业。于是她在心里就对他有了一种不能言说的情愫,她看到他每次都回来得很晚,感觉特别的辛苦。她甚至想,她会不会就是那个能给他安全大后方的人。

而当时的刘铭庭对储惠芳也是如此。开始的时候他对储惠芳没有特别留意,因为他向来就是个心粗的人,他已经26岁了,在那个早婚的

第五章 "和平渠"上的爱情之花

年代可以说是大龄青年了。他是那种只知道一心干事,从不考虑自己,对其他事情都不怎么关心的人,因此他对个人问题从来没有认真考虑过,不知不觉中就到了这个年龄。

但这一次不同往日,他在意了。随着和储惠芳接触的增多,她清秀、白皙的面庞,典型江南女子的贤淑、典雅,以及她对医务工作的认真、负责和悉心,这些都让他对她心生爱慕。在后来的交往中,他强烈的事业心和远大的志向,她的赞赏、鼓励和一般女子少有的宽广胸怀,让他们的心更加一步步贴近。事实上,他们在心里都爱上了对方。

其实爱情这个东西是很奇妙的,当你千方百计四处寻找它的时候,茫茫人海中你寻他不见,当你蓦然回首的时候他就在你身边,这就是人们常说的"缘分"二字。当缘分到了的时候,你挡都挡不住。但是像这样真正靠缘分走在一起的人又有几个?

按理说刘铭庭这样极不讲究穿着的人,可以说没有几个女孩子会看上他,偏偏就有这样一个江南女子爱上了他,你说这不叫缘分叫什么?

从此以后,看到每次都很晚才回来的他,她就让炒菜大师傅在咸菜里多放些油,尽可能地给他多补充一点营养;她还经常把馍馍放在食堂的炉子上烤得黄黄的,让他吃着舒服一些;而他对她也表达着感激之情,并随时问候和关心她。

当乌鲁木齐市"和平渠"改建工程完成后,他们的爱情之花也开始绽放了。那时候的人都很含蓄,很少有现在那种坦率、直接的表达,他们虽然嘴上没有明说,但他们的语言和神情,都说明他们在心里确定了恋爱关系。

大渠修完之后,他就经常去卫生厅看她,一般是在星期天的下午,而且几乎每个星期天都去。在他的人生经历中,除了工作,恐怕再也没有什么事情能够让他如此上心了。

当时卫生厅在乌鲁木齐市山西巷,他们分院在南梁坡,相距有5公里,他每次都是步行去,每次去都在她的宿舍坐一会。他不会谈恋爱,不会表达,也不知道说什么,就在那里傻坐。而且每次去都空着手,从来不知道给她带点什么、买点什么,以表达他的一点心意。关键是他每次去穿得都不讲究,还是他平时穿的那身衣服,随意得很,把他那件平时也穿、干活也穿的黄皮大衣随手就往她的床上一扔。储惠芳和她的同事张文兰同住一室,小张的床上非常干净整洁,有时候他还坐在小张的床上,惹得人家很不高兴。

储惠芳也去过他的宿舍,不知道他的枕巾、床单多久没洗了,已经分不清原来是什么颜色了。就这样,他也敢把储惠芳带来参观他的宿舍,你说他是不是有点傻?是不是有点太实在了?要不然就是老实得有点过头了。

但是,只有她心里知道,他就是那种天生不注意小节的人,而且他对此还毫无意识。他很少给她买东西,不是他小气,而是他根本想不到。但是他对她的真爱,她是真切地感受到的、体会到的。

人没有十全十美的,有长处就必有短处,如果你看重他的长处,那么就不能太在意他的短处。绝大部分女孩子都喜欢追求浪漫情调,并认为那种氛围和过程是人生不可或缺的。但储惠芳偏偏是个实在人,她虽然也在意这种东西,但她更看重一个人的品质和事业心。她认为那些虚的东西随着婚后的漫长生活会随风而去,而人的品质和强烈事业心却是永远不会改变的,那才是最珍贵的东西。她认为,一个人一定要明白心里要的是什么,看重的是什么,这才是最重要的。因此,她始终心无旁骛,丝毫没有受到外来因素的干扰,和刘铭庭依然保持着恋爱关系。

第五章 "和平渠"上的爱情之花

1960年初,储惠芳在卫生厅上班没多久就得了肺结核,先是在结核医院住院,病情稳定之后又转到疗养院。他没有因为她得了肺结核而有丝毫的顾忌和犹豫,还是一如既往地去看她,不仅每个星期天都去,平时只要下午下班没事,他就赶往医院去看她,并对她悉心照顾。这让她心里非常感动,使他们的感情进一步加深,成为他们一生都难忘的记忆。

1960年3月初,新疆分院生态地理研究所在南疆莎车接收了中科院成立的治沙站,在刘铭庭的要求下,领导同意了他到莎车治沙站工作的请求。临行前,他向储惠芳告别,那时储惠芳的病情已大为好转,已经转到了疗养院,只是需要一段时间的恢复和疗养。储惠芳非常支持他到治沙一线去工作,这不仅是他战斗在治沙一线的开始,也是他们聚少离多日子的开始。

1961年春天,刘铭庭在莎车治沙站工作一年后,又奉命调往北疆古尔班通古特沙漠莫索湾治沙站,担任业务负责人。春天的来临,就意味着刘铭庭又要到沙漠里征战。后来在新疆科学分院生地所里流传着这样一句话:"治沙人从来看不到乌鲁木齐的绿色。"因为他们出发的时候还是春寒料峭,各种花草树木没有发芽;入冬前回来的时候又是残枝败叶,一片萧瑟和颓废的冬景。

临行前,刘铭庭来向储惠芳告别,她恋恋不舍,想说什么又没说,他也不知道说什么好,既不离去也不说话。

两人沉默了很长时间后,刘铭庭微笑着向她说:"我们结婚吧。今年冬天回来我们就结婚!"这个像榆木疙瘩一样的老实人终于也有憋不住的时候。

储惠芳当时有点吃惊,眼睛直直地看着他,还是没有说话。她只是觉得太突然,还没有反应过来,甚至不知道是在梦中还是在现实中。

刘铭庭看到她的这种表情,感觉自己有点唐突,表情立即凝重起来,他慌忙解释道:"我今年29岁了,马上就30岁了,你也已经24岁了,一想起来就有点着急,就感觉我们都不能耽误了,所以今天就对你说了这个话。你要是不愿意,我们可以再等等。"说完之后,他手足无措地站也不是,坐也不是。

看到一贯大大咧咧的他变得如此拘谨,如此腼腆,还有那副憨态可掬的样子,她突然扑哧一下笑出声来。

其实她等这句话已经很久了,当确定了他真的是在向她求婚的时候,暗自高兴,再看看他那一副傻样,她不由得笑了起来。

他看到她笑,也跟着笑了起来,更多的是他踏实了,心里的一块石头落了地。

按道理,但凡稍稍懂情调的人,在求婚的时候都要有所表示,都会提前准备一件能表达心意的定情之物。可是他什么都没有准备,只有那几句不知想了多久才说出口的大实话。可是就有人不在乎,就有人愿意听他那种没有情调、没有浪漫的大实话。

于是,就在那样一个没有任何仪式、任何礼物,没有任何浪漫气氛的场合中,他们俩就把终身大事定下了。他们什么都没有,有的只是相知相爱的两颗心。

莫索湾的沙漠之恋

1962年初夏,储惠芳专门请假到莫索湾去看刘铭庭。那一次,她在莫索湾待了十来天,就住在他们的办公室里。可以说在他们几十年的婚姻生活中,那是她最快乐的一段日子。

虽然他很忙碌,经常是早晨出去,晚上回来,但也有下午提早回来

第五章 "和平渠"上的爱情之花

的时候。他精力旺盛,不知疲倦,一有时间就带她到处转。沙漠里、红柳旁,他培育的红柳苗圃里,以及附近连队的果园里、林带里、农田里,到处都留下了她难得的笑声和他们欢快的足迹。

那时候麻雀属于"四害"之类,当时的"四害"是老鼠、麻雀、苍蝇和蚊子(后期又将蚊子改为蟑螂),麻雀排在第二位。前两种是破坏粮食生产的不劳而获者,都属于必除之物,后两种属于细菌传播者。

那时候麻雀特别多,晚上刘铭庭就拿上手电筒和布袋子,带她去抓麻雀。麻雀晚上一般待在羊圈、马圈、牛圈的草垛棚子下面,以及无人居住的破旧房子屋檐下。手电光照过去的时候,可以看见到处是黑压压的一片,而且它们还不跑。因为麻雀在晚上是没有视力的,飞出去会被撞死,所以它们不敢飞。白天的时候你连它们一根毛都抓不住,晚上它们就成了任人宰割的瞎子。

他们两个有所分工,刘铭庭专门抓麻雀,储惠芳专门往袋子里面装麻雀。不大一会儿,他们就抓了半袋子麻雀,有时候还能抓些老鸹。那些天,他们天天吃麻雀肉,而且还变着花样吃,油炸麻雀,烧烤麻雀,红烧麻雀、老鸹等,可以说他们一辈子也没吃过那么多的麻雀。同事们都调侃地说,储医生没来的时候,我们一只也吃不上,我们这都是沾了储医生的光啊,以后储医生可要多来啊!储惠芳嘴上虽不说什么,但心里还是感觉挺甜蜜的。那一刻她在心里说,这刘铭庭也不是什么都不懂啊!

那时候刘铭庭和当地的团场、连队的关系都特别好,150团18连离他们治沙站只有一千米。连长听说刘铭庭的对象来了,专门让他们打猎队长给刘铭庭打黄羊和野兔子,每天晚上都要请刘铭庭和储惠芳去吃饭。今天吃黄羊,明天吃野兔子,每天都有野味。不要说储惠芳,就连刘铭庭之前也没有吃过那么多的野味。

沙漠之光

　　刘铭庭和农八师的摄影记者樊乔健关系不错。一个星期天,樊乔健带上照相机专门来给他们夫妻俩照相。他们走进沙漠,爬上沙包,尽情地欣赏着大漠风光,感受着古尔班通古特沙漠的天高地阔和无边无际。她还采了几朵不知名的野花,高高的沙包上、青翠的红柳旁,以及梭梭林里、胡杨树下,到处都留下了她手持野花、脸含笑意的倩影。他们还特意爬上陡峭的沙包顶上,从上往下滑沙子,她平躺在沙子上,随意地跟着沙子顺流而下,她一次次地上下往返,玩得不知疲倦,玩得不亦乐乎。

　　那是她最开心的一天,那段日子也是她感到最愉快的日子。采访的时候,刘铭庭教授有些遗憾地说,她没有跟他到过大城市,她跟他到过的地方全是沙漠。塔里木盆地的塔克拉玛干沙漠,准噶尔盆地的古尔班通古特沙漠,还有吐鲁番盆地的库木塔格沙漠,她都去过。他一生就待在这三个沙漠,他也只能带她到这些地方。但是她很知足,很满足。她说只要有他在,无论在哪里都好。

　　那一次莫索湾之行,储惠芳还跟刘铭庭学了很多沙漠植物知识,他们在沙漠里行走,见到什么刘铭庭就给她介绍什么。比如在沙地上看到一些盛开的野花,刘铭庭就告诉她,它们利用春天的雪水和雨水快速生长,它们从发芽、开花到结果,要在一个月内完成全部生命过程,然后把种子留在沙地上,等待下一次萌发的机会。

　　看到那种既不长叶子也不结果子,枝头上长满绿色长颗粒状东西的碱性植物,他就告诉她,它不长叶子是为了耐旱,减少蒸发量。这种植物的颗粒状的东西有两种功能,一它是绿色的,能代替叶子起光合作用;二它是袋状的,可以起到储存水分的作用,即便几个月不下雨,这种植物也能靠储存的水分活下去。他又找了几种植物让她看,有的叶子很宽很厚,有的叶子就像一根圆圆的绿色棍子。他对她说,它们的形状

第五章 "和平渠"上的爱情之花

虽然不一样,但它们的功能是一样的,都是储存水分。他随手拔下一棵让她试试,她拿在手里感到特别的沉,就跟拿个水袋一样。

看到红柳包,他就告诉她这个红柳包形成有多少年了;看到梭梭,他就告诉她这棵梭梭有多大岁数了,还给她讲梭梭为什么没有叶子,全身都是绿的,那是为了减少风沙的打击,又能起到光合作用;等等。见到什么他就给她讲什么,当然,给她讲得最多的还是他专门研究的红柳。

他给她讲红柳的根部是多么的发达,所有的沙包都是红柳固定住的,而且沙长它也长,沙子永远都不能把它埋住,在所有固沙植物里面,红柳的防风固沙效果是最好的;还给她讲红柳的生命力是多么顽强,它不怕碱、不怕旱、不怕水、不怕风。他还专门把她带到苗圃里,指着他发现的并培育成功的塔克拉玛桱柳苗子说,这种红柳是专门长在风口的流沙上的。为了自身的安全和生存,它的叶子都是包茎的,就是说都是包到枝条上的,这样风沙就伤不着它。刘铭庭还高度赞美红柳:都说胡杨是沙漠里千年不倒的英雄,而胡杨却躲在沙漠中间的低洼处或水土较好的润泽之地,只有红柳最勇敢、最顽强,它总是迎风而上,专门长在风沙最大的地方。所以他说,红柳才是最伟大的,最让人敬佩的。

那一刻储惠芳听得有些陶醉,她甚至差一点为勇敢可爱的红柳流下眼泪,她感觉刘铭庭像一棵勇敢的红柳,专门和沙漠一起生活,同时她还因刘铭庭通过对沙漠植物的研究,对固沙植物有这么深的了解,具有这么丰厚的知识而深深地敬佩他。

通过那一次交谈,他们的感情更加深了,虽然嘴上都没有说什么,但他们在心里都认定了对方。其实根本不用言语表达,从他们情意绵绵的表情中就可以看出,他们步入婚姻殿堂已经是水到渠成、顺理成章的事情了。

就在那年的年底,他从莫索湾回来后不久,他们就结婚了。和一般人相比,如果说他们的求婚过程简单,那他们的结婚过程就更简单了。

没有房子,刘铭庭就向单位借了一间办公室,还只给借三天。没有床,他们就把各自的单人床搬来拼到一起,床还不一样高,刘铭庭就用砖块垫起来衬平,然后把各自的被褥铺上,这就是他们的婚床。没有酒席,也没有仪式,他们买了10千克的喜糖,散发给各自单位的同事们,等于是向大家宣布他们结婚的消息。他们没有添置任何东西,他不讲究,她也不在乎。

三天后,他们又把各自的床、各自的被褥搬回去,又开始过起了单身生活。一场平静的婚礼就算结束了,他又回到了莫索湾,她也回到了单位,过起了和原来没什么两样的单身生活。

他们的生活没有任何变化,一切都回归如初,和结婚之前没有什么区别。唯一的变化就是他们的心,他们的心贴得更近了。他们知道,无论他们是否在一起,他们未来的人生和命运已经紧紧连在一起了。

在采访中,储惠芳微笑着对我说,一般人是不会看上他这样的人的,不讲究穿着不说,心还粗,该表达的时候不会表达,该表现的时候不会表现,不会说甜言蜜语,不会制造浪漫,没有情调。但是她偏偏就喜欢这样的人,因为她自己也是个实在人。她就喜欢他的勤劳、朴素、实在和能吃苦的精神;她知道他对她也特别关心,就是不会表达,他既想不到也做不到,她的心里总还是有那么一点遗憾。

直到1963年,他们终于有了属于他们自己的一间小屋。1964年,当第一个女儿出生的时候,他们取名叫"刘渠花",寓意是"渠上的爱情之花"。孩子长大以后,他们感觉刘渠花的"花"字有点俗,于是就改成了"刘渠华"。但是,这个名字的寓意在他们心里从未改变,它不仅包含着他们那优美的爱情故事,还能让人感受到他们内心深处共同的价值取向和对生命的理解。从此,无论遇到多少艰难困苦、多少煎熬和等待、多少牺牲和付出,他们都无怨无悔,相爱余生。

第六章
在古尔班通古特沙漠里穿行

在莫索湾的风沙中锤炼

1961年3月,中科院新疆生地所把刘铭庭调到莫索湾治沙站担任业务负责人。从1961年3月到1969年3月,刘铭庭在莫索湾站整整进行了八年的治沙工作。

莫索湾治沙站是由中科院1959年筹建,1960年开始投入使用的,当时主要由中科院的两位科研人员在此驻站负责。当莫索湾站运转正常,走向正轨之后,他们要将莫索湾站移交给新疆生地所。刘铭庭是研究固沙植物和防风治沙的,又有几次考察经历和莎车治沙站治沙经验,在当时的新疆治沙队伍里,刘铭庭算是一个比较成熟的专业科研人员了,于是就把他调到莫索湾站担任业务负责人。

中科院的同志将莫索湾站移交给刘铭庭以后就回去了,新疆生地

第六章　在古尔班通古特沙漠里穿行

所又给莫索湾站配备了几个人,莫索湾站的专业人员最初的时候有5人,随着人员的不断增加,后来治沙站的专业人员有6~7人。这里面各种专业的都有,有学农业的,有学林业的,但专门研究治沙植物的只有刘铭庭一人。

在刘铭庭调走的三年后,莎车治沙站也于1964年被撤销。主要原因是莎车距离乌鲁木齐太远,战线拉得太长,而当时的专业人员少,人手特别紧张,就考虑就近在准噶尔和吐鲁番两个盆地建立治沙站。这两个地方都是沙漠地带,也是风沙严重区,治沙站设在这里,一方面便于管理,一方面可以积累治沙经验,待时机成熟再在南疆塔里木盆地设立治沙站。

莫索湾治沙站就在兵团农八师150团最西边三营那地方,位于古尔班通古特沙漠的边缘,当时那里还是一片荒漠,土地还没有开垦出来。往西穿过那片沙漠就是克拉玛依,直线距离只有80千米。

在准噶尔盆地边缘地带的可耕地中,莫索湾那一带的土地是最好、最肥沃的,那里的土地没有盐碱,种什么长什么,只要不受自然灾害特别是风灾的影响,基本可以保证年年丰收。因此,在那里建团最早的148团是兵团有名的样板团场。后来在那里又新建了149团和150团,而150团是建团最晚,也是最靠近沙漠边缘的团场。后来这三个团场成为石河子垦区的经济支柱,不仅在兵团,在新疆,即便在全国,也是机械化程度最高,农业科技应用最广泛,经济效益最好的团场,是全疆的农业机械化示范基地。

但因为那里处在古尔班通古特沙漠边缘地带,风沙灾害极其严重,特别是150团首当其冲。因此,在那里设立治沙站具有特殊的意义,既能保证当地的经济发展,又能面对实际,不断地总结出有效的治沙方案和手段。

当时莫索湾站的主要工作就是帮助地方进行防风固沙工作,针对各种风沙危害制订各种防治措施,并不断积累和总结治沙经验,形成具有推广价值的结论性报告;同时,工作人员根据自己的专业,对莫索湾地区的地情、地貌、各种固沙植物及沙漠的温度、湿度等进行全面、长期的调查,形成具有参考价值和利用价值的数据与结论;而刘铭庭有一项更具体、更繁杂的工作,那就是针对主要固沙植物的采集、培育、繁殖和育苗工作,他当时的主要工作对象就是红柳和梭梭。刘铭庭在采集标本的时候是极其认真的,这已是一种习惯,他不仅把时间、地点、位置都记清楚,还利用画画的特长,把各种标本的枝、叶、花、果等都画下来。

身处沙漠腹地的他们,每天全凭两条腿在沙漠里行走,定期观察、研究主要固沙植物,了解植被分布情况,摸清沙漠周边各种情况,对沙丘的阳坡、背风坡不同时期的水分变化情况进行定时、定点测量,全面掌握。通过一年的全面调查和深入研究,他们对周边沙漠的各种情况都有了基本的了解,于是他们就开始为团场制订防沙固沙方案。

150团当时是新建团场,都是500~1000亩的大条田。像其他团场一样,他们栽种的防风林带特别多,这是兵团团场的一贯作风,但凡有条田的地方就有防风林带,这是因为在规划条田的同时把防风林带也要规划进去。但是每年春天播种后的出苗期,风沙危害严重,经常是各种农作物的苗子刚出来就让风沙打得残缺不全。

这是为什么?可以这样说,他们栽种大量的防风林带是很好的,但对条田以外的地方就不管不问了,这又是很不好的。因为防风林带只能防风,而不能固沙,要做到既防风又固沙,就必须在条田以外的沙漠上大量种植沙漠植被,如栽种大量固沙植物。各种绿色植被固沙,附近的沙子风吹不起来;红柳、梭梭等灌木挡沙,即便从远处吹来的一些沙子也被挡住了;乔木挡风,像杨树、榆树等高大、稠密的防风林带,再大

第六章 在古尔班通古特沙漠里穿行

再猛烈的风到了这里也得来个急刹车,从 5 挡变成 1 挡,要想再刮起来也要到几千米以外了,如果一路都是这样的林带,那风沙也就只能从高处呼啸而过,对地面上的东西就无能为力、影响不大了,听着风声很大,但实际上已经基本上没有什么危害了。因此,只有这样三位一体全面防治,才能彻底解决风沙危害问题,这也是解决风沙危害的长久之计。

刘铭庭就给 150 团的领导们出主意、想办法,反复对他们说,你们光有林带不行,只能防风,不能防沙,还必须有大量的固沙植被和灌木才行,要栽种大量的梭梭林带和红柳林带,这样才能固沙挡沙,并把里面的道理一一讲给他们听。兵团的团场基本上处在沙漠的边缘地带,也是受灾最严重、最频繁的地方,他们对治理风沙向来抱着极大的热情和积极性,他们对刘铭庭的建议极为重视,并全部采纳。当时最为关键的就是没有红柳和梭梭苗子,而且他们也不会育苗,于是刘铭庭就开始加快速度为他们培育梭梭和红柳苗子。

其实,在此之前,刘铭庭还为这项治沙方案做了一件极为关键的工作,那就是他在进行野外跟踪研究的过程中,对沙漠里梭梭下面的水分进行了多地、多次测试,发现这里沙丘 60 厘米以上是干沙层,60 厘米以下水分符合梭梭成活的标准,就是说将梭梭苗栽到 60 厘米以下的沙土里以后,不用浇水就能成活。而那些野外的沙丘上只能种梭梭,不能种红柳,因为红柳是喜水植物,对水的要求较高,红柳必须种在离水源较近的地方,等到一两年后红柳的根部够着地下水,就不用再浇水了。

刘铭庭在刚来的那年就开始育苗了,但当时只是作为科学研究之用,都是小面积试种。他当时正在对红柳和梭梭进行"定点定位跟踪研究",对沙漠里的梭梭和红柳进行长期观察,把它们开花、结果的时间记录下来。

所谓的"定位跟踪研究",主要就是在红柳和梭梭育苗期间,从种下去的那天开始记录,什么时候发芽,什么时候长叶子,每长10厘米需要几天;长到1米,就是长到能栽种的高度需要多长时间,两年有多高等。它的整个生长过程都要详细记录下来。

一般育苗需要一年时间,栽下去以后还要定位,每年都要测量、记录,比如什么时候开花、什么时候结果、一年长多高等。各种乔木、灌木都要记录,治沙站的每个科研人员都有专属的负责对象。刘铭庭主要负责红柳,当时在莫索湾仅他培育的红柳苗子就有7~8种,然后对它们进行长期观察,详细记录它们的生长情况。

在充分掌握了它们的生长习性和规律,并做出结论性的报告之后,就可以在沙漠地区进行重复性的试验工作。

为了增加红柳的育苗品种,他还专门和民丰县尼雅乡尼雅大队的大队长买买提·肉孜联系,请他去沙漠里帮他采集塔克拉玛干柽柳种子。因为1960年他在那里考察的时候,对那一带十分了解,他们大队的河对面全是塔克拉玛干柽柳,但是要过河,距离大队所在地有五六千米。塔克拉玛干柽柳一般在10月份成熟,冬天种子不落,仍可以采集。买买提·肉孜大队长就采了一包塔克拉玛干柽柳种子给他寄来,大概有一千克。

他们是在从民丰到喀什的长途汽车上认识的,买买提·肉孜当时虽然只是一名基层干部,但是他非常有素质和修养,经过一番交谈他们就成了朋友。他们仅是一面之交,能为刘铭庭做这样既麻烦又辛苦的事情,很是难得。也许正因为他有这样的好人品,他当了多年的民丰县县长。后来,刘铭庭到南疆策勒工作时,还专门去看望过他。

一年后的秋天,刘铭庭培育的各种红柳和梭梭苗子都出来了,开始大批地提供给150团使用。150团也按照刘铭庭的治沙方案,在沿线的沙丘上栽种了大量的梭梭和红柳,就这样一年一年地连续发展,几年后的150团,梭梭和红柳就发展到了万余亩。此后,150团再也没有受到风沙的侵害。

为此,150团多年都是全国防风固沙标兵、模范单位,成为整个兵团在治沙方面的一面旗帜。当然,这和刘铭庭他们治沙站的工作是分不开的;在中科院每年冬天的治沙经验交流会上,他们在150团的治沙成果不仅成为总体报告的一部分,而且还形成一份单独印发的典型材料,以供全国治沙经验交流会议的与会者们参考、学习和借鉴。

1961~1968年的八年间,作为治沙站的业务负责人,刘铭庭不仅要管理治沙站的整体工作,还要对自己的课题进行深入研究。那些年,他一心扑在红柳、梭梭等各种治沙植物的培育上,如果要找他,一般在办公室、宿舍里是找不到的,只有在他的试验田里,才能找到他。即便外出,他的心也时时刻刻想着试验田,外出回来后就一头扎进试验田里。因为那里的每一棵红柳、梭梭苗子都是他辛勤培育的,他就像对待他的孩子们一样百般呵护它们。

走向成熟的固沙植物专家

在莫索湾的八年,是他全面走向成熟、走向专业和积累丰富治沙经验的八年,更是他充分掌握各种固沙植物的生活习性、生长规律和利用价值的八年。同时,他分析、研究了南北疆不同的气候、地理、生态等,获得了准确的资料和数据,这为他后来取得治沙研究成果奠定了坚实的基础。

2020年7月9日,也就是他从于田人工大芸基地回到乌鲁木齐的第二天上午,在距离他们分院小区最近的"质量缘"宾馆里,我们就沙漠植物界里的一些优良固沙植物进行了一番交谈,他向我打开了沙漠中从不被人注意的另一扇大门,让我进入一个不为人所知的奇妙世界。

通过不断的研究和试验,特别是通过对红柳和梭梭水分的测量,刘铭庭发现,梭梭在沙漠灌木中是最抗旱的,如果沙土水分含量为1%~2%,把梭梭苗子直接栽进去,不用浇水就可以成活;而红柳新栽的苗子要有5%的水分才能成活。北疆的年降水量接近200毫米,降一次大雨,60厘米深的沙子里水分就有5%以上,因此,北疆的沙漠不仅特别适合梭梭生长,也同样适合红柳生长,只不过新栽的红柳苗子必须经常浇水,才能保证沙子里水分保持在5%以上,等到第二年根扎下去,就不用再浇水了。

而红柳在新栽的时候不如梭梭耐旱,但在其他方面优点比梭梭的多,它被世界林学家公认为"世界头号耐碱、耐旱、耐水树种"。在莫索湾的头几年里,他主要研究的就是怎么培育各种治沙植物,使其大量繁殖、成活。通过大量试验刘铭庭发现,梭梭只能种子育苗,不能扦插育苗。他试验了几百棵,只有一棵发芽,说明梭梭是不能扦插繁殖的;而红柳可以插条、种子育苗,这就比梭梭更具有繁殖优势。

在研究中他还发现,梭梭特别怕水,在育苗的时候,水浇多了就会得根腐病,叶子上水洒多了就会得白粉病。在野外的时候,一场大雨之后梭梭就会得白粉病,但这只是短暂现象,虽然梭梭生长会受到一定影响,但一般不会死亡,过一段时间就可以自行恢复。很多东西就是这样,有优势也有劣势,就像梭梭,它最抗旱、最耐旱,可是有一点水它就得病,甚至死亡。与其说它是抗旱植物,倒不如说它是喜旱植物,因为它天生就见不得水。

刘铭庭说,梭梭种子的胚芽是螺旋状的,在做试验中他发现,梭梭种子在水里一个多小时就发芽了,水一进去就立即膨胀、发芽,开始生

第六章 在古尔班通古特沙漠里穿行

长,等长到 1 厘米的时候,两天以后就能长出叶子,同时开始生根。在北疆,一颗梭梭种子仅利用春天的雪水,就可以完成从发芽、扎根到成活的整个成长过程。当它长出叶子能吸收阳光和空气后,它生长的速度就更快了,它似乎有一种感觉,它的生长速度和水分蒸发速度保持高度一致,它就是要利用春天的雪水来快速完成自己的生长过程。等到浅层的雪水蒸发完,它就能够着沙层深处的地下水了,因为它的根系只要到 50 厘米以下,那里就有能够使它生长的水分,此后它就可以自由地生长了。北疆的古尔班通古特沙漠里之所以有那么多的梭梭,就是这个道理。这是沙漠里其他任何灌木都做不到的,只有梭梭具有这种独特的生存本领。

而且梭梭还有一种奇怪的现象,那就是它没有叶子,被称为"无叶树"。它不长叶子是为了避免风沙的侵袭,因为它的生命始终是与风沙相伴的。但是没有叶子就没有光合作用,就不能生存下去,它们很聪明,于是就将细枝条变成绿色,用细枝条代替叶子起光合作用,这样既避免风沙的侵袭,又能使自己生存下去,所以说梭梭是极好的固沙植物。

它虽然不会说话,但始终用行动和大自然抗争,它就是这样利用一切机会和条件让自己快速适应沙漠环境,甚至可以说它就是专门为沙漠而生的一种植物。

我为梭梭的这种喜欢在沙漠中生存的行为感到很惊奇,同时也有一些不理解的问题。于是我向刘教授问道:"既然梭梭这么喜旱,红柳那么喜水,那为什么北疆的准噶尔盆地梭梭多,南疆的塔克拉玛干沙漠更加干旱,却几乎没有梭梭,长的都是红柳呢?"

刘教授笑着说:"你问了一个很好的问题。"他告诉我,"梭梭虽然喜旱,但是它适合在年降水量为 200 毫米的气候条件下生长,而北疆年

沙漠之光

降水量刚好适合它。特别是在北疆半固定的沙丘上,一个冬季的积雪,就可以让梭梭快速完成从种子发芽到自然生长的整个发育过程;而南疆的年降水量在50毫米以下,冬天也没有积雪,根本就没有使梭梭快速完成生长过程的条件,梭梭再喜旱,也不能缺少它生长所需要的那点水啊!所以这就是南疆虽然干旱,反而见不到梭梭的原因。"

在多年对沙漠植物的考察中,他对准确判断梭梭的年龄也有很深的研究。他告诉我,有很多长成参天大树,呈乔木状的红柳和梭梭,要准确判定它们的年龄,需要掌握必要的研究要素。一般情况下,树木的年龄都是以它们的年轮来确定,经过多次研究他发现,沙漠中的红柳、胡杨等灌木或乔木,它们的年轮都是真实的,而唯有梭梭的年轮是虚假的,都是伪年轮,带有很大的欺骗性。因此,许多地方公布的"梭梭王"年龄不一定是准确的。比如说,他培育的一年生的梭梭苗子就有十几个年轮,它的年轮不是按年生长的,而是按浇水的次数生长的,浇一次水它就长一个年轮。

在莫索湾的时候,他通过大量、长期定位的调查和研究,基本掌握了判断梭梭年龄的规律。比如将一棵梭梭截断后,发现它有15个年轮,而实际上它只是一棵三年生的梭梭。这是怎么判定的呢?从它的枝杈来看,无论它有多少个年轮,它每年都只发一次枝杈,发过三次枝杈就证明它只有三岁,一般对小的梭梭可以这么判定,而且很准确。

对大的梭梭,比如长了几十年、几百年的就只能从年轮上判定了。通过大量、长期的观察和研究,野外的梭梭和人工种植的梭梭年轮是不一样的,野外梭梭主要靠自然降雨,一般情况下,一场大雨过后它才长1个年轮,自然生长的梭梭一年最多只长3个年轮,如果看到一棵梭梭有21个年轮,那么就说明这是一棵七年生的梭梭,如果有100个年轮,它实际上只有三十三年;而白梭梭更加抗旱,平均一年只长2个年轮。

第六章 在古尔班通古特沙漠里穿行

得出这个结论和规律并不是只看年轮,还需要对许多棵梭梭进行长期观察,将每年增加的年轮和每年生长的枝杈相互印证,这个结论和规律才是基本准确的,这些都作为他的科研成果在专业刊物上发表过。

刘教授说,比梭梭更奇妙的植物还有很多。如果是在雨水特别多的那一年,在沙漠、戈壁上,你可以看到各种植物开的花,他们将这些植物取了个专业名字叫"短命植物"。它们从生到死只有一个月的时间,就是在这一个月的时间里,它们要完成发芽、生长、开花、结果的整个生命过程,这些都是以最快的速度完成的。尽管后面再没有雨水,但它们却把种子留下了,干旱的季节或年份里,你看到沙漠上全是光秃秃的一片,寸草不生,你从来看不到它们,但它们却无处不在。一场大雨过后,它们一个个又都冒出来,又开始了它们短暂的生命过程。他们就是这样周而复始地与沙漠抗争,永不灭绝,而且谁也没有办法让它们灭绝。

刘教授说,在南疆的戈壁、沙漠里,还有一些很独特的短命植物,相比其他短命植物,它们的寿命就长多了,因为它们到秋天才开花、结果。一场大雨之后戈壁滩上全绿了,这些短命植物全出来了,但是它们活得很淡定、很从容,它们无须快速生长,快速完成生命历程,它们想活得更长久,但是要达到这一目的就要有足够的水分。于是它们生长不是为了别的,就是为了储存水分。它们的叶子都是厚厚的,因为里面全是水分,如果摘下一片叶子,能感到它特别的沉。整个夏天,即便没有一滴雨,它们也能靠叶内储存的水分活到秋天,然后开花、结果。一旦遇到降雨,它们就快速生长,把水再吸收到叶子里储存起来。

各种植物为适应环境都有自己的特殊本领。这个世界就是这样奇妙,任何自然环境中都有相应的物种。对于沙漠,按道理是没有什么植物会喜欢的,而梭梭就特别喜欢,不仅仅是喜欢,而且那就是它们生活的天堂,换一个地方它们反而活不成了。

沙漠之光

　　接着，刘教授又告诉我几种固沙植物不同的繁殖本领。在他采集的优良固沙植物中有一种叫"白柠条"的植物，它的叶子上长的都是白毛，那是为了减少蒸发，成熟后种子都在豆荚里面，等干了以后，豆荚就炸开了，种子向四周散开，在周围10多平方千米的地域中都有种子，遇到降雨它们就都出来了，一大片地都是它们的小苗子，它们就是用这种方法进行繁殖的。

　　"三芒草"的种子成熟以后，下面特别尖利，它的尾部带有三根羽毛，如果把它放大到1万倍的话，我们能看到它的形状和功能与降落伞相差不大，刮风的时候它们随风飘起，降落的时候，它非常尖利的头部一头扎进沙子里，下场雨就出来了。它的根下还长有一个根套，生长就靠根套里储存的水分。

　　骆驼刺、"胖姑娘"（也叫"花花柴"）是多年生草本植物，它们也有自己的生存之道。大多数情况下，它们繁殖不靠它们的种子，而靠它们发达的根系，它们的水平根可以延伸到20多米，如果你看到某块地方有一大片骆驼刺或"胖姑娘"，其实是最早的一棵繁殖起来的，它们是分蘖繁殖。它们也有种子，那似乎是它们做的两手准备，骆驼刺的种子就像铁豆一样坚硬，像老鼠、鸟类、虫子等都吃不动它，即便吃进去也消化不了，排泄之后仍然完好如初，丝毫不影响它们继续繁殖，它们就是这样保护自己的。

　　苦豆子也是这样繁殖的，而且苦豆子的根、茎、叶子里都含有高蛋白、高养分，是颇受农民喜欢的一种植物。它全身是宝，将苦豆秧子放在西瓜的根部，西瓜便结得特别甜；放在洋芋的根部，洋芋便结得特别大，又沙又好吃。因为它的根系特别发达，又含有农作物需要的各种养分，所以，如果把苦豆子地翻了种庄稼，第二年什么肥料都不用施，种什么长什么，保证丰收丰产，而且品质还好。

刘教授向我讲述的这些优良固沙植物，仅仅是他在莫索湾站八年来的额外研究成果，他的主要研究对象是红柳，关于这方面的内容将在后面的章节里专门讲述。但是，我们仅根据这些知识就可以感受到他对各种固沙植物有着多么深入的研究。

第七章
吐鲁番盆地治沙人

在吐鲁番"五道渠"的日子

吐鲁番是新疆风沙最严重的地区,急需有治沙经验的科研人员去帮助治沙,同时当地也正筹备在吐鲁番建立新的治沙站。1969年3月,由于工作的需要和单位委派,刘铭庭离开莫索湾治沙站,来到了吐鲁番。

吐鲁番是中国大陆陆地风沙最大的地方,风力最大可达13级,一般都在7~8级,而和田地区达到10级就算是最高级别了,由此我们可以想象吐鲁番的风沙灾害是多么严重。

从达坂城到吐鲁番途经的天山峡谷是有名的"三十里风口",而从小草湖到哈密的了墩是有名的"百里风区"。在"三十里风口"有个叫"三个泉"的地方,途经此处的火车曾经被刮翻好几次,多次造成交通

第七章 吐鲁番盆地治沙人

阻断,短的达20多个小时,长的达几天几夜。因此,在"三十里风口"铁路沿线靠风口的北面,都修建了2米多高的挡风墙,这样,情况才有所好转。

吐鲁番的风不仅仅是速度快、级别高,关键是它刮起来的不是沙子,而是颗粒状的小石头,因为沙子早就被刮完了。这种小石头的破坏力是相当惊人的,它们能把水泥电线杆子打得破烂不堪,最后拦腰折断;而上面的电线本来是圆柱形状的,却被小石头打成扁的。在刘铭庭的《中国柽柳属植物综合研究图文集》中,我就看到了现场拍摄的两张照片:一张是,为了保证电线杆能长久使用,将一根木头电线杆的下部固定在一截水泥柱子上,结果那截水泥柱子已被风沙打得残破不堪,只剩下一半,而木头也被风沙打得小了一圈,比上半截细的还要细;另一张是,为了防止水泥杆子再被风沙打烂,就在水泥杆子迎风面从下往上,固定一截3米多高的钢板。可见吐鲁番的风沙有多么厉害。

吐鲁番的风不像南疆和田的风,和田的风刮起来的都是细沙子,五六级的风看着都是天昏地暗的,不懂的人感觉沙尘暴的级别一定很高;而吐鲁番刮十级大风都看不见尘沙,空气能见度很高,因为细沙子都被刮完了,剩下的都是刮不动的砾石。吐鲁番野外的坟墓都要在迎风面砌上几层用黏土打的土块,用来防风挡沙,要不然几场风下来就会把坟墓刮平。

1961年5月31日,吐鲁番的一场12级大风整整刮了两天两夜,当时麦子即将成熟,损失巨大;吐鲁番街道上的杨树被刮断了几百棵,大街上躺的都是被刮断的白杨树;市区内有各种建筑物阻挡尚且如此,野外的惨状就不用说了,损失无法统计。

因此,在吐鲁番农民家的房前屋后,以及他们的农田防护林中,栽的都是榆树,因为吐鲁番是严重干旱地区,这种树不仅耐旱,而且密度大,有韧性,抗风抗沙能力特别强,这样才能保证他们的房屋安然无恙。

　　1979年5月,吐鲁番地区又刮了一场12级大风,当时刘铭庭在位于红旗公社的吐鲁番治沙站担任负责人。大风过后,他就让一名同事跟他去林带捡斑鸠吃。同事疑惑地跟他来到一条榆树林带,结果他们就在那些榆树下面捡了30多只斑鸠。同事就问他:"你是怎么知道的?"他就说:"我平时看到有很多斑鸠在这里做窝,我想刮这么大的风,它们能到哪里去?它们肯定不敢飞出去,因为一飞出去就让风刮跑了,肯定会摔死。它们只能待在树上。那么多树都让风给刮断了,有的甚至连根拔起,它们即使不让风刮走,也会被沙子砸死。所以我就想来看看,如果它们还活着,我就想搞明白它们是怎么活下来的;如果死了,那就正好捡回来吃了。结果它们果然都被风沙砸死了。"那天,他们捡了整整一背包死斑鸠,同事们都帮忙拔毛、去内脏,很久没见到肉的他们美餐了一顿。刘铭庭说,斑鸠肉和鸽子肉的味道一样。

　　吃了斑鸠肉,刘铭庭对这件事产生了思考。他说,仅从这件事上我们就可以看到,吐鲁番的风沙不仅对当地的人们造成严重的危害,而且对野生动物也是极其残酷的,它们随时会遭遇灭顶之灾。可以说这些斑鸠是经历几十年才发展到现在的规模的,这次灾难后它们又将回到原点,只有依靠极少量的幸存者继续繁衍,而遭遇这样劫难的肯定不只是它们,而是在这里生存的所有鸟类。

　　是的,没有鸟类生存的地方肯定不是个好地方。有一句俗语叫"鸟不拉屎的地方",说的就是某个地方如果连鸟都没有,那里的环境肯定是极其恶劣的。就像刘铭庭所希望的那样:"我们只有多种植被多栽树,想方设法把风沙彻底治住,这里才能成为人类和鸟类共同生存的家园。"

　　刘铭庭还对吐鲁番沙丘移动速度进行过试验和测算。1米高的沙

第七章 吐鲁番盆地治沙人

丘,一场10级大风可以使其向前移动6米,2米高的沙丘移动4米,说明沙丘越高移动的速度越慢。每年几十次大小不等的风沙,能让3米高的沙丘在一年内向前移动20米。

当时吐鲁番在卫星公社一个叫"五道渠"的地方建了一个治沙站,那里是吐鲁番绿洲和戈壁滩的边缘地带,周围没有一个单位和村庄,只有吐鲁番卫星公社的一个治沙队,有七八个人和一台54型"东方红"拖拉机。为阻挡风沙对绿洲的侵袭,人们在那片戈壁滩上栽种了大量的防风林带,他们的主要任务就是对这些林带进行管护。

当时被派到吐鲁番的只有刘铭庭和乌斯曼两个人。乌斯曼是从中央民族大学毕业的,给刘铭庭当翻译。刘铭庭帮他们出主意、想办法,制订治沙方案,还和他们一起劳动。就是在那里,他还学会了开拖拉机和推土机。

浇水是一种非常艰苦和吃力的劳动,特别是晚上堵水口子更难,一坎土曼(音译。为维吾尔族的一种专用劳动工具,既能挖地又能刨地。)下去要捞起一二十千克的泥巴,一次性要把口子堵住,没有力气和劳动技巧是不行的。实际上浇水的活儿刘铭庭并不陌生,因为在莎车站的时候,他就经常帮当地老乡浇水。在和治沙队一起浇水的过程中,刘铭庭不仅坎土曼用得特别好,而且干活特别有力气,技术也十分娴熟,连天天干的人都十分佩服他。他们都说,没想到你一个大知识分子,还是当领导的,竟这么能干。

那时候生活特别艰苦,他们给了刘铭庭和乌斯曼一间房子,他俩自己做饭吃。乌斯曼是维吾尔族人,那里的老乡全是维吾尔族,乌斯曼和他们很快就成了朋友,他基本上在他的朋友家吃,刘铭庭就只能自己解决吃饭问题。

当时吐鲁番的主食80%是白高粱面,因为那里天气热,苞米种不成。六七月份玉米扬花的时候正赶上高温,苞米坐不上果,只能种高粱。因为9月份的时候天已经凉了,正好是高粱授粉的时候,这个季节也只有高粱能成熟,因此吐鲁番种的基本上是白高粱。

刘铭庭的生活向来简单,他对饮食从不讲究。他的主食主要是高粱馕,一天早、中两顿都是;主菜就是几根大葱或皮牙子(洋葱),再加一瓢凉水。他有一口小锅、一只小炉子,再从林带里捡些柴火,有时候自己擀点面条,打些面糊糊。那时候菜少得很,在面条或糊糊里放点韭菜,这样就算是改善生活了。他平时基本上不吃炒菜,特别喜欢吃那种辣味特别重的生菜,比如两个生辣椒、两根葱、几头蒜或一个皮牙子,有一样就行,用它们就着吃馕,再喝瓢凉水,这就是一顿饭。了解他的人都知道他是有名的"三个一"——一个馕、一根葱、一瓢水,无论是在家里还是在野外,都是这样的吃法。如果在野外,把"一瓢水"改成"一壶水"就行了。

虽然生活非常艰苦,但刘铭庭从不觉得苦。一是他身体好,吸收能力强;二是他对什么都不讲究,什么都能吃,什么地方都能睡。

自己的苦他从不觉得,但是当地老百姓的苦他看在眼里,急在心里。他是个闲不住的人,是个时刻把老百姓装在心里的人。那时人们都喜欢穿塑料凉鞋,一双几块钱,又凉快又耐穿。但是鞋带子一断就没法穿了,又舍不得买新的,这使他们的行走十分不便。冬天回乌鲁木齐的时候,他看见街道上修鞋的,立一个小火炉,用烧好的工具将鞋子一烫就好了。他当时就想,吐鲁番的老乡家里都很穷,买一双鞋子对他们来说是一笔不小的开支,如果能学会这个手艺,帮他们免费修鞋,这能减轻多少家庭的负担啊!于是他就和修鞋人商量,买了修鞋人的一套修鞋工具。

回到吐鲁番以后,他就利用业余时间帮老百姓修鞋子。仅在五星

第七章 吐鲁番盆地治沙人

公社的三年间,他就帮当地老百姓修好了 3000 多双鞋子。为此他的腿上、手上被烫了许多伤疤。老乡们十分感动,都称他为"活雷锋"。为了表达对他的感激,老乡们从家里拿来土特产,如杏子、枣子等。男男女女、大人小孩都来找他修鞋,有的甚至把坏闹钟、破脸盆也拿来让他修,他尽可能帮他们一一修好。只要能为老百姓做一些好事,自己辛苦一些、受一些伤无所谓。在那里,他看到几个家庭十分困难,还资助了几个上学的孩子。

五星公社有几万人,树也种得特别多,防风固沙工作搞得也很好,这主要是因为他们有一个好大队书记肉孜·吐尔地。他特别能干,当时已担任公社书记,后来又担任吐鲁番县委书记,在刘铭庭 1982 年离开吐鲁番的时候,肉孜·吐尔地已担任吐鲁番地区行署专员,同时他还是中共中央候补委员和全国劳模。

他当时就对刘铭庭说:"骆驼刺是非常好的固沙植物,而且长骆驼刺的地还特别好。"刘铭庭还记得他当时常说的一句顺口溜:"见了骆驼刺就撒种子,见了'胖姑娘'就跑。""胖姑娘"就是花花柴,是民间的一种叫法。这个顺口溜的意思就是,长骆驼刺的地都十分肥沃,尽管放心种;而长花花柴的地不仅非常贫瘠,而且还有盐碱,种什么都不长。

刘铭庭就告诉他,花花柴是特别耐碱的植物,长花花柴的地都是盐碱地,所以它不长东西。但是在荒滩戈壁上,在大片的盐碱地上,花花柴能长在其他植物都不能长的地方,作为一种防风固沙的绿色植被,它是很好的东西,而且它承担着其他植物都不能完成的使命。

肉孜·吐尔地书记当时就高兴地说:"你说得确实有道理,还是你们搞科学研究的懂得多。我们过去一直认为花花柴是这个世上最没用的东西,因为长花花柴的地什么都种不成。原来不是花花柴不好,而是那块地不好。这样看起来花花柴还真是个好东西,你让我彻底改变了对花花柴的认识和看法。"

在肉孜·吐尔地书记的带领下,他们在防风沙方面采取了很多土办法。比如,他们种的西瓜、甜瓜,瓜苗长出来以后,在迎风面放上土块,把风沙挡住,风沙就不会伤着瓜苗了;再比如,在大风来临之前给苗子浇一次水,沙子刮不起来就打不着苗子了;等等。这些虽是权宜之计,但很好地解决了当时的危机,保证了农作物当年不受太大的损害。

在五星公社的几年里,他和肉孜·吐尔地书记配合得非常好。吐鲁番的情况和 150 团一样,人们只知道栽林带,不知道发展固沙植被。刘铭庭主要就是帮助他们从根本上解决问题,帮他们制订各种防风固沙措施和方案,栽种大量的红柳、沙棘等固沙植被。

吐鲁番过去一直对栽种红柳持否定态度,这是因为吐鲁番是一个严重缺水的干旱地区,地表与地下水距离很大,而且地表还有大量的盐碱,他们曾经栽种的红柳都未能成活,这就让他们对发展红柳失去了信心。

为保证红柳栽种的成活率,刘铭庭对吐鲁番的土质条件和红柳栽种方法进行了深入调查与研究。刘铭庭经过对多地点土层含水量测试后发现,只有 50 厘米以下的土层才含有 5% 的水分,这也是红柳能够成活的深度和条件。在调查他们过去栽种的红柳时,他发现那些已经干枯、死亡的红柳栽种深度仅有 20~30 厘米。刘铭庭分析,红柳成活率低的主要原因就是它们栽种得太浅,这样的深度不但不能保证红柳根部所需的水分,而且地表土层很快就被盐碱包裹,这样一来,红柳既不具备生存条件,又受到地表盐碱的侵蚀,因此很快就死亡了。

为了验证自己的判断,让吐鲁番的红柳栽种成活率有一个令人满意的结果,刘铭庭开始进行小面积红柳深栽试验,他将红柳全部深栽到地表 50 厘米以下。在实际操作中,经过对土壤结构的观察、分析,他发现,这样深栽后,不仅能保证红柳根部所需的水分,同时还避开了地表盐碱的侵蚀,可以说起到了"保水避盐"的双重作用。结果不出所料,刘铭庭当年栽种的红柳全部成活。

根据刘铭庭对红柳多年的栽种和管理经验,它们一旦成活,只在第一年需要人工浇水和管理,因为它们的根部同时也在深扎,等到第二年它们的根部够着地下水,就可以自然生长,不用人工管理了。从第二年开始,让它们自由生长,结果这些试栽的红柳全部成活,长势旺盛。刘铭庭的试验获得圆满成功,他把这种在吐鲁番专门针对红柳的栽种方法称为"红柳深栽法"。可以说,仅仅改变栽种深度,就让一个地区的防沙效果得到改观,这不仅是刘铭庭多年来积累的治沙经验的体现,也是他为一个地区的生态治理做出的重要贡献。

当吐鲁番的人们掌握了这种深栽的方法,他们栽种红柳的热情被大大激发起来。于是他们就在每个迎风面都栽上宽3~4米、长500~1000米的红柳林带,在红柳林带的前面种上大量的植被,红柳后面再种上胡杨、沙棘等。胡杨的后面就是农田,在农田的四周有他们原来栽种的防风林带。这样最前面的植被起到固沙作用,不让风把沙子刮起来,即便有一些沙子也被红柳挡住了,而后面的胡杨和防风林带挡风。前面两层挡沙,后面两层挡风,形成一个防风固沙网络,这样就彻底把风沙挡住了,保证了农田不再受风沙的侵害。刘铭庭做了这样一个样板,然后让他们按照这个方案实施。这样,整个五星公社形成了永久性的防风固沙网络,仅仅几年时间,吐鲁番的防风固沙网络就迅速形成,取得了良好的效果。

刘铭庭还为他们总结了防风固沙经验,既有吐鲁番地方上的土经验,也有刘铭庭他们正规、成熟的治沙经验。为此,西安电影制片厂按照刘铭庭提供的拍摄内容和提纲,拍了一部科教专题片《吐鲁番怎样防风治沙》，在全国宣传他们的治沙经验和取得的显著成果。

吐鲁番盆地的绿色卫士

1972年，中科院新疆生地所在吐鲁番红旗公社又成立了一个治沙点，刘铭庭在完成五星公社的治沙任务后，又被调到那里担任业务负责人。

这个治沙点实际上就是吐鲁番治沙站的前身，因为在两年后的1974年就正式成立了吐鲁番治沙站（研究站）。当时这个治沙点（站）有七八个他们生地所的专业人员，其中2人是来实习的大学生，他们始终和治沙站的工作人员一起工作。直到1982年被调到策勒治沙站之前，刘铭庭一直担任吐鲁番治沙站的业务负责人。

为了配合刘铭庭他们治沙站的工作，吐鲁番专门在那里成立了一个由20多人组成的治沙队。于是就在1972年的冬季，刘铭庭带领治沙站的科研人员和吐鲁番人民一起组成了治沙大军，用科学治理的方法，拉开了轰轰烈烈的固沙造林的序幕。

按照刘铭庭多年来防风治沙的成功经验，不仅仅在农田周围栽种大量的防护林，更重要的是在风沙来袭的方向栽种大量的固沙植物。具体措施和方案是，在风口迎风面的大面积区域种植和保护大量的多年生草本植物，这样风刮不起沙子；后面是灌木，如红柳、梭梭等，专门挡沙；然后是乔木，如榆树、杨树、桑树等，专门挡风；农田里还有一道防风林带，一般是杨树。

这是刘铭庭他们经过多年的实践得出的方法，而且通过反复实践，也是效果最好、最有效的治沙方案，同时也是防沙治沙的长远之计。无论之前在150团、吐鲁番地区，还是后来在南疆的策勒、于田等沙区，他们采用的都是这个方案。可以说这是已经形成的基本固定的治沙方案,这个方案已经成为他们的科研成果,在任何沙区都可以直接使用,无须再走弯路。

1982年,刘铭庭奉司马义·艾买提主席之命到策勒治沙,使用的就是这些科技成果。各种植物怎么搭配、怎么栽种,不用再研究,无须再试验,直接使用这个方案就可以了,而且达到了最好的效果。吐鲁番和策勒、于田、民丰等地,防风固沙工作之所以做得这么好,就是因为他们使用了这些成熟的科研成果。吐鲁番林业站技术员陈宏轩一直跟着刘铭庭一边学一边干,他采用刘铭庭的治沙方法和经验,为吐鲁番的治沙工作做出了很大贡献,获得"全国劳动模范""全国治沙标兵"等荣誉称号。

1972年秋天的那次大面积栽种防护林和以往有所不同,过去栽种的乔木大都是杨树、榆树,或者是胡杨树,而那次是从苏联进口的新品种沙拐枣。我国的沙拐枣树种最高只能长到2米,称之为灌木,而这种沙拐枣呈现出的完全是乔木状,最高可以长到6米,还是专门长在流沙上的,防沙效果特别好。这对于优良的固沙植物家族来说,完全就是一个跨代的新品种,在未来的防风固沙工作中将发挥极其重要和不可替代的作用。

当时最重要的工作就是怎么保证这些沙拐枣都能成活。于是刘铭庭就制订了有针对性的种植方案:他们提前将引水渠修好,为了省水和便于灌溉,再将所有要栽种沙拐枣的地块开好沟,把所有的沙拐枣栽进去,然后利用冬天闲置的坎儿井水,把所有的沙地浇透。到了第二年春天,新栽的6000亩沙拐枣全部成活。

按照他们原有的固定治沙方案,当时种植沙拐枣的地方是一条红柳防沙林带,只因当时没有红柳苗子才用沙拐枣代替。如果按照百年

沙漠之光

大计来说,红柳仍然是最好的固沙植物,因为不仅它的寿命可达几百年甚至上千年,而且它不怕沙埋,是防风固沙的最好树种。由于刘铭庭在吐鲁番用深栽的办法将红柳种植成功,吐鲁番各地都积极发展红柳,都需要红柳苗子,这样培育红柳苗子就成了当务之急。于是,刘铭庭于第二年春天就开始了大量培育红柳苗子的工作。

红柳苗子一般要经过一年的时间才能长到 1 米,这也是必须达到的移栽标准。1974 年初,经过刘铭庭和治沙站同事们的辛勤培育,整整 5 亩地的扦插红柳苗子均已达到移栽标准。于是,刘铭庭带领治沙站的同事们,以及吐鲁番治沙队和当地群众,在距离治沙站 2 千米的大风口处栽种一条红柳防风林。这是一条宽 15 米、长 2 千米、迎着大风口栽种的红柳防风固沙林,运用刘铭庭的深栽方法全部成活,而且仅在第一年进行了浇水和管理,到第二年就再没有管理,因为它们的根已经够到地下水,完全可以自己生长了。

在为吐鲁番培育扦插红柳苗子的同时,刘铭庭还在进行着一项重要试验,那就是红柳种子育苗和扦插育苗最高亩产的试验。这是一项极具实际意义的科学试验,因为要发展红柳就需要大量的红柳苗子,不仅是吐鲁番盆地,还有准噶尔盆地、塔里木盆地,以及全国的其他各个沙区,都需要大量的红柳苗子。一亩地无论出多少株苗子,所花费的时间、精力都是相同的,如果能在现有的基础上大幅度增加育苗株数,那对红柳的发展将是一个重大的贡献。

其实这项研究对刘铭庭本人也是十分重要的,因为无论他在哪里治沙,首先都要帮助当地培育红柳苗子,而那时全疆没有一个地方有培育红柳苗子的技术。莫索湾站如此,吐鲁番站如此,策勒站也是如此,最后到于田帮他们种红柳大芸,还是没有红柳苗子。刘铭庭将红柳苗子培育出来后,再把技术教给他们。所以说若能让红柳苗子实现高产,那么不仅大家受益,他自己也省事。

当时全国红柳种子育苗的最高产量是每亩5万株,他就想,怎么能提高苗子产量?产量究竟能提高到多少?他不断地试验,不断地改进,这不是一两年就能成功的,而是需要很多年的实践。

他对红柳种子育苗的研究是细致入微的,为了掌握红柳种子的出苗率,他专门计算过各种红柳种子的重量和粒数。他说,一粒红柳种子只有针尖那么大,多枝红柳的种子一斤有3500万粒,而他发现的塔克拉玛干柽柳种子要大得多,一斤只有200万粒,种子大了不但好种,而且出苗率高,长得也快。

开始是小面积试种。红柳的种子非常小,小到你根本无法用肉眼一粒一粒地分清。可以说,搞红柳育苗跟大姑娘绣花没什么区别,每次下种子前都要用秤称,以便根据苗情掌握下次的下种量。

首先,要把地块整理成2米宽、8米长的小畦子,中间还要建一个小渠沟,有利于排水。种子撒进去之后,上面还不能敷土,因为种子特别小,有点土苗子就没有力量顶出来了。浇水的时候特别要注意水不能大,水大就把种子冲走了,苗出来就不均匀了,要用小水慢慢地浸透,等到发芽了还不能用大水,在半个月里浇水都要非常小心。等苗子稍大一些的时候,它的根扎下去了,这时候水就可以稍大些,始终让地保持湿润,这样苗出来得就很均匀。在育苗的过程中要特别小心,稍不留意就会导致失败,像这样要求特别精细的工作必须他自己干,不可让人代替。

等到苗子长到20厘米高的时候,刘铭庭就选一块1平方米的地,把苗子数一下,就可以换算出一亩地有多少苗子了。

因为要考虑苗子长到1米高的时候适不适合移栽,种稀疏了浪费地不说,还浪费时间和精力,因为育苗是一项非常费时、费力,极其辛苦、操心的工作。太密了苗子太细太弱,栽下去成活率低,生长速度慢,费工费力,得不偿失;整个育苗的周期是一年,无论是稠还是稀,当年都不能动。只有到种子用量最合适的时候,这项试验才基本算成功,因此,这项试验需要很多年才能完成。

一年只能试验一次,必须等苗长到1米高,达到移栽高度的时候,试验才算结束。然后加大种子用量,继续试验。一直到每亩达到50万株的时候,刘铭庭感到这已经是极限了,也是最好的结果了。因为60万株以上他也试验过,但出来的苗子太细太弱,不适合移栽,于是他最后就把红柳种子育苗定为每亩50万株。

这样做的结果就是,花同样的时间、精力和土地,每亩产量比过去整整提高了10倍。

在进行种子育苗的时候,他同时也在进行红柳扦插育苗试验。和红柳种子育苗同理,红柳扦插育苗也需要多年的试验才能完成。当时全国红柳扦插育苗每亩一般为8000~10000株,按这种育苗的方法是行距40厘米、株距10厘米。他在反复试验的时候,先是把行距缩小到30厘米,株距缩小到7~8厘米。看到效果很好后他又继续缩小,把行距减少到20厘米,株距减少到5厘米,到了秋天他通过仔细观察发现,行距已经可以了,而株距还可以继续缩小。在试验行距和株距的同时,他还在插条上做试验。按照一般的方法,插条长度都是30厘米,他把它改为20厘米,接着又改为10厘米,发现成活率一样高,最后改成了5厘米。

他的最终试验结果,也就是最后形成的定论是:扦插育苗的行距是20厘米,株距是2~3厘米,插条的长度为5厘米,这样亩产就可以达到12万株。亩产是原来的12倍多,而且成活率都在95%以上,和原来基本没有差别。

这种试验是一个长期过程,需要四五年时间,没有足够的耐力和毅力是很难完成的。在此之前,无论在我国还是在其他沙漠国家,没有一个人对红柳种子育苗和扦插育苗进行过如此完整的试验,可以说全世界只有他一个。正是刘铭庭的这项科研成果,让中国的红柳育苗技术走在世界的最前列。

而这项育苗成果在实际运用中也是极其重要的。我们可以想象,他的这项育苗技术公开之后,会给后面的人、全国的沙区,乃至全世界的沙漠地区带来多大效益。它让人们少走弯路,节约很多土地,少付出很多时间和精力。所以说,这不仅是一项简单的试验,也不仅是一项科研成果,它还隐藏着巨大的经济效益和社会效益。

负有盛名的吐鲁番"沙生植物园"

1974年,吐鲁番治沙站刚刚成立,刘铭庭当时一边帮助吐鲁番当地治沙,一边研究红柳种子和扦插育苗高产技术,同时他还在进行着一项更庞大、更繁杂、更具实际意义的课题研究,这个项目是"优良固沙植物引种驯化"。

可以说这是刘铭庭心中早就希望实现的一个愿望。早在莫索湾的时候他就搞了一个小型植物园,里面有他引种的七八种红柳和部分固沙植物,因受条件限制而无法扩大规模。那时他就想,如果能搞一个沙生植物园就好了,把所有的优良固沙植物集中在一起,通过对它们进行培育、引种,对它们进行长期的观察、试验,详细记录它们的生长规律,选择出最优良的固沙植物进行培育、繁殖和改良,这必将对当前和今后的治沙工作产生重要的影响。于是在吐鲁番治沙站刚刚成立之际,刘铭庭便向中科院新疆生地所提出了这一研究课题的申请,并很快得到了中科院的批准,中科院给予了相应的配套资金,由刘铭庭担任该课题组组长。

这是一个比较长远的研究课题,因为这些固沙和沙生植物不仅要在全国范围内的沙区进行采集,还要对它们进行培育、繁殖、观察、记录它们的整个生长过程,最后还要对每一种植物形成结论性的意见。因此,这样巨大的工作量不是一个人能够完成的。于是他们进行了分工协作,按参与课题小组人员的研究方向,把任务分别分配下去。刘铭庭研究的是红柳,所有的柽柳属植物都由他负责,同时他也尽可能地采集其他的植物。

刘铭庭把新疆的三个盆地的三大沙漠(塔里木盆地的塔克拉玛干沙漠、准噶尔盆地的古尔班通古特沙漠、吐鲁番盆地的库木塔格沙漠)都跑遍了,通过多次考察和二十多年的观察、研究,他不仅对红柳的分布情况了如指掌,而且对其他固沙植物的分布情况也很了解。比如什么地方有什么固沙植物,这些植物什么时候开花,什么时候结果,是种子繁殖还是插条繁殖等,他都清楚。根据计划,他的主要任务是采集优良的固沙植物。一般情况下,大部分植物是春天采条子,秋天采种子,但也有一部分特殊情况。

比如有一种叫小冬青的灌木,冬天也是绿的,既能固沙又能绿化,它在7月份就结果,而且全国只有喀什到乌恰路上的一座山上有。为了采集它的种子,研究人员还要单独在夏天去一趟。还有一种植物叫大冬青,只有内蒙古有,也是在夏季结果,研究人员也得单独去一趟,因此每次都要保证引种成功。这两种植物长得差不多,区别就是小冬青一般只有大冬青的一半高,它们都属于特有品种。

还有专门在冬天采集的,比如塔克拉玛干柽柳、刚毛柽柳,它们的种子一直不落,可以在冬天采集;还有所有的红柳条子,都必须冬天采集才能插活,因为它不怕冻,用水泡过之后,用塑料布包起来埋到雪里,春天一插就活,而且冬天采的条子成活率是最高的。

还有长在和田、于田流沙上的"三芒草",只有到那里沙漠中的流沙上专门采集回来才能繁殖。

他们引种的沙拐枣有两种:一种是本地的奇台沙拐枣,它们最多只能长到2米,只能作为一个固沙植物品种来进行培育;他们引种的苏联沙拐枣的生长速度非常快,一年就能长到2米,最高可以长到6米,它的根系特别发达,是一种非常好的固沙植物。它们的种子在五六月就成熟了,为了大力发展这种优良固沙植物,他们每年都去红旗公社的6000亩沙拐枣林地里采集种子,内蒙古、甘肃、宁夏的治沙站都来买种子。红旗公社每年都要卖几十麻袋种子,他们卖的价格一般都很便宜,在人工成本上略微加一点就卖给人家了,因为刘铭庭的目的是大力发展固沙植物,而不是挣钱。于是,这种优良固沙植物很快就在全国发展起来。

还有一些即便是新疆本地的种子也颇费周折,如克拉玛依的白梭梭、若羌的罗布麻,以及南疆的甘草、麻黄草等,由于它们分布的地方都比较偏僻,需要单独前往才能采集到它们的种子。

一直到1984年,经过十年的艰苦努力,他们终于把这个享誉国内外的沙生植物园建成了。在这个植物园里共有130多种优良固沙植物,新疆本地的约占四分之三,其他地方的约占四分之一。如有一种叫"锦鸡儿"的豆科植物,一种专门长在流沙上叫"花棒"的灌木植物,还有在流沙上可以长到4米高的"柠条",这些都是从内蒙古引进的。

在沙生植物园里还有一个专门的红柳园,里面仅红柳就有15个品种。这些红柳基本上囊括了新疆的所有红柳品种,这些全是刘铭庭亲自采集种子或插条进行培育的,而且他对每一种红柳都栽种了一亩试验田，加上他的各种红柳苗圃，就是一个有 20 多亩地的红柳公园。其中，他在南疆流沙中发现并命名的塔克拉玛干柽柳更是格外引人注目，因为在北疆所有的沙漠里都从未见过这种红柳。

植物园建成后，司马义·艾买提、黄宝璋、玉素甫·艾沙、毛德华等自治区领导多次前去看望他们，并参观植物园，其他专业团体和科研人员也前去考察、学习。

1983 年，兰州大学生物系主任、中科院院士郑国锠来新疆的时候，还专门去了他们的植物园，并特意在塔克拉玛干柽柳前留了影；也是在那一年，一个由多人组成的美国沙漠代表团也来到吐鲁番治沙站，参观了他们的沙生植物园。原来从治沙站到植物园的路都是土路，为迎接沙漠代表团，当地还专门把那段路修成了水泥路，路的两边在两年前就栽上了红柳，现在已经郁郁葱葱。有了这条路，植物园就显得更加正规了。

刘铭庭他们当年精心培育的优质固沙植物园，后经吐鲁番政府的扩建和改造，现在已成为吐鲁番地区有名的沙生植物园，成为吐鲁番对外的一个旅游景点，这也无疑成为吐鲁番的一张亮丽名片。

刘铭庭不仅在他们的沙生植物园里辛勤耕耘，而且亲自撰稿，不失时机地在各种报刊上宣传这些优良固沙植物。在他的"报刊文章剪贴集"上，我看到 1980 年发行的《新疆科技报》上有一则《本报启事》，内容大致如下："《新疆科技报》从本期开始向全国正式发行，每月五、十五、二十五日出刊，每期报价 2 分……"

就是在版面如此紧张的情况下，在正式发行的第一期《新疆科技报》上，我就看到了专门为刘铭庭开辟的一个宣传专栏《新疆固沙植物介绍》，每期 300~400 字，在第一期上还特意为他加了"编者按"。从第一期的"沙拐枣"开始，依次为"胡杨""白梭梭""塔克拉玛干柽柳""灰杨""梭梭""头状沙拐枣""银沙槐""直立紫杆柽柳""分枝鸦葱"等,可见刘铭庭为宣传他们的固沙植物,抓住和利用一切机会。

不仅他自己宣传,各报社记者也为他们宣传,如《多花柽柳在"火洲"落户》《甘草人工种植在吐鲁番初获成功》等,均在当时的《新疆日报》和《新疆科技报》上刊登。

还有国家级的大报也为他们宣传,如光明日报社记者黄冬元写的题为《沙漠"勇士"的营寨——访新疆第一个沙漠植物园》的通讯,就刊登在1983年7月10日的《光明日报》上。这些报纸的不断宣传,大大提高了沙生植物园的知名度。同时,"吐鲁番沙生植物园"的建成,不仅为科研人员研究沙漠植物提供了基地,同时也为广大人民群众了解和保护沙漠植物开启了一扇知识的大门。

第八章
刘铭庭的红柳人生

发现五个红柳新种

刘铭庭开始喜欢上红柳并对红柳产生浓厚兴趣,源于1956年大学期间在南疆的那次实习,而让刘铭庭走上研究红柳之路的则是1958年参加新疆综合考察队的考察活动。就是通过那次考察,刘铭庭发现新疆的红柳特别多,固沙效果特别好。当时我国还没有人专门从事红柳研究,这方面还是个空白。于是他就选择这个课题,主攻红柳。也就是从那时候开始,他就像红柳一样,把根深深地扎在新疆大地上,沙漠成了他的天堂,红柳成了他的生命,他开始了对红柳六十余载的研究,成就了他利用红柳固沙,向沙漠进军,一生征战沙海的传奇故事。

　　选择研究红柳治沙,也就是选择了一生与沙漠为伴。这是一项极其艰苦的工作,常年生活在沙漠里,那里人烟稀少,生活极其单调枯燥,

第八章 刘铭庭的红柳人生

夏天沙漠里天气酷热,工作的艰苦程度是难以想象的。因此真正想从事治沙工作的人极少,而他就是那极少数人中的一个。他认为自己是自愿到新疆来的,到新疆就是来吃苦的,就是来改变这里的环境的。而且他选择的事业就是红柳研究和沙漠治理,这些都离不开沙漠,怕艰苦、怕寂寞,还怎么从事红柳研究?怎么治理沙漠?还怎么出成果?

他刚进沙漠时,因为不懂沙漠气候,还遇到了一次危险。那是他1960年刚到莎车治沙站的时候,他们几个驻站的科研人员要进到沙漠深处考察,那天清晨沙漠里难得下了点雨,空气清新,天气凉爽。吃了早饭以后,刘铭庭他们光着脚就开始向沙漠深处进发,走在清凉的沙子上,既舒服又轻松,他们有说有笑,很是高兴。

走了十几千米,十点钟以后,太阳出来了,那些刚才感觉还凉爽、舒服的沙子一会儿就被晒烫了,开始他们还能坚持往前走,但越走沙子越烫,最后走两步就得坐下来,把脚跷起来凉一下,这会儿他们再也高兴不起来了。沙子越来越烫,他们再不敢往前走了,赶快往回跑,这就已经不是往前走了,而是能不能回去了,因为往回一步都走不成了,最后他们被困在了沙漠里。幸亏他们带着采土壤的布袋子,最后每人脚上套两个布袋子才跑了出来,从那以后他们再不敢那样了。随着时间的推移,他们遭遇的危险和痛苦越多,他们应对沙漠生活的经验也就越丰富。

沙漠里的苦一般人是难以想象的,也是难以承受的。酷热、干渴、饥饿、迷失方向是每天都要面对的,因此每次进沙漠,指南针、水、干粮等都是必备的。但比这更艰难、更危险的还有很多,如在野外露天宿营的时候,如果在草木旺盛的润泽之地,硕大而密集的蚊子让你无处藏身,即便你以最快的速度出去方便一下,你的屁股上也会留下无数个肿包,让你奇痒无比很多天;饥饿而贪婪的草鳖子更是无孔不入,尽管将

111

沙漠之光

帐篷收拾得不留任何缝隙,但早晨起来时发现,它们还是钻进了你的腿和胳膊的肉里。这是一种"顾头不顾腚"、死不要命的东西,你不能硬拔,硬拔就拔断了,它的头将永久地留在你的肉里。面对这样的情况,刘铭庭他们是有经验的——用烟头烫它们的屁股,它们就会自己退出来了。这东西毒性特别大,被它咬过的地方会长出一个2~3厘米大的硬包,奇痒无比,好几年毒性都散不去。最怕的还是遇到沙尘暴天气,那猛烈的风暴瞬间将万物都置于它的淫威之下,似乎要毁灭、吞噬一切,那种不见天日的天昏地暗,像末日来临,又像人间地狱。但对于长期生活在沙漠里的刘铭庭来说,这些困难和危险已经不算什么了。

因为心中有了目标,有了梦想,再苦也都不觉得苦了,他反而以苦为荣,以苦为乐。不是说"胸有天地心自宽"嘛!天天和浩瀚无垠的沙漠打交道,心胸自然宽阔起来。

刘铭庭对红柳的观察之细、研究之深是我们难以想象的。他提供内容并协助拍摄了一部关于红柳的宣传片,该片获得了中央科教片最高奖——华表奖。从该片中我们可以获得红柳的一些知识。

全世界的红柳有100多种,我国现有20种,而在新疆就有16种。红柳的适应能力特别强,在各种恶劣环境下都能够生存。号称"千年不死,死后千年不倒"的胡杨可以说是沙漠中比较耐碱耐旱的树种,可是比起红柳来它显得逊色多了。在专题片中我看到了这样的景象:在一片干涸多年的洼地上,胡杨经受不住长久的干旱和盐碱,已全部枯死,而旁边的红柳却依然生机盎然,可见它无与伦比的生存能力。红柳还有一个特点,那就是不怕被沙埋。在沙漠里,我们经常看到这样一幅景象——在一座座几十米高的沙包上面,一片片红柳郁郁葱葱。也就是说,红柳在很小的时候就把风沙挡在了脚下,于是沙长它也长,小沙堆变成了大沙包,但红柳始终长在沙子上面,由于红柳具有其他植物无

第八章 刘铭庭的红柳人生

可比拟的固沙功能,于是就形成了这样的奇观;还有一片红柳在水里浸泡已经六个多月了,也依然生机勃勃。可以这样说,红柳是不怕盐、不怕旱,沙埋不住、水淹不死的树种,似乎这世上就没有它怕的东西,没有比它更坚强、更经得起各种严酷考验的树种。

刘铭庭为了搞清红柳及其他固沙植物的种类、习性、作用、繁殖情况等,为了摸清沙漠的变化、成因、流动及和各种固沙植物的关系,在不同的季节、不同的时间,他一次次进入沙漠深处,对红柳和其他固沙植物反复地考察,反复地思考和研究。每一项工作他都做得极其认真和扎实。他勤勉、务实,将各种植物的分布地域,开花期、结果期,生长规律,是有性繁殖还是无性繁殖等信息,都记录下来,每年都要记满几个笔记本;他认真、仔细,把采集到的各种花、果、叶、茎、根等分门别类地放好,标记好。就这样,他用顽强的意志和吃苦的精神,用他大半生的时间,围着塔克拉玛干整整转了七圈,用他从不停歇的双脚,一步一步地走了4万多千米。

他所有的苦都没有白吃,所有的工夫都没有白费。他所取得的成绩是骄人的,所做出的贡献是显著的。他发现、研究并命名了5个柽柳新种。

第一种是他1959年到塔里木盆地东部考察的时候发现的。进到沙漠里面,他远远发现,在一处流沙上长着一丛柽柳,跟他以前见过的不一样。他跑到跟前一看,它长得直直的,没有叶子。他兴奋地说,好,太好了。当时他虽不能断定这是不是新种,但他已经意识到,这种柽柳对将来防风治沙肯定能发挥巨大作用,因为它是一种特殊的柽柳,它不长叶子,叶子是抱茎的,就是说它的叶子都抱到枝干上了,它生长在流沙中,因为抱茎叶植物都是特别能适应沙漠环境的种类。1978年,他将自己的发现发表在《植物分类学报》上。他是第一个发现这种柽柳的人,所以拥有命名权。在起名字的时候,因为是在塔克拉玛干沙漠发现它的,而且它只分布在塔克拉玛干沙漠中的各处流沙上,他便将它命名为塔克拉玛干柽柳。

不仅如此,1960年9~10月,在跟随中国科学院治沙队朱震达队长对田河(克里雅河)进行为期两个月的综合考察中,刘铭庭发现这条河的两岸普遍存在着他先前发现的塔克拉玛干柽柳,从而印证了他的在塔克拉玛干流动沙丘上普遍分布着塔克拉玛干柽柳的判断。

"莎车柽柳"这第二个柽柳新种,是他1960年刚到莎车治沙站时,在莎车站以北的库布其沙地上考察时发现的。

刘铭庭发现的第三个新种是一种开白花的柽柳。一般柽柳都是开红色或粉红色的花,完全开白花的极为罕见。1983年4月下旬,他在孔雀河下游一个山谷里考察的时候,远远看见一棵开白花的柽柳,之前没有见过。他当时就把标本采下来,冬天他又去把它的枝条采回来,在吐鲁番进行插条繁殖试验,后来它成活了,开花了,花色纯白。刘铭庭确定它是一个新种后,就把它命名为"白花柽柳"。

还有就是他和张鹏云先生共同发现并命名的"塔里木柽柳"和甘肃"金塔柽柳",经他发现和与他人共同发现并命名的柽柳新种共有5个,这为我国柽柳种类的不断完善和更深入的研究提供了重要依据。

刘铭庭的红柳研究与应用

1995年,兰州大学出版社给刘铭庭出版了一部柽柳专著《柽柳属植物综合研究及大面积推广应用》,当时全国还没有一部专门研究红柳的专著,这是全国的第一部。

2014年,新疆人民出版社和新疆科技出版社联合给他出版了一部

《中国柽柳属植物综合研究图文集》,这可以说是我国关于红柳研究和应用最权威的一本书。全书 50 万字,22.5 印张,大 16 开,硬壳精装,附有他几十年来研究和收藏的 690 张柽柳彩色图片,全书采用铜版纸彩色印刷,可以说是内容丰富、图文并茂。这两部书的出版,不仅填补了我国在柽柳研究领域的空白,而且使我国在这一领域走在了世界前列。

该书介绍,全世界的柽柳属植物有 100 种,其分布范围为欧洲的西部、地中海沿岸、北非、中亚、西亚、南亚和亚洲的东部,同时亦间断分布于欧洲的中部及西南部。

中国柽柳属植物,主要分布在我国的西部及北部荒漠、半荒漠区域,东部的草原地带。中国地域广大,荒漠及半荒漠区域遍及西北六省(区),我国分布的柽柳种类有 20 种(其中 1 种是台湾省从国外引来的),种类总数排在世界第三位。塔里木盆地是我国柽柳属植物分布最集中的地区,有 16 种,占我国柽柳种类的 80%。塔里木盆地不仅柽柳种类繁多,而且柽柳荒漠林面积也最大。柽柳荒漠林不仅在我国分布面积是最大的,而且在世界各国中面积也是最大的。

我国最早对柽柳属植物进行较详细描述的是周汉藩 1934 年发表的《河北见习树木图说》,当时记载的我国柽柳种类仅有 3 种,即华柽柳、桧柽柳和五蕊柽柳(多枝柽柳异名);1949 年裴鉴在《植物学汇报》第二卷第二期上发表的《中国西北植物志》一文,在描述柽柳科时又增加了刚毛柽柳;1959 年 5 月,毛祖美根据新疆综合考察队 1956~1958 年从南北疆采集到的大量柽柳标本,经过整理,在《新疆农业科学》上发表了《新疆柽柳及其利用初报》,文中介绍了分布在新疆的 7 种柽柳;1962 年,张学忠在《兰州大学学报》上发表了《中国西北的柽柳》,文中记载了 10 种柽柳:短穗柽柳、长穗柽柳、多枝柽柳、多花柽柳、沙生柽柳、甘肃柽柳、桧柽柳、华柽柳、细穗柽柳和刚毛柽柳。至此，这些是当时国内学者对于柽柳属植物种类最详细的研究报告。

而刘铭庭在研究柽柳的时候，有他更独特和完整的发现，他经过一年多的详细研究、考察和总结，到 1959 年提出我国已有 12 种柽柳，比 1962 年张学忠《中国西北的柽柳》一文中提出的多出了 2 种。

从 1959 年到 1979 年的二十年间，刘铭庭通过不断研究和发现，又根据当时全国各大标本馆的柽柳标本，在《新疆沙漠》专辑上发表了《中国属柽柳种类及其利用》，他在文中介绍了 18 种柽柳，这是当时我国柽柳属分类上最完整的研究资料。

到了 1994 年，刘铭庭在《新疆林业科技》第一期上发表了《中国柽柳属种类及其地理分布》，文中全面介绍了分布在我国的 20 种柽柳属植物，这无疑是当时国内研究柽柳属分类最完整的一份资料。文中不仅收进垂枝柽柳和无叶柽柳，而且增加了新种白花柽柳，这也是国内学者发现的第 6 个新种。文中介绍的无叶柽柳是一个亚热带和热带流沙种类，我国不产，是台湾省从美国夏威夷引种而来的，是我国柽柳属植物中唯一的外来品种。

到 1994 年为止，刘铭庭通过悉心研究和总结，总算把我国几十年来关于柽柳属植物这本谁也说不清道不明的糊涂账算得清清楚楚、明明白白了。从此，在对柽柳的理论研究上，刘铭庭成为我国柽柳属植物分类学的权威；同时，他的柽柳育苗技术和大面积洪灌培育荒漠柽柳林技术，在对沙漠治理的实际运用上，都走在了世界的前列。

刘铭庭对柽柳的研究是全方位的，是细致入微的。可以说他对柽柳的根、茎、枝、叶、花、果，从上到下，从看得见的到看不见的，以及各种柽柳的生理、习性、特点等，都有深刻、细致的研究。

先来说说刘铭庭对柽柳根部的研究。他是这样告诉我的：柽柳为深根性灌木,主根非常明显,向下直伸,一般情况下,柽柳的主根系均可到达地下水位。1974年,他在吐鲁番15米深的坎儿井下,发现了许多柽柳根系,就是一个很好的证明。他还告诉我,国外曾记载,开挖巴拿马运河时,在28米深的土层中发现了柽柳根;兰州东岗水土保持站在山坡地扦插的甘蒙柽柳,经测试,三年后根系深达15米。

红柳是荒漠地区深根性植物,当地下水位很高时,它的主根扎得虽然不深,但主根有时发育成好几根,而且斜向生长以增加吸收面。除主根外,还有侧根、细根和毛根,它们共同组成根系网络,相互交错,具有良好的固土作用,因此全国许多水土保持单位常采用红柳做水土保持树种。红柳的根系具有强大的根压,这一特性使它能在土壤盐溶液浓度很大的情况下,继续吸收水分。一般在这种情况下,许多中生植物会因为"生理干旱"而缺水枯死,红柳却能正常发育生长。

再来说说柽柳的种子。刘铭庭教授说,柽柳的果实从开始坐果到果熟开裂需要20~25天,大部分果实成熟后须立即开裂,这就要求种子成熟后要立即采摘,因此,准确掌握果实期是及时采种的必要条件。但也有少数柽柳种子例外,如秋季结果的刚毛柽柳、盐地柽柳和塔克拉玛干柽柳,果熟后开裂比较慢,这就延长了采种期,像塔克拉玛干柽柳的种子可以在冬闲的时候去采收。

柽柳的种子很小,肉眼几乎看不到。每个蒴果内有10~20粒种子,少数品种如长穗柽柳的种子较多,一个蒴果内有30~40粒种子。种子顶端生有羽状白色冠毛,果实成熟开裂后,散出带冠毛的种子如同一把把降落伞,随风飘扬,遇见湿润环境,立即生根发芽。

柽柳属植物大多分布在我国荒漠、半荒漠地区,生存环境多为干旱、风沙、盐碱区,生存条件十分恶劣。因此,抗旱水分生理研究十分重要,它不仅可以给干旱、风沙地区选用固沙造林树种提供科学的理论依据,而且可使固沙造林工作者在实际工作中少走弯路。

1949年以前,我国记载的柽柳种类很少,抗旱水分生理方面的研究更是一片空白。1982年,刘铭庭在吐鲁番治沙站通过引种驯化,建成了柽柳种子资源圃,给研究柽柳属不同种的抗旱水分生理提供了方便。在这个新建成的种子资源圃内,刘铭庭和他的同事们对14种柽柳属植物的抗旱水分生理进行了研究,在研究柽柳种类和研究深度上均处于国内领先水平,开创了我国柽柳属植物抗旱水分生理研究的新局面,填补了国内这方面研究的空白,给日后其他学者进一步深入研究打下了良好的基础。

刘铭庭对红柳的研究不仅仅停留在上述的学术研究成果上面,他的最终目的是要把它们用于防沙治沙的实践,在防治荒漠化方面发挥重要作用。

他对红柳的热爱和执着贯穿了他的整个生命历程。他不仅在试验田里潜心研究,还利用其他一切可能的时间和机会,对红柳进行最广泛的科普宣传。从将红柳运用于大面积固沙造林开始,刘铭庭就养成了一个习惯,无论走到哪里都要驮上他的"百宝箱",百宝箱中装的是他自己绘制的40多张红柳科普挂图,还有绳索、夹子等,他走街串巷赶巴扎,哪里人多就在哪里拉上绳子挂展,上面的文字说明分别用维吾尔族文字和汉字,维吾尔族文字是他专门请人写的。在挂图的上方还有一个横幅,上面很醒目地写着"红柳是个宝,治沙致富离不了"。乍一看他就如同卖跌打膏药的贩子,然而宣讲的都是关于红柳的科学常识,他恨不能让每个人都知道红柳的价值和作用。

在地、州、县,哪里开三干会、林业系统会,只要他知道就去撞会搞宣传;特别是在他们治沙站所在的县乡附近,只要有巴扎,他就前去挂展,有时候还把他的修鞋工具带上,一边给老乡修鞋子,一边进行宣传;

第八章 刘铭庭的红柳人生

冬天回到乌鲁木齐分院上班,难得有一点休息时间,他也从不休息,每到休息日,又开始了他的科普宣传:红山、西大桥、雅玛里克山、八一农学院、新疆林业学校、新疆分院他都挂过展,听到八楼有会议,他也前去挂展。他说他就是要让群众都知道红柳,人人都爱护红柳、保护红柳;即便是到内地去开会,他也将"土展览"办进了大会堂、大学堂,靠着这股倔劲,二十多年来被他宣传的对象有40多万人。曾任科技部部长的朱丽兰,专门到新疆生地所看望过刘铭庭,并为他的精神深深感动。她说,我们就需要这样的科学家,科技推广就需要这种精神,并建议他到全国科普大会上去讲一讲。刘铭庭还借用新技术办起了关于红柳知识的专业网站,这大约也是全世界唯一一个介绍红柳知识的专业网站。借助这个网站,刘铭庭和他的红柳走向了更广阔的天地。

刘铭庭和他的红柳成为新闻媒体竞相采访的对象,中央电视台、新疆电视台等媒体多次播放过刘铭庭的专题节目;中央台和巴音郭楞州电视台联合拍摄的长达60分钟的专题片《红柳的故事》,作为我国唯一的一部参赛片,参加2002年第十九届法国国际科技影像电视节活动,不仅获得儒勒·凡尔纳大奖,还获得了"科学与社会"单项奖。

在前面的章节中我们已经看到,从20世纪60年代到90年代的30年间,刘铭庭对红柳的引种、育苗、造林和综合开发利用等方面,进行了长期的艰苦研究和探索,并取得了重大成就。他不仅把我国红柳的学术研究成果推向了世界高峰,更为重要的是,他使红柳在实际运用方面也走在了世界的前列。比如,20世纪70年代他在吐鲁番研究和发明的红柳深栽技术,创立的以红柳为主的一整套防风治沙方案;70年代末他在吐鲁番,使红柳扦插技术和种子育苗技术达到了世界最高水平;特别是以他为主建设的吐鲁番沙生植物园,这在当时全世界都是首屈一指的;最为显著的是80年代,他在策勒、伽师、于田、民丰四县实施的利用洪水灌溉大面积发展红柳荒漠灌木林的实用技术,让南疆的500万亩流沙地、重盐碱地成为绿色森林。可想而知,这是为人类做出了多么重大的贡献!正因为如此,联合国环境规划署对刘铭庭进行了三次奖励。

在这里还没有讲到的是,他退休以后又在南疆发展人工红柳大芸种植技术,要种植大芸,首先就要种植红柳,就这样,仅在和田地区又种植了50万亩的红柳。由此我们可以看到,刘铭庭一生痴爱红柳,一生研究红柳实用技术,让这个过去没人太在意的植物,发挥了这么大的作用,为人类做出了这么重大的贡献。

奇特而神秘的"红柳包"

刘铭庭不仅对红柳的分类学、生理学及它的实践应用有着深入的研究,而且对它形成的"红柳包"及其巨大作用也进行了很深的研究。

他告诉我,我国柽柳集中分布在塔里木盆地,除了大面积的柽柳群落外,更多的是由不同柽柳种类固定起来的沙包群,人们称之为"红柳包"。"红柳包"的形成和大量存在,有力地证明了人们把柽柳属植物比喻为固沙的能工巧匠是一点也不过分的。事实上,他通过大量调查研究,用无数的事实证明,单就固沙效果和固沙量来说,柽柳属植物是我国荒漠、半荒漠地区最好的固沙灌木。过去很长一段时间,红柳的固沙作用没有引起人们的注意,这是因为人们对红柳的研究甚少,尤其是对它的固沙性能没有进行专门的研究。通过刘铭庭的深入研究之后,我们才知道这些"红柳包"所发挥的巨大作用。

1962年,在新疆北部莫索湾地区,刘铭庭专门对不同高度的10个红柳固定沙包进行了研究,它们高3~10米,在对它们连续进行了三年定位观测以后,得出了结论:在固定或半固定沙区,不同高度的"红柳包"平均年增高2.4厘米,根据这个常数,如果遇到一个2.4米高的固定"红柳包",就可以大概知道这个包上的红柳年龄为100岁。

从20世纪60年代到90年代初,通过对风沙危害严重的塔里木盆地流沙区和半流沙区的调查研究,如"红柳包"的形成与结构,以及它的年增长高度,最后得出结论:在半流沙区和流沙、流动沙丘混合分布的沙区,由于刮风时沙源比北疆半固定沙区丰富,故"红柳包"年增长的高度相应变大,平均年增高3厘米。

1984年刘铭庭在和田洛浦县杭桂乡调查时,见到一个破坏性"红柳包",从它的剖面可以清晰地看到,它增长的年平均高度为4~5厘米,这是他多年来在塔里木盆地调查"红柳包"中,见到的年增长高度最大的一个。经在"红柳包"附近调查发现,它周围的沙源十分丰富,这是一个少见的典例。塔里木"红柳包"年增长高度平均为3厘米,根据这个系数,我们就可以对"红柳包"的年龄进行测算。如果在南疆见到一个6米高的固定"红柳包",其红柳年龄应该为200岁,而南疆和北疆的增长系数是不一样的,南疆比北疆的增长速度快。

柽柳属植物枝条被沙埋以后,可以产生不定根,就是说可以随时发出新根,这是柽柳固沙的条件之一。而具备这个特性的只有红柳,像梭梭、沙棘等灌木都没有这个功能,它们被沙子埋了之后很难再发出新根。而且即便有了这个特性,也只能说明柽柳属植物枝条被沙埋以后,具有吸收水分、养分和继续生长的能力,起到了一定的固沙作用,但并不能真正地帮助它把外来的大量流沙固定下来。

而能使流沙在红柳株丛周围固定下来的因素有两个,第一个因素是红柳的枝叶很密集,而且属于落叶灌木,红柳的鳞片叶很小,而且附着在绿色营养枝上,秋季落叶后,营养枝与叶一起脱落,均匀地平铺在

沙漠之光

红柳下部地面上，形成一个厚厚的枯枝落叶层。第二年春天风季开始后，由于红柳丛的挡风作用，风速降低，而风速的降低，使得夹在风沙流中的沙粒沉降下来，均匀地落在头一年秋季枯枝落叶上，风季之后就形成了一个沙层。第二个因素是柽柳属植物全部是泌盐植物，可以把吸收到体内有害的多余的盐类通过体内泌盐系统，最后从叶面的泌盐孔排出；这些被排出的盐类主要为氯化钠-硫酸盐类，遇到下雨和空气湿度增加时，盐类吸水返潮变成盐溶液，与枯叶、落叶、沙层交杂在一起，这样就把流沙固定在了柽柳丛周围，如此年复一年地覆盖在"红柳包"上，就形成了所谓的"年轮"。一旦红柳固定沙包遭到破坏，就可以在红柳沙包的纵断面上看到这些"年轮"。

刘铭庭在近四十年对柽柳属植物的野外调查中，在北疆艾比湖南岸边缘区见到了一个高大的"红柳包"，它的高度为30米，基部长80米，宽40米。谁也无法把这个"红柳包"挖开从纵断面看到年轮。根据刘铭庭在北疆莫索湾研究的"红柳包"年增长2.4厘米的常数来计算，这个大"红柳包"年龄大约为1208岁。

刘铭庭对"红柳包"进行大量的调查后，做出了这样的研判：红柳被沙埋以后寿命可以延长到一千年以上。因为根据被破坏的沙包横断面分析，柽柳在被沙埋以后，虽然最下面的根已经朽掉，但它随着沙包的增高而增高，每年都在萌发新根，一直保持着旺盛的生命力。可以这样说，正是不断堆积想埋掉它的流沙，红柳才不断地产生新的根系，焕发出新的生命活力。它既不断地固定流沙，又使自己延年益寿。所以根据这种现象，红柳到底能活多久是个未知数，但被沙埋的红柳能活一千年以上是可以确定的。

经刘铭庭计算，这个柽柳大固定沙包被固定的积沙量达4.8万立方米。刘铭庭说，除了红柳，世界上没有哪一种固沙灌木能将这么多的

第八章 刘铭庭的红柳人生

流沙固定在自己的周围。

无独有偶,1960年,刘铭庭在阿克苏农一师塔河南岸原22团做红柳调查时,一个老军垦向刘铭庭讲述了他亲身经历过的一个大"红柳包"的真实故事。他说,1958年他们在红柳林中垦荒造田时,在条田的中央遇到了一个长60米、宽30米、高30米的大"红柳包",由于当时机械力量不足,像这样高大的"红柳包"靠人力一时是平不掉的。于是有人建议用火烧包上的红柳,由于包内埋藏着大量含水量很低的茎状根和枯枝落叶,烟火整整持续了几个月,半年以后,大"红柳包"体积缩小了很多,当推土机推平沙包时,包内竟然还有未燃烧完的木柴火。根据刘铭庭调查的塔里木"红柳包"年增长常数为3厘米,计算出这个大"红柳包"年龄为一千岁,积沙量为2.7万立方米。

刘铭庭说,由于立地条件的差异和红柳种类的不同,形成的"红柳包"高度也不同,即便同一个种在不同生态条件和不同立地条件下形成的"红柳包"在高度上也有差异。一般来讲,盐碱地区的沙丘高度较低,多风沙地区的"红柳包"较高,像上面说的30米高的"红柳包"在自然界为数极少,塔里木盆地"红柳包"大多数平均高度为5~10米。固定"红柳包"具有良好的防风和固沙双重作用,因此,应对绿洲内部及外围大大小小的固定"红柳包"加强保护,禁止人为破坏。要明白,破坏固定的"红柳包"就等于是在制造新的沙漠。

刘铭庭还告诉我,柽柳属植物除了具有很强的固沙性能外,还具有很强的耐盐碱性能,柽柳属植物比其他许多荒漠灌木更能适应荒漠化环境,因为荒漠地区是盐碱地分布最多的地区,也恰恰是柽柳属植物分布最多的地区。柽柳属植物属于泌盐植物,它通过体内的泌盐腺体,将有害的盐类通过叶面排出体外而达到耐盐的目的,柽柳属植物是目前全世界造林专家公认的头号耐盐树种。

1985年以后,由于盐碱地造林绿化的需要,刘铭庭开始对柽柳在盐碱地大面积种植进行研究,盐碱地造林绿化比较困难,是当今世界各国造林工作者尚未解决的一大难题,全世界的造林专家都在为解决这个难题而奋斗。

经过反复实践,刘铭庭已在1米土层平均含盐量为3%~8%,盐类以氯化物-硫酸盐为主,寸草不生的结皮盐土上,通过引洪灌溉,大面积营造柽柳人工灌木林获得成功。在此基础上,刘铭庭又在1米土层平均含盐量为3%~5%,盐类以氯化物-硫酸盐为主的典型盐土上,利用20GL的排碱水进行柽柳耐盐深栽造林也获得成功。筛选出的柽柳耐盐种类有短穗柽柳、长穗柽柳、盐地柽柳、刚毛柽柳、甘肃柽柳、异花柽柳和细穗柽柳。

刘铭庭在典型盐碱地上营造大面积柽柳人工林所获得的成功,不仅为我国,也为世界其他国家重盐碱地绿化造林开辟了一条新的途径。

生活中无处不在的"圣柳"

通过前面的内容,我们已经看到了红柳在防风固沙中所发挥的巨大作用,较详细地了解了红柳的生长过程。而刘铭庭对红柳的研究是全方位的,他对红柳的民用价值和作用也进行了大量、详细的调查、研究与总结。他让我们深刻地感受到,红柳已经不是沙漠中的一种植物,而是大自然对沙漠的一种特意安排,给沙区人民造福的一种生灵。

刘铭庭教授告诉我,20世纪90年代以前,在当时的整个新疆,凡是有红柳分布的地区都用红柳做燃料,而消耗量最大的地区就是南疆的塔里木盆地,因为那里没有梭梭,红柳成为当地人世世代代主要的燃料,可见红柳对他们的日常生活是多么重要。

由于红柳易燃,具有很高的发热量,长期以来,一直受到广大群众的青睐,特别是塔克拉玛干柽柳的发热量,比号称"沙漠活煤"的梭梭柴还要高出0.19千焦。1千克标准煤的发热量为26.37千焦,1吨塔克拉玛干柽柳柴火相当于0.69吨煤,发热量最低的"盐地柽柳",1吨柴火相当于0.62吨煤,其他红柳的发热量相当于0.63~0.68吨煤。

20世纪50年代南疆塔里木盆地人口有300万,60年代有400万,70年代有600万,到80年代已增加到800万。在中华人民共和国成立前的漫长岁月里,由于人口增长缓慢,沙漠中的红柳一直能满足当地人民日常生活燃料的需求,但随着人口的急剧上升,对燃料的需求不断加大,而沙漠中的红柳有减无增,这样就造成了对当地天然红柳林的严重破坏。

南疆煤炭资源贫乏,整个南疆地区只有几个开采量不大的煤矿,工业用煤本身就很紧张,更谈不上大量供给城镇居民和农民了,即便有条件供应一部分,也因价格太昂贵,一般群众承受不了。20世纪80年代初,1吨煤包括运费就要250~350元,广大群众就是有煤也烧不起。但每天都得生火做饭,都得用柴火,禾秆不够用且火力差,于是就到荒漠戈壁去砍柴,红柳在南疆平原区到处都有,火力又旺,于是红柳遭到严重破坏。

塔里木盆地群众在巴扎上出售的薪炭柴火,70%~80%是红柳。塔里木盆地以700万人计算,按每人每天消耗1千克,每日消耗红柳薪柴达7000吨,年消耗量为256万吨,如果再把集体食堂、旅馆、饭馆、石灰窑、砖瓦窑、机关、学校,以及各种野外调查队、修路队的消耗都计算在内,一年消耗的红柳薪柴数字,远比以上统计数字大得多。现在仅以每年消耗红柳薪柴256万吨的最低限度来计算,把红柳薪柴按1立方米排列下去,可以排数千千米长,就是说可以从乌鲁木齐一直排到陕西省西安市。红柳薪柴消耗量之大由此可见一斑。

据1986年8月和田地区策勒县工商管理局的统计,县城内有饭馆及馕铺125家,全县有砖窑20座。饭馆及馕铺每天消耗红柳薪柴25吨,20座砖窑每天消耗红柳薪柴80吨以上,以上每天总计消耗红柳薪柴105吨,每年消耗红柳薪柴3.83万吨,这还不算各乡政府所在地开设的饭馆和馕铺,以及冬季政府机关、学校、全县居民与广大农村群众取暖消耗的红柳燃料,如果全部加起来,人口仅有12万的策勒县,全年消耗的红柳薪柴量,据粗略统计约为12万吨,即每人每年消耗1吨。由上可知,当时南疆各地红柳薪柴的消耗量是十分惊人的。

巴扎上的红柳柴火,20世纪70年代前大多是从70~200千米以外的雅通古斯、安迪尔河下游沙漠中打来的。1983年在调查民丰红柳柴火消耗量时,仅民丰一中一个单位,冬季购买柴火500车,1983年墨玉县阿吉可胡杨林管理站收柴火费10万元,就是说从这个卡子通过的拉柴火的毛驴车达10万辆(每车收费1元),每车以300千克计算,一年中通过这个卡子的柴火量达3万吨。除了这个卡子外,全县还有几处较小的卡子。和田市一个巴扎天,最多时毛驴柴火车达1000辆。策勒是个不大的县城,每年冬春,巴扎上的红柳柴火车有500辆。新和县一般一天也有200辆毛驴柴火车。柴火问题一直是南疆人民群众生活中突出的问题之一。

喀什市是南疆最大的城市,20世纪70年代后,巴扎天在柴火市场上已经很难见到大量红柳柴火了,戈壁上带刺的小灌木都作为燃料来出售了。到南疆出差的人不论春夏秋冬,沿途到处可见拉运柴火的车队,有毛驴车,有拖拉机,也有汽车。这样夜以继日地在戈壁滩砍挖柴火,尤其是红柳柴火,使红柳荒漠灌木林的分布面积一天天缩小,车队越拉距离越远。

第八章 刘铭庭的红柳人生

柴火的价格一年比一年升高，20世纪50年代，许多城镇一毛驴车柴火2元，60年代3～4元，70年代5～10元，80年代10～20元，90年代30～40元，住在城镇的居民，每年每户购买红柳柴火费用最少要500元，与一家人的主食费用差不多。根据刘铭庭在伽师县做的调查，10年前该县有22万人，每年烧柴破坏天然红柳林1000公顷。整个塔里木盆地在1950年以后，破坏天然红柳林700万公顷，每年平均破坏7万公顷（破坏面积包括兵团及地方在红柳林中的垦荒面积）。

1980年在北京召开的"三北"防护林会议上，专家们从维护荒漠生态平衡出发，明确提出所有的荒漠、半荒漠地区的灌木林都应属于森林的范畴，都应积极加以保护，不得任意破坏。荒漠灌木林是国家森林资源也反映在新的《中华人民共和国森林法》中。最近一些年，由于《中华人民共和国森林法》的较好执行，新疆荒漠地区的梭梭林和红柳林破坏程度有所降低，现在南疆各级林业检查站已经限制挖红柳的根，只许打干柴。

随着经济的发展，南疆各地较好地解决了人民群众吃饭问题，现在存在的问题是"锅上不愁锅下愁"，"锅下愁"的关键问题就是燃料问题。目前南疆各级领导正在想方设法解决这个问题，由于部分地区太阳灶、沼气的使用，省柴灶的大力推广和使用，特别是近年来煤气的普遍使用，红柳在南疆塔里木盆地的需求量有所下降，21世纪初，红柳在南疆塔里木盆地作为生态能源仍占一定的比例，尤其是作为冬季的主要取暖能源。

也正是基于以上原因，刘铭庭才抓住时机，对保护红柳的重要性进行长久不懈的宣传，并对大量发展红柳进行科学、深入的研究。1985年，在刘铭庭发明了洪灌技术，大面积发展红柳以后，南疆掀起了引洪在流沙地、重盐碱地发展红柳灌木林的群众性推广运动。伽师、策勒、于田、民丰等地在刘铭庭及有关科研人员的协助下,利用夏季多余的洪水,灌溉不能利用的流沙地和重盐碱地,十年发展人工红柳灌木林30余万亩,整个塔里木盆地利用刘铭庭的洪灌技术,发展红柳灌木林530余万亩。这不仅保护了绿洲的农业生产,扩大了牧场,而且大大缓解了广大群众"锅下愁"的问题。

我们可以看到,红柳在解决人们的燃料问题方面发挥了不可替代的重要作用;而且我们能更深刻地感受到,刘铭庭的洪灌技术,对恢复生态,大面积发展红柳林,以及解决人民"锅下愁"的问题发挥了多么重要的作用。

自古以来,红柳一直是南疆人民生活中不可替代的燃料。刘铭庭教授还告诉我,红柳和南疆塔里木盆地人民的生活息息相关,密不可分。不仅仅是燃料,在人们的日常生活中,它无处不在,发挥着不可替代的作用。

首先,红柳可以作为农家肥使用。中华人民共和国成立以前化肥很少,在新疆沙漠地区群众除用圈肥外,主要使用"红柳包"土做肥料,以弥补圈肥不足。在红柳的固定沙包里面,夹杂着每年都要掉落一层的枯枝落叶,日久天长,这些枯枝落叶早已腐熟,是农作物最好的肥料。据新疆农科院专家分析,红柳固定沙包里所含的氮、磷、钾元素量比炕土、硝土都高,营养成分大致和牛粪的差不多,在目前大量使用化肥的情况下,不少群众仍然继续使用红柳沙包肥料。

除了用红柳沙包做肥料外,新疆塔里木盆地许多群众还利用红柳的鲜嫩枝叶做绿肥。伽师县在盐碱地上生产出闻名全国的"伽师红玛瑙"甜瓜,据当地老瓜农介绍,在瓜的根部施红柳绿肥,不仅可以保持甜瓜的优良品质,而且可以增加甜瓜的含糖量。

其次,红柳可以用来制作大量的劳动工具。红柳茎秆端直,表面光滑,材质细,硬度大,纹理顺直。利用红柳制作的各种工具,既美观大方,又经久耐用,深受沙区群众的喜爱。

内地妇女过去纺车上用的纺针都是铁打的,而新疆维吾尔族妇女纺车上用的纺针都是红柳木做的。因为红柳枝条木质硬,做成纺针不仅经久耐用,而且不变形,除了红柳,一般的木质是做不成的。

由于红柳木硬度大,弹性大,不易折断,这就为用它制作各种各样的工具把手提供了方便。在新疆塔里木盆地常见的利用红柳制作的各种工具把手有:木匠用的斧头把、榔头把、鞭杆、坎土曼工具把等。在吐鲁番盆地经营葡萄的农民晾葡萄干用的挂刺,用的也是红柳枝条。

红柳在群众生活中最普遍的用途是,利用红柳枝条编织各式各样的用具。红柳多数种为灌木,平茬后萌发力很强,萌发后一年生的枝条细而长,且弹性好,是编织各种生产、生活用具的好材料。常见的用红柳条编织和制作的用具有:筐、篮、背篓、鸟笼、大鸡笼、木杈、糖、连枷、粮食屯、手推车、抬把子等。

红柳作为一种荒漠平原放牧场上常见的饲料有其特殊作用。刘铭庭在塔里木盆地多次观察羊群发现,羊在春季特别喜食红柳的嫩枝叶。夏秋季节,由于红柳林下生长着较多的各种草本植物,那里更是羊只抢食的地方。同时由于夏秋天气炎热、干燥,红柳为泌盐植物,叶面具有泌盐腺孔,可分泌出大量盐类,如果羊只这时少量啃食红柳叶,还能适量补充身体所需盐分。在夏季雨后,羊只更加喜食红柳的嫩枝叶,这是因为雨水冲刷了叶面分泌出来的盐粒。

和田地区草原站站长张志告诉刘铭庭:"在春季4月份,当红柳大量萌发出嫩枝叶时,林下的草本植物还没有发芽,或刚刚发芽没长高,这一个月,红柳就成了荒漠平原牧场上羊只的救命草,如果这时没有红柳,羊只就会受到损失。因为经过漫长的冬季,羊只已经很瘦了,如果

4月再吃不到青草,许多羊只就会病倒或病死。"由此可见,红柳在荒漠平原牧场中也发挥着其特殊的作用。

1985年,内蒙古阿盟领导在向全国治沙专家谈及内蒙古阿左旗20万只骆驼毛色为什么光亮时说,那里的骆驼经常啃食胡杨和红柳的嫩枝叶。

荒漠红柳灌木林下生长有二三十种草本植物,这些不同属的草本植物与红柳形成了一个集体群落,成为一年四季都可以放牧的理想牧场。

红柳还有极高的医药价值。红柳许多不同种的根部,能寄生出一种名叫管花肉苁蓉(大芸)的中草药,管花肉苁蓉为单寄主性植物,仅寄生于各种红柳的根部。因为该种起源于古地中海植物区系,所以,该种在我国仅分布于塔里木盆地红柳的根部,其他地区不产。肉苁蓉又称大芸、金笋、地精,维吾尔族称它为"布热洒布洒格",南疆和田沙区群众称它为"买热"。肉苁蓉是一种古老的中草药,首次记载于我国第一部药学专著《神农本草经》中,可见其历史悠久。

红柳还有一个用途是烧制木炭。红柳木质坚硬,烧制的木炭质量好,火力旺。过去,在煤炭贫乏的情况下,塔里木盆地几乎所有的铁匠打铁用的燃料全是红柳烧制的木炭,现在虽然用煤打铁增加了,但许多铁匠仍然采用红柳烧制的木炭打铁。与内地许多地方习惯不同的是,新疆尽管红柳木材最多,烧制的木炭质量也好,但新疆各族群众在冬季很少用木炭取暖。

在南疆的和田地区,红柳还是他们最好的建筑材料。红柳作为盖房的主要材料,在全国许多产红柳的地区并不多见。与各地红柳产区不同的是,新疆塔里木盆地和田地区群众建房,使用的材料主要为红柳,这与当地的自然条件有关。因为千百年来,塔克拉玛干沙漠不断向

第八章 刘铭庭的红柳人生

南侵袭,和田地区多形成以粉、细沙为主的土壤,土壤松散,打土块、烧砖十分困难,在长时期的实践过程中,当地群众便有了利用红柳枝条建房的习惯。20世纪70年代和田地区人口130万,农村居民几乎全部利用红柳枝条建房,采用红柳枝条一方面是因为当地红柳资源丰富,采条方便;另一方面则是因为红柳枝条坚硬结实,而且韧性很大,建房使用寿命长。

和田地区群众建房,首先用木椽将房架搭起来,接着用红柳枝条编成墙和屋顶,最后用一部分粉沙土和成泥巴,将房内部的墙上和屋顶抹光,安上门和窗,一栋新房就盖成了。从外面看全是红柳枝条,不像一座房屋,而像一个临时搭建的柴草房,可是进去一看却十分美观。根据调查,盖三间民房需要10毛驴车红柳枝条,各地大力引洪发展人工红柳林,在发展红柳的过程中,群众义务劳动,所以不少地方为了提供群众建房急需的红柳条,在集体发展的人工红柳林中,无偿拨给群众一部分红柳枝条。和田地区策勒县策勒乡为了帮助农民建房,1992年一次性无偿拨给沙区群众1500毛驴车红柳枝条。

新疆塔里木盆地古丝绸之路上的许多烽火台,都是采用一层黏土、一层红柳枝条筑成的。这些汉代的建筑物,在经历了一千多年的风风雨雨后,上面的土层已严重风蚀,唯独红柳枝条仍清晰可见。

红柳条还可以编织篱笆,不仅和田地区,整个塔里木盆地平原区群众都普遍利用红柳条编织篱笆。不仅院墙用红柳篱笆,牲畜圈用红柳篱笆,就连果园、菜地也用红柳篱笆。在塔里木盆地,随时随地都可以见到篱笆,而且大都是用红柳枝条编织的。在塔里木盆地,红柳枝条编织篱笆比建房用量要大得多,每年篱笆用量是建房用量的五倍。

由于红柳枝条坚硬耐磨,可以使用较长时期,凡是出于加固性或耐磨性的需求,都使用红柳枝条。如用红柳枝条筑坝、压坝,还有用红柳枝条磨地、磨路等。

在塔里木盆地人民的日常生活中，可以说红柳无处不在，和他们的生活息息相关，特别是在过去的年代里，红柳发挥了任何一种其他植物不能替代的重要作用。从中，我们可以深刻地体会到红柳在民间所具有的巨大价值和作用。

有意思的是，刘铭庭在与策勒、于田许多老百姓交谈时，经常使用它的学名"柽柳"，他们却听成了"圣柳"；还有许多人不认识柽柳的"柽"字，就把红柳叫成了"圣柳"。于是在那一带红柳又多了一个名字，那就是"圣柳"，老百姓又赋予了它一种新的神圣含义，其实那是它在老百姓心中神圣的地位。

第九章
无悔人生　情重如山

人生的又一个起点

1993年9月,刘铭庭终于从策勒治沙站退休,这是储惠芳最期盼的时刻。1960年刘铭庭到莎车治沙站,接着是在莫索湾治沙站八年,吐鲁番治沙站十五年,然后是在策勒治沙站十年,全疆一共四个治沙站他都工作过,而且几乎每个治沙站都是他打前站,都是在他手里成立的。他在沙漠里拼搏、奋斗了一辈子,她也为他等待、坚守了一辈子。她想,这回他该回来了,他们能在一起安度晚年了。

可是她想错了,刘铭庭退休之后并没有回到乌鲁木齐,回到她身边,他热爱沙漠,离不开沙漠,沙漠是他离不开的家。1994年初,中科院兰州沙漠研究所受塔中油田指挥部的邀请,来帮助他们治沙。而刘铭庭又受兰州沙漠研究所的邀请,被聘为顾问,于是他又跟随研究所来到了位于塔克拉玛干沙埋中部的塔中油田。

　　塔克拉玛干沙漠中心都是流沙，风沙危害特别严重，塔中油田连帐篷都没办法固定，经常被大风吹跑，油田工人们时刻都受到大风的危害和侵袭。因此，为保证他们的人身安全和正常工作，必须要进行防风固沙。于是，刘铭庭开始在那里大量种植固沙植物，把吐鲁番、策勒的许多优良固沙植物引种过来。同时，他还在那里的流沙中进行塔克拉玛干柽柳的扦插育苗试验。

　　可是，在塔中油田刚刚干了一年，1995年春天，于田县奥依托格拉克乡党委书记马建新亲自交给刘铭庭一封信，那是于田县委书记李斌代表于田县各族人民向他发出的诚挚邀请，请他前去帮助于田人民种植人工大芸。那是他心中多年的梦想，他二话没说就答应了。于是，已经62岁的刘铭庭再次披挂上阵，上马出征了。由此开始了他人生第二次对事业的追求与奋斗。这是一次实现他多年梦想的实践和挑战。

　　交代完塔中的事情后，他立即搭班车赶往于田县，在有关事项谈妥之后，他又从当地雇了一辆农用小四轮拖拉机，前往策勒治沙站拉红柳苗子。他知道策勒站每年都要"假植"一部分红柳苗子。"假植"就是在土壤一解冻的时候就把红柳苗子挖出来，然后埋在土里，这样可以保证它们一个月内不发芽，容易栽活。当时"假植"都是多枝和多花两个品种，它们在红柳里面是生长速度最快、长得最高大的优良品种。治沙站工作人员每年都要培育几十万株红柳苗子，这些都是他们利用莫索湾和吐鲁番的经验进行培育的。当时策勒、于田林业部门都不会培育红柳苗子，刘铭庭来到策勒后便把育苗技术传授给他们。

　　于田距离策勒有70~80千米，他就是坐着那辆农用小四轮一路颠簸，一路风尘仆仆地去的。农用车走得特别慢，来回要十多个小时，一路的辛苦是一般人受不了的，可是他毫不在意。那次他从策勒治沙站

第九章　无悔人生　情重如山

一共拉了2万多株1.5米高的优质红柳苗子,一捆100棵,整整200捆。红柳苗子白送也就不说了,而他来回的车费、运费,以及吃住都是自掏腰包,从没向于田县政府提过。

1995年春天,于田县在靠近沙漠的奥依托格拉克乡九大队选了50亩沙地作为试验田,交给刘铭庭试种红柳大芸,他就把那2万株红柳苗子栽进了50亩试验田里。因塔中工作还没有结束,那一年,他在塔中和于田县两地之间来回奔波。1996年春天,他来到塔中,正式向兰州沙漠研究所辞职,所里不放他走,刘铭庭就诚恳地向所里解释,把他的大芸种植技术发扬光大一直是他最大的心愿,而且这事关于田几十万农民脱贫致富,请所里予以理解。所里虽然很不情愿,但无可奈何,只好勉强同意,刘铭庭于是匆匆赶回于田。

在这里还需要说明一下,和"柽柳"就是红柳一样,大芸就是肉苁蓉。肉苁蓉是学名,大芸是老百姓的通俗叫法。

让刘铭庭的人工种植大芸技术发扬光大并产生巨大效益,这是他多年的梦想和愿望,这极大地激发了他的奋斗激情。从此他再没离开于田,在此后的二十五年里,一直奋战在塔克拉玛干沙漠的南部。

如果把人生分为青年、中年、老年三个阶段的话,对于刘铭庭来说,他的人生词典里只有青年。那种强烈的、时刻燃烧着的事业心,让他永远年轻,永远充满激情;那颗永远奋斗、永远拼搏的心,让他从不知疲倦,从不知停歇。

他说他的一生只做了一件事,那就是治沙。如果非要把他的人生分为两个阶段的话,那就是在退休之前的几十年里,他一直在研究和利用红柳治沙;在退休之后的几十年里,他更多的是在研究和发展人工大芸治沙技术。要发展人工大芸,首先就要种植红柳,因此,无论是发展红柳还是发展大芸,最终目的还是治沙。当然,在发展大芸中又多了一

沙漠之光

层实际意义,那就是帮助当地农民脱贫致富。

开始他是一个人来的,在知道了生活条件艰苦无比之后,为了陪他度过那最艰难的岁月,已经退休在家的妻子储惠芳,放弃了舒适的都市生活,陪他来到了于田的沙漠里。

是不是真的能种植成功?大家的心里都没有底,就连刘铭庭自己也没有十足的把握。因为十年前的成功仅是在几棵红柳下面试种的,八年前也是小面积试种,而现在是大面积种植,也许一个微小的因素就会导致失败。

作为一名享誉中外的著名专家、教授,刘铭庭开始了他人生的第一次艰难创业,或者说他从一名科学家变成了一名地地道道的农民。让我们来看看他们当时的真实生活状况吧!

沙漠里的三个"家"

如果从储惠芳这边说起,那么就应该从 1993 年开始。那一年刘铭庭 60 岁,储惠芳 55 岁,他们刚好同一年退休。按照一般的家庭生活安排,这是多好的事情啊,辛苦了一辈子,也该好好享受一下退休后团聚的生活了。可是刘铭庭没有,他到塔中的沙漠里帮石油基地防风治沙去了。1995 年,他又到于田的沙漠里帮人们搞红柳大芸推广,这样时间就没法掌握了,那将是一个根本无法确定的长期过程。

储惠芳对他很不放心,风风雨雨几十年,他一个人一直在外奔波,他们总是聚少离多,现在退休了还不能在一起。既然他不能回乌鲁木齐,那么她就决定来于田,和他一起承担红柳大芸推广工作。储惠芳说,只要和他在一起,再大的困难也能克服。

其实储惠芳是有思想准备的,她与刘铭庭相伴几十年,他的工作环

第九章　无悔人生　情重如山

境、工作性质、生活习惯她是了解的。她去过莫索湾治沙站,也去过塔中治沙站;1960年她还参加了卫生厅组织的医疗队,到阿克苏基层进行防治妇女病工作。不就是吃苦嘛!她一辈子什么苦没吃过?怕啥?儿女们都劝她,妈妈你都退休了,还要去自找苦吃?但她决心已定:他在哪里,我就在哪里。

1996年10月下旬,天气已经冷下来了。她搭乘一辆去于田的长途班车,车况很差,车内没有暖气,储惠芳冻得直哆嗦;晚上中途休息,她就在10元一晚的小旅社里住了一晚,第二天晚上才到于田车站,路上走了整整两天。她又找了一家小旅社,里面只有一张床、一床被子,不仅条件简陋,也很不卫生。储惠芳决心坐等到天亮,不承想,由于一路太疲倦,没有熬住,结果一头倒下睡到天亮。

第三天上午,储惠芳从于田县乘拖拉机开始向奥依托格拉克乡的沙漠里走,刘铭庭的大芸基地就在那里。由于路面坑洼不平,25千米的路走了两三个小时,一路连颠带冻,很是受罪。就这样,储惠芳还是义无反顾地来到了于田的大沙漠里,来到了刘铭庭的身边。

由于于田县属于国家级贫困县,经济非常困难,在大芸还没有种植成功的情况下,刘铭庭不愿意给于田县政府增加半点麻烦。于是他就用自己的存款,花了5万元,在50亩试种红柳大芸的沙地旁边盖了7间平房,这就是储惠芳来到于田沙漠里的第一个家。

他们就在这沙漠里住了下来,过起了面朝黄沙背朝天的农耕生活。这里没有水、没有电、没有路,离村里最近的一户人家也有两千米,说农耕生活都是一种赞美,更多的是一般人根本无法想象的生活。

晚上伸手不见五指,他们就用一个小碟子装上食用油,再用一块棉花搓成棉条,放在碟子里面,屋里才有了光明。

这还不算什么,最难的是吃水,附近没有水源,必须到两千米以外的村里涝坝拉水吃。于是刘铭庭就买了辆毛驴车、一个装水的桶,三天两头赶着毛驴车到村里的涝坝去拉水。还有一个问题是没有路,仅有几段小路,上面全是沙子,毛驴车在沙子上根本走不动。这样每次拉水都得两个人,刘铭庭赶着毛驴在前面拉,储惠芳在后面推,每拉一次水两个人都累得筋疲力尽,好半天都缓不过气来。

再就是出行困难,因为没有路,没有交通工具,外出极其不便。他们那里离县城有20多千米,既没公交车也没班车,刘铭庭又经常要到县里办事,于是他就买了一辆带斗子的电动三轮车,既能当交通工具,又能随时带些生活必需品。一个为国家奋斗了一生的科学家,一个一心为民造福的专家,在65岁的年纪学起了开三轮车,这似乎是一件不可思议的事情,但它就发生在刘铭庭的身上。而且他开得还很好,直到十几年后的2014年,已经82岁高龄的他还在开着这辆电动车,结果在一次出行中发生翻车事故。他摔断了七根肋骨,幸好是摔在沙子里面,要是翻到硬路上他可能就性命难保,但他的腿部留下了残疾,造成他此后行动不便……在后来大芸基地他家门前的两层台阶的右边,拴着一根铁链子扶手,他每次都要依靠这根铁链子才能勉强进出。就是这样的身体,就是88岁的高龄,还在过着这样的生活,还在这里坚守着,这是后话。

最艰苦的还不是这些,而是艰难无比的日常生活。那里没有菜市场,没有肉铺,买菜要到县城或附近很久才能遇到一次的巴扎上买。没有冰箱,买一次菜仅够吃几天,剩下的日子只能吃些野菜或根本无菜可吃。至于副食品更是没有,那里的羊肉特别贵,他们舍不得吃,因为他们把钱都用在种植大芸上面了。在开始的一年多时间里,他们几乎没吃过肉。

生活环境差也罢,不吃肉、不吃菜也罢,关键他们还在干着超常的

第九章 无悔人生 情重如山

重体力活。首先要对50亩地进行平整,然后要在地里栽种红柳,红柳成活以后要浇水,要除草,要管理,要在一棵棵红柳的根部种植大芸,每一项都要进行精细化管理,都要付出超常的体力。农民们都说,只要是和土地打交道的活,就没有一样是好干的,何况他们。为了早日种出大芸,为了节约有限的资金,他们不敢多雇人,每项工作都是亲力亲为。每天的重体力劳动,每天艰难无比的生活状态,这样的创业,有几个人愿意干?

最难过的是储惠芳,在那偏远的沙漠里就一排孤零零的平房和她一个人,害怕和寂寞双重的痛苦折磨着她。刘铭庭经常外出办事,独自在家的她整天见不到一个人,偶尔看到放羊的小孩都倍感亲切。刘铭庭就从策勒拉来一车红柳条子做篱笆,围了一个小院子,似乎有了这层篱笆墙,就多了几分安全感,至少在心理上是这样的;刘铭庭又专门养了一条当地土狗,一是给她做伴,二是给她壮胆。

刘铭庭事情多,经常外出参加沙漠治理、大芸栽培等各种会议,还有关于大芸基地的许多事情都要和县上领导与有关部门接洽、联系,而对50亩红柳大芸的管理和种植主要靠储惠芳带领工人们来干。幸亏有了储惠芳,刘铭庭才能想到哪里就到哪里,可以说,储惠芳在刘铭庭的事业上起了极其重要的作用。

储惠芳干活用的坎土曼是刘铭庭从吐鲁番捎回来的。它是方头、较小、较轻的农具,储惠芳用它成天和工人们一起干活,一天干下来腰酸背痛,两条腿都迈不动。储惠芳暗下决心,环境再恶劣也要挺过去,一定要支持刘铭庭在这里种出红柳大芸来,帮助这里的农民学会红柳大芸种植技术,让大家摆脱贫困,走上致富道路。她每天就这样给自己鼓劲、打气,第二天咬牙接着干。

春节、肉孜节到了,该给工人们放几天假,让他们回于田和家人团聚,他们成天待在这沙漠里,也够难为他们了。但他们担心储惠芳一个人在沙漠里会害怕,她就轻松地对他们说,你们就放心地回去吧,这里又没有老虎,阿姨不害怕。

话虽这样说,但心里还是怕。白天倒没什么,下地干些活,一天忙忙碌碌地就过去了。可等到天黑下来,夜里躺在床上,想的都是些随时可能发生的恐怖事情。听说前些日子,有两个犯人从于田劳改农场逃跑了,他们会不会逃到这里来?养的那条狗,平日里它叫不叫也没人在意,可现在,特别是在夜里,它偶尔叫几声,储惠芳就会想,是不是犯人来这里了?狗突然停下不叫了,她又想,是不是坏人把狗毒死了?就这样胡思乱想,漫长的一夜便在煎熬中度过去了。

假期结束了,工人们高高兴兴地回来了,储惠芳什么也没说,就像没事人一样继续带他们下地干活。

在这一年多的时间里,储惠芳体重整整下降了10千克,刘铭庭更惨,体重下降了12千克。他们变得又黑又瘦,瘦得都脱了相。刘铭庭和老伴相互看着的时候,心里都很难过,都很心疼对方,但他们都没有说出来,还都说对方看着更精神了。因为他们都理解对方,他们都渴望成功,这是支撑他们的精神支柱,他们都尽可能地给对方多一些安慰,多一些信心,多一些支撑下去的力量……

1998年2月7日,这一天是储惠芳的60岁生日。那天刘铭庭开着拖拉机到沙漠里去采集红柳种子和红柳枝条了,他要提前为第二年的育苗做准备,就留下储惠芳一个人在家。远在西安工作的二女儿刘卫华和在更远的福州工作的小儿子刘兵,已经几年没见到父母了,十分想念他们,他们相约这一天来给母亲过60大寿。他们从遥远的内地大都市来到这偏远的西部大沙漠,他们想欣赏一下父母在乡村的田园生活。可当他们踩着沙土,艰难地走近沙漠里孤零零的几间小屋时,他们那原

第九章　无悔人生　情重如山

本欢快的笑脸立即僵住了,他们再也笑不出来了,甚至连话都说不出来。他们走进那黑黢黢、屋顶用草帘子搭盖的小屋,看着那盏跟古董一样的食用油灯,看着那极其简陋的农村锅灶,他们想洗把脸,当看到从水缸里面舀出来的涝坝水,上面漂浮着杂物和游动的虫子的时候,吓得将水瓢扔在了地上……

看着这一切,原本想欢欢喜喜地给母亲过个生日的儿女们,都有些不知所措了,他们带来的蛋糕、鲜花、红酒都没有地方摆放;想着在这荒郊野外,母亲一定很害怕,他们带来了电警棍、手电筒、防晒霜等,他们能想到的都想到了,可就是没想到眼前的这般情景……看着父母的生活如此艰辛和母亲如此消瘦,他们的眼泪就在眼眶里打转,虽然和母亲说着话,但说着说着,女儿刘卫华还是忍不住哭起来,接着刘兵的眼泪也奔涌而出,他们围着母亲痛哭起来。想象的一场充满欢歌笑语的生日宴会,变成了一场伤心欲绝的痛哭,这样的结果是谁都未曾想到的。

发泄完内心的悲伤和难过之后,他们擦干了眼泪,带着凝重的表情,拉起母亲的手,坚决要带母亲回乌鲁木齐。母亲虽温柔但很坚定地说,我不能回去,你们的父亲在哪里我就在哪里,我不能把他一个人留在这里。她知道,她现在是刘铭庭唯一的精神支柱,而且这样的生存条件,她又怎么能放心把他一个人留在这里,他们可是一辈子生死相依的伴侣啊!无论怎样的艰难困苦,他们都要在一起,她都要和他共同承受,共同面对。

儿女们也知道母亲做得对,也理解母亲,只是在感情上有些过不去。是的,如果把父亲一个人留在这里,岂不是置父亲于更加危险的境地?母亲在,起码两个人可以相扶相携,生活上可以相互关照,精神上可以相互慰藉,他们怎么可以,又怎么能分开呢?!

儿女们是笑着来的,哭着走的。他们知道母亲将在这里继续受苦、受累,虽然他们心里很痛,很难过,但是他们没有一点办法。他们很无奈,很无助,只能带着无限的牵挂、无限的不舍和依恋,一步一回头,一步一叮嘱地走了。已经走出很远了,母亲还站在那排低矮的小屋前看着他们,孩子们又一次忍不住泪水夺眶而出……

尽管吃尽千辛万苦,但红柳大芸的试种成功还是给了刘铭庭与储惠芳最大的喜悦和安慰,他们觉得前面吃的所有苦都是值得的。

刘铭庭将 50 亩红柳大芸试种成功后,县委书记李斌立即开始在全县大面积推广种植,并对刘铭庭建立新的大芸基地给予了大力支持。1998 年,于田县给刘铭庭提供 500 亩沙地,作为人工大芸种植基地用地,期限为三十年;并答应给刘铭庭打一眼机井,拉通从基地到于田县农业综合办公室一个试验基地的一千米高压线。李斌书记对刘铭庭说,你主要任务是把大芸基地搞好,让于田老百姓随时都能来参观、学习大芸种植技术,随时给他们指导,保证把大芸种植户都教会就可以了。

当时,在沙漠里的 500 亩沙地还是没有房子、没有电、没有水。没有电也就不说了,他们过惯了没有电的日子,关键是没有房子。新基地离他们现在住的地方有 7 千米,刘铭庭当年就在 500 亩大芸基地里培育了两亩地的红柳苗子,要在那里管理苗圃,每天要干活、浇水,来回实在不便。没有房子怎么能行?

通过多方寻找,他们发现距离新基地两千米的地方有几间石油勘探公司废弃的破房子,因石油没有打出来,石油公司就搬走了,刘铭庭和储惠芳决定临时住在那里。

可是进去一看,房子破烂不说,没有门、没有窗子,屋里堆满了黄沙,屋顶还有一个大洞。这能住人吗?储惠芳当时心里很是怀疑。

刘铭庭倒是很乐观地说,我们在野外考察的时候,经常住不上房

第九章 无悔人生 情重如山

子,只要有房子,其他都好说。他用纸箱子把屋顶的洞盖住,上面再压上塑料纸,这样就不漏雨了;又找来几块木板,借来锯子,把窗户、门也安上了,然后把沙子清理出去,感觉有点像个房子了,然后把他们的家具搬进去,他很满意地说,我们的家有了,可以住人了。储惠芳看着也笑了。

如果说先前的那个家是他们的第一个家,那么这个就是他们来到于田后的第二个家,只是这个家还不如那个家。

1998年春天,于田县给他们打的机井没有出水,直到当年的10月份才重新打了一口井。可是他们的两亩苗圃当时就需要浇灌,怎么办?刚好于田县农业综合办公室的基地也在那里,他们有高压线,也有机井。经过协商,他们同意分部分水给刘铭庭他们浇苗地。由于机井离苗圃较远,且地势较高,水引过来很不容易,浇一次水就要忙活几个小时,有时候水小了还引不过来,看着十分着急,储惠芳经常自嘲是"盼水妈"。

就在那年秋天,他们的大儿子刘军也来到了于田县的沙漠,也住进了石油公司的那间破房子里。

1998年秋天,夫妻二人将九大队沙窝里盖好还不到两年的七间房子全部拆掉,把拆下来的木料拉到500亩大芸基地,刘铭庭又在那里盖了七间平房,等于将那几间房子搬到了新基地。原来的房子连工带料一共花了5万元,这次连拆带盖又花了1万元,这样算下来两次盖房子才花了6万元。他们把那里开始做试验田的50亩红柳大芸交给了当地农民管理。

这里成了他们的第三个家,而且是长期的家。刘铭庭和老伴储惠芳便在这片沙漠里扎下了根,从此,他们一年四季都生活在这里,即便是冬天也很少回乌鲁木齐,在这个家里一住就是二十二年。

沙漠之光

储惠芳的艰难岁月

那次儿女们千里迢迢、欢欢喜喜地跑到这遥远的沙漠里来给她过生日,结果却让他们伤心地走了,储惠芳一想起来就感觉有些对不起孩子们。而她当时的心里又何尝不难过呢？可是谁让她当初爱上了他,选择了他呢？

她虽是一个柔弱的江南女子,但有着无比坚强的内心。做过的事、走过的路,她从不后悔,她为他付出的牺牲又何止这一件事情？她为他付出了整个人生。

在刘铭庭四十多年的工作经历中,他始终工作在最前沿的沙漠深处,整个新疆三大盆地的三大沙漠他都走遍了,所有的治沙站他都待遍了,除了从这个沙漠到那个沙漠,从这个治沙站到那个治沙站,他再没有换过其他单位和工作。他的工作规律就是,每年的3月份出去,到当年的十一二月份回来,每年待在乌鲁木齐家中仅有三四个月的时间。

刘铭庭一生与沙漠为伍,和红柳做伴,他的心里只有这两样东西,他把整个家和孩子都交给了储惠芳。他哪里知道这漫长的艰难岁月,储惠芳是怎样一步步走过来的？

当年从扬州卫校分来的15名学生,先后被分配到了全疆各地,有分到哈密的,有分到芳草湖的,但大部分都留在了乌鲁木齐市区,如党校、农机厂、工学院、第四人民医院等,最后留在卫生厅的仅有2人。1962年,储惠芳患上了肺结核,不能留在机关。她调离卫生厅后,开始分在自治区直属小学当校医,1963年学校撤销了,所有工作人员调到乌鲁木齐市第十五中学,于是她又来到十五中继续当校医。

那是一所半农半读的学校,在乌鲁木齐市西郊,即现在的地窝堡飞

第九章　无悔人生　情重如山

机场附近。当时学校有 300 多名学生,六个班都是初中班。

学校有一个农场,原是一所劳改农场,劳改人员搬走后,农场交给了学校管理,因此,学生们既要学习文化,又要参加农业劳动。农场里面有很多窑洞,原来是给犯人住的。于是学校就给储惠芳夫妇分了一间窑洞,他们算是有了一个自己的家。

值得一提的是,就在那间旧窑洞里,刘铭庭和储惠芳还救过两个人的命。那是 1964 年的冬天,当时在他们的隔壁住着学校的其他两位女老师。有一天半夜,刘铭庭突然听到隔壁发出很沉重的呼吸声,断断续续憋气的声音。刘铭庭感觉到不对劲,他突然想起来,下午的时候,他看见一位女老师在生炉子,满屋子都是烟。刘铭庭意识到,她们肯定是煤气中毒了。于是他快速穿衣起床去使劲地拍打隔壁的门,但是里面始终没人答应。他知道一定是出事了,赶紧用身体撞开了门,发现两位老师已经昏迷不醒。他顾不了那么多,立即将两人搬到门口的通风处,并让妻子看守,自己赶紧打电话叫救护车,把她们送往医院。由于发现及时,挽救了两人的生命。事后,医生说,如果再晚一会儿,她们的性命就不保了。后来,两位女老师对刘铭庭感激不尽,把刘铭庭当作救命恩人。

储惠芳和刘铭庭一共生育了四个孩子。储惠芳生产时,刘铭庭没有一次在家,似乎那是她一个人的事情,在她最需要他的时候,他没有一次在身边。1964 年 11 月,他们的大女儿刘渠华就是在这间窑洞里出生的,当时是刘铭庭的母亲从山西老家来新疆照顾她的。

1965 年春天发生过一次较大的地震,储惠芳赶紧往家跑,快到家门口时,看到其他人都在外面躲地震,就是没有看见婆婆和女儿。她赶紧进到自己家,看见婆婆抱着孙女躲在火墙边上,就是不知道往外跑。等地震结束了,婆婆才敢出门,出来一看,人家都在外面,她这时才回过味来,笑着说自己真傻。

婆婆是在储惠芳生孩子之前来的,把刘渠华带到一岁多就回去了。那是储惠芳最艰难的一段日子,她一个人既要上班,又要带孩子。当时孩子还小,刚学会走路,根本不会照顾自己。无奈之下,她只好把孩子锁在家里,当时是冬天,外面的雪有膝盖深,她怕孩子跑出去冻坏了。孩子看不到妈妈,又拉不开门,一个人在家里既着急又害怕,就拼命地哭,当她中午下班回到家时,看到孩子两手扒着门缝还在哭,声音都嘶哑了,她急忙打开门,把孩子抱在怀里,忍不住痛哭起来……

明明知道这不是个办法,还不得不这样干。她改变了一些方法,给孩子买一些小零食、小画书、小玩具,让她一个人在家玩,消磨时间,临走时反复跟她交代,让她听话,不要出去。对于一个一岁多的孩子,无论她听懂听不懂,都必须那样做。怕她着急,这次储惠芳就没敢给门上锁。

刘渠华小时候很懂事,她似乎真的听懂了妈妈的话,妈妈走的时候她把门开开看看,但是不再哭。妈妈示意她把门关上,她就赶紧把门关上。当储惠芳走出很远又回头看时,她果然又把门打开偷偷地看她。开始,储惠芳上班间隙,会抽空回来看她一次,见她玩得很好,没有再哭。储惠芳知道,在她上班的时间里,女儿不知要偷看她多少次,因为家门是开着的,这就给了孩子许多希望,她能在第一时间看到妈妈回来。

就这样一直坚持到大女儿5岁,她向学校请了探亲假,把孩子送回江苏老家,请母亲照看。

1966年,学校盖了几排砖瓦平房,这在当时算是很不错的房子了,学校给储惠芳分了两间,他们夫妇从窑洞搬到平房的时候,比现在住进楼房都高兴,他们算是真正有了一个像样的家。

第九章　无悔人生　情重如山

　　1967年6月，二女儿刘卫华即将出生，储惠芳知道没人照顾，只好请产假回江苏老家生，好让自己的母亲和妹妹帮忙照料。在她回到老家的当天孩子就出生了，差一点把孩子生在路上。由于坐车时间太长，孩子出生后全身都是紫的。之后，储惠芳把孩子留在了老家，由母亲和妹妹照看。我们可以想象，一个刚出生的孩子，没有母亲，没有母乳，外婆是怎么把她养大的，这里面又经历了多少艰难？

　　1970年10月份生大儿子刘军时，实在没办法，刘铭庭只好再次让他已经快70岁的老母亲赶来照顾。这次老人家待得时间较长，一直把刘军带到快3岁。而储惠芳又怀上了小儿子刘兵，本来说好等刘兵生下来以后老母亲再走，可是刘铭庭的大哥要把老家住了几代人的老四合院拆了重盖。在老家，盖房子是一个家庭的头等大事，实在忙不过来，就让老人回去帮忙。老人家帮大忙，看家、搭把手、帮着做饭还是可以的。

　　老人突然回家，让储惠芳有点措手不及，预产期已经接近，一切只能靠自己，因此，那次生小儿子非常危险。

　　那是1973年的8月份，那天，当她的同事把她送往医院的途中她就开始流血，差一点没来得及进产房……我们可以想象，生孩子、坐月子这种事都得靠自己，更别说平时买米、买面、买煤等诸如此类的事情了。

　　那时大女儿刘渠华、二女儿刘卫华已从姥姥家回到新疆上学，再加上刚刚3岁的大儿子刘军，她去医院生孩子，家里还丢下三个孩子没人照顾，只好让刚刚13岁的小妹储惠珠来照顾。小妹虽小，但很能干，把他们姐弟三人照顾得很好。小儿子出生后的第四天，储惠芳就从医院回到了家，这时候刘铭庭才从吐鲁番治沙站赶回来，这是她生四个孩子当中唯一回来的一次，而且还是在生完孩子以后回来的。即便这唯一

147

的一次他也没有好好待在家里,每天都到生地所去忙他的事情。回来也就一个星期吧,他又着急忙慌地到吐鲁番治沙站去了。

民间有种说法,女人坐月子很重要,很关键,不能沾凉水,不能太操心,不能太劳累,总之,什么都不能干,还要吃好的喝好的,不然会落下病。可是不干又有什么办法?她不干谁来干?加上刚出生的小儿子,四张嘴等着吃喝,她不做饭谁做?孩子每天一大堆屎尿片子,她不洗谁洗?在那种时候,哪里还管得了那么多规矩?不行也得行,不能干也得干。整个月子她都是自己照顾自己,还要照顾四个孩子的吃喝,没有一个人给她帮一把手。

她休完产假就上班了。刘渠华和刘卫华已经上学了,可以不用管;大儿子已经3岁了,自己会吃会喝也会跑了,每天就像放羊一样把他放出去,在学校的院子里自己玩,反正有围墙,他也跑不丢,不过每天都搞得灰头土脸的,浑身脏得像个小泥猴。但是小儿子就麻烦了,他是个出生才几个月的孩子,怎么办呢?人们都说老小最享福,可是他们家的老小却是最遭罪的。刚刚出生就没有人管,天天把他放在家里,比当时的大女儿还要惨。储惠芳中途要回来给他喂一次牛奶,每次看见他都在哭,哭得满脸都是泪水,头上的汗水也往下淌,储惠芳看着揪心地疼,但是毫无办法,换好尿布后还得把他放在摇篮里,眼看着他哭,也只能忍痛离开……

关键是当时她没有一点奶水,那时候吃得不好,每天就是白菜、洋芋,再加上她内心焦虑,身体虚弱,怎么可能有奶水?于是,储惠芳每天早晨五点就起床,去六千米外的五一农场给他买牛奶。当时都是那种大梁很高的"永久牌"二八自行车,她个子小,每次骑车都很困难,下来不去,上去又下不来,路又不好走,经常摔跤,一趟来回要两个多小时。储惠芳回来时孩子已饿得直哭,她一手抱着他,一手给他煮牛奶,

第九章　无悔人生　情重如山

有时候牛奶拿不来就只好用炼乳、面糊糊来替代。她喂饱孩子后匆匆忙忙地去上班。那时候不光孩子可怜,大人也很累。

她感到这样实在不是长久之计,每天身心俱疲。她在想,如果把自己身体搞垮了,几个孩子怎么办？当时大儿子虽已送到了学校的托儿所,可是小的怎么办？由于孩子太小,人家不愿意接收。无奈之下,她只好去找学校领导,最后在学校的交涉下,她终于把小儿子送到了托儿所。这样,她的一大难题才解决了,她也轻松了许多。

那时候,在十五中的校园里,每天都能看到这个身体瘦弱的校医,一只手牵着大的,一只手抱着小的,奔波在去托儿所和回家的路上。看着她如此辛苦操劳,看着她的憔悴,谁的心里都会涌出一股酸楚的味道。

就这样,她把小儿子带到快两岁的时候,感觉一个人带着几个孩子实在太吃力,这时刚好孩子的四姨回老家探亲,就让四姨把小儿子带回了江苏老家,还是让自己母亲和小妹帮忙照顾。

如果说储惠芳是刘铭庭的大后方,那么她的母亲又是她的大后方,是让她放心的坚强后盾。储惠芳一共生了四个孩子,刘铭庭一个都没有管过,全都丢给她一个人操持。他把家当旅店,说走就走,一走就是大半年。孩子们都是在夏天和秋天出生的,我们从中可以发现,刘铭庭只有冬天在分院上班的时候在家,整个春、夏、秋三季几乎没回过家。

刘铭庭天天在沙漠里工作,管不了孩子也管不了家,她不能不管。可是她又要工作,又要管孩子,实在应付不过来。为了不影响刘铭庭的工作,只好把孩子一个个地往老家送。

大女儿5岁多就送回了老家；二女儿来得更干脆,直接就生在了娘家,母亲不但要照顾一个刚出生的孩子,还要照顾她的月子；1974年,她又把两岁的小儿子刘兵送到了老家。

父亲因病去世得早,母亲独自一人含辛茹苦地拉扯着六个女儿。储惠芳是家里的老大,按理说,作为大姐是要照顾妹妹们的,是要为母亲分忧的,可是她非但没有,反而把自己的三个孩子也交给了母亲……

这是一个伟大的母亲,她有着宽阔的胸怀;这又是一个勤劳、朴实、能干、持家的母亲。

第十章
"人工肉苁蓉"之父

闻名遐迩的人工大芸种植基地

虽然在人工大芸的种植中遇到了前所未有的困难,但无论条件怎么艰苦,环境怎么恶劣,也无论吃多少苦,受多少罪,刘铭庭和储惠芳都毫不退缩,他们的决心和意志从来没有过丝毫的动摇。

早在1959年,刘铭庭参加中科院的"塔里木东部沙漠考察队"的时候,在沙漠里就见过野生大芸,后来在围着塔克拉玛干沙漠转了几十年的考察中,寄生在红柳根部的大芸更是屡见不鲜。他知道大芸是名贵药材,价值不菲,一直被医学界誉为"沙漠人参"。野生大芸数量很少,加上掠夺性的过度采挖,更成了稀缺之物,再加上国家对这种破坏生态的野蛮采挖方式明令禁止,野生大芸更成了稀缺之物。因此,这更促使他尝试人工种植大芸。

到了1986年,通过他的洪灌技术,和田地区红柳越来越多,但老百姓并没有得到实惠。刘铭庭就想着,如果能一边通过红柳治沙,一边种出红柳大芸就好了,这样社会效益、经济效益都有了。当时天麻已经开始了人工种植,而大芸和冬虫夏草人工繁殖还没有研究出人工种植方法,他就想利用研究红柳之便,研究出人工大芸的种植方法。

于是,1985~1986年在策勒治沙站工作的时候,他便开始了对肉苁蓉人工种植的研究和试验。虽然肉苁蓉在中药上民间已使用了两千多年,但从未进行过人工繁殖,很多人都进行过尝试,但没有人成功,刘铭庭心里也没有十足的把握。

结果很是让人意外,研究工作进展得极其顺利。他在中华柽柳上接种的大芸结得特别多,一棵红柳上就收获了20多千克大芸。这完全得益于他多年对野生肉苁蓉生长条件和生长规律的认真研究,以及对其生长环境和不同生长期的仔细观察。

1986年,他的人工肉苁蓉种植技术获得成功。这是人类第一次把这种名贵药材种植成功,完全是我国的知识产权。当时许多报纸对他的这一难得的发明争相报道。一阵喧嚣之后又归于平静,他的这项极其珍贵的科研成果并没有得到当时人们的重视,更没有机会发挥它应有的作用。

1988年,刘铭庭在策勒治沙站承担了新疆维吾尔自治区科委的"柽柳肉苁蓉人工繁殖技术试验研究"课题,这是刘铭庭对人工大芸种植的第二次试验。

事情的经过大致是这样的:1987年的时候,乌鲁木齐医药公司有个研究人员叫李佳桢,他是自治区中药民族药研究所的研究员,也一直在研究人工大芸种植,结果种了几年一直没成功。他们公司每年都要收购野生大芸,和刘铭庭经常联系。当时刘铭庭已经研究成功,于是他

第十章 人工肉苁蓉之父

就和刘铭庭共同向自治区科委报了一个课题,就是"柽柳肉苁蓉人工繁殖技术试验研究"。科委一共给了三万元,他给了刘铭庭一万元,留下两万元,结果他什么也没干却把钱花光了,刘铭庭只拿了一万元,倒是实打实地种出来人工大芸。

当时刘铭庭是在他们的策勒治沙站的红柳林里做试验的。为了全面检验各种红柳接种大芸的效果,刘铭庭分别在九种红柳下面接种了大芸,在1990年春天,每种红柳大芸都出来了。因为野外没有人看管,出来的大芸都让附近的老乡挖光了。直到1992年4月22日,新疆维吾尔自治区科委才去进行现场验收。

那一次验收的过程也很有意思:因为是一大片红柳林,大家看到了许多露出地面的大芸,可是红柳本身也有自然生长的野生大芸,大家分不清大芸是野生的还是人工种植的,于是就决定:露出来的挖,没露出来的也要挖。他们随意地进行抽查,指着一棵红柳就问:"这棵下面有没有?"刘铭庭对种过大芸的地方都很清楚,于是刘铭庭就回答:"有。"一挖下面果然有大芸。又问:"这棵下面有没有?"刘铭庭回答:"没有。"一挖果然没有。就这样反复试验,结果无一差错。这样他们才相信刘铭庭真的把大芸种出来了,于是验收通过。在1992年6月份召开的全国星火计划展览会上,刘铭庭的这项"柽柳肉苁蓉人工繁殖技术"成果获全国星火展览会金奖。

那一次,在刘铭庭试验地进行柽柳人工种植肉苁蓉产量测定时,从一条1.5米长的人工种植沟中挖出鲜肉苁蓉9千克,平均每平方米产鲜肉苁蓉6千克。每4千克鲜肉苁蓉能晒出1千克干肉苁蓉,按当时新疆乌鲁木齐市场上收购干肉苁蓉12元1千克的价格计算,1公顷人工种植的柽柳肉苁蓉收入在6万元以上,这可以说是一项让沙区群众脱贫致富的好技术。在沙区推广肉苁蓉人工种植技术,可以使广大沙区群众短期内脱贫致富,而且种植的红柳还可以防风固沙、保护农田、放牧牲畜、提供烧柴,使生态环境由恶性向良性转变。

自治区科委验收大芸种植成功的消息不胫而走,当时许多报纸都进行了报道和宣传,但是此事没有引起人们太多的关注。

直到1995年,在如何带领农民脱贫致富奔小康成为各级政府工作主题的新形势下,人们才想起了曾经成功种植人工大芸的刘铭庭。于田县委书记李斌以于田县人民的名义,请来了刘铭庭。

李斌是1994年初担任于田县委书记的,他早在1988年就认识刘铭庭了。当时李斌还在和田县担任主抓农业的县委副书记,刘铭庭忙着在南疆四县利用洪灌大面积发展红柳,他带着一名研究生到和田县考察,李斌陪着刘铭庭他们在沙漠里整整转了三天。

李斌担任于田县委书记的任命是1994年元月2号宣布的,他3号就到于田就职。他为什么那么着急?因为他是在于田长大的,他对于田有着深厚的感情,让于田人民富起来是他最大的心愿,也是他的使命。

李斌1954年10月出生于四川省南充市营山县,他的叔叔和婶婶是1949年跟随王震将军进疆的老军垦,他们一直到60年代还没有孩子,李斌当时是家里的第二个孩子,于是父母就把他过继给了叔叔。他是1965年来到于田的,当时只有11岁,于田成为他的第二故乡。此后他一直在于田上学、工作、下乡、入党,一步步走到今天,并成长为一名党的领导干部。他是喝着于田克里雅河河水长大的,是于田这片土地哺育他成长的,他对于田有着深厚的感情,现在他成为于田县委书记,能让于田的人民脱贫致富过上好日子,他觉得这是他对于田人民最好的报答。

在思考发展什么产业才能让于田人民尽快脱贫致富的时候,他就

第十章 人工肉苁蓉之父

想起了会种人工大芸的刘教授。李斌书记知道大芸具有活血壮阳等功效,被誉为"沙漠人参",是一种珍贵的中药材。近年来由于人们对家庭生活高质量的追求,大芸受到人们的青睐,需求量不断上升。而由于红柳被大面积破坏,药源又大幅度减少,供需矛盾凸现,大芸价格快速攀升,暴利引发了滥挖大芸的狂潮,一方面加剧了大芸产量的下降,另一方面导致了生态环境的破坏。如果能把人工大芸发展起来,不仅能让于田人民致富,而且破坏生态环境的行为也能得到有效制止。

之前他不仅听刘铭庭说过,在1992年的时候也看过刘铭庭成功种植大芸的报道,他当时就感觉到,这能让农民快速走上致富的道路。他打听到刘铭庭正在塔中油田,立即让奥依托格拉克乡党委书记马建新,拿着他以于田人民的名义写给刘铭庭的信,亲自交到刘铭庭手中。因为奥依托格拉克乡位于塔克拉玛干沙漠边缘,如果要发展人工大芸种植,首先要从那里开始。

刘铭庭应邀来到于田县见过李斌书记后,李斌又把奥依托格拉克乡党委书记马建新叫到一起,进行了大芸种植有关工作的安排和对接,让马建新书记尽全力支持刘铭庭的人工大芸种植。于是,奥依托格拉克乡就先给刘铭庭50亩沙地做试验,试种成功后再大面积推广。

通过大芸种植,刘铭庭和李斌书记建立了深厚的友谊,李斌书记也给予刘铭庭尽可能的支持。后来李斌调到和田市任市委书记,那里有个乡叫阿克恰尔乡,这个乡在沙漠里,离和田市有100多千米。其间,李斌还邀请刘铭庭到那个乡,指导当地种植了几千亩大芸。

1995年春天,当时奥依托格拉克乡派了20多个人,协助刘铭庭一起种红柳。也许是因为大芸的种植点燃了他们致富的梦想,50亩的红柳他们一天就栽完了。刘铭庭又教给他们管理方法,他们也十分尽心,管理得很好。

秋天的时候红柳生长良好,长势旺盛。1996年春,他们又在那片红柳地里接种上了大芸。大芸最开始的生长期很长,从栽种红柳到大芸出土要两年时间,收获要到第三年。大芸种子在红柳根部结上后,在土里要长整整12个月才能出土,但以后就无须再种,因为大芸种子会在红柳根部一代代、一批批连续繁殖,此后每年到时间直接收获就可以了。

在刘铭庭和储惠芳的精心管理下,1996年大芸就结上了,1997年春天终于出土了。通过两年多的精心管理,人工大芸终于种植成功。看到一行行如春笋般的大芸,刘铭庭和储惠芳比谁都高兴,两年的心血没有白费,他们的艰辛付出终于有了收获。

红柳大芸种植成功的喜讯,给了于田人民巨大鼓舞和希望。

1998年3月,于田县领导班子在奥依托格拉克乡召开了现场会,县委书记李斌带领四套班子来观看。县委县政府高度重视,决定立即大力发展红柳大芸。于是在奥依托格拉克乡九大队、十大队10多千米的沙地里开始大面积种植大芸,到2002年就形成了2万亩大芸种植基地,三个乡的农民都在经济上收到了实效。与此同时,许多县又邀请刘铭庭给他们办班、讲课,如策勒、民丰等,刘铭庭有请必到。于是整个和田地区都种植红柳大芸,到2006年种植红柳已达18万亩,14万亩种上了大芸。到2019年底,整个和田地区大芸种植面积有50余万亩,仅于田一个县就有18万亩。特别是由于刘铭庭的大芸基地在于田,"近水楼台先得月",他亲自指导于田农民,于田县的单产最高,总产占整个和田地区一半以上。

为了让刘铭庭更好、更长久地指导当地农民种好大芸,1998年,于田县在奥依托格拉克乡一大队和二大队交界的地方给刘铭庭划了500亩沙地,打了一口机井,拉了高压线。为了给于田人民吃一颗定心

第十章 人工肉苁蓉之父

丸,刘铭庭把原来的七间房子拆掉,又在那里盖了七间房子,那里就成了于田县红柳大芸示范基地。

那里成为全国第一个人工大芸种植基地,也是全世界第一个。全世界有很多沙漠国家,有很多研究沙漠植物的科学家,但第一个人工种出大芸的科学家是刘铭庭。2003年,刘铭庭获得全国肉苁蓉人工种植发明专利,他也成为名副其实的"人工大芸之父"。紧接着,他又成功研发出了"大芸开沟撒播高产种植法",把人工大芸种植技术推向了世界。

2001年9月,第六届国际沙漠会议在新疆首府乌鲁木齐召开,刘铭庭曾以令人瞩目的成就三次受到联合国环境规划署的嘉奖,现在人工大芸种植又获得成功,深受人们的关注。因此,当时会议还有一个重要议程,那就是在会议结束后,与会人员要到距离乌鲁木齐1000多千米的于田县,实地参观刘铭庭的红柳大芸种植基地。

国家特等奖获得者、84岁的中科院院士刘东升也来到了大芸种植基地。参观后他感慨地说:"把科研工作和治沙第一线工作结合在一起,非常了不起。"

看了大芸种植基地之后,世界沙漠会议主席威廉姆斯握着刘铭庭的手说:"我很高兴地看到了你长期以来努力的成果,希望你长期干下去,而且也希望你享受生活。"

刘铭庭表示,他一定要在这个地方干下去。让沙区的老百姓都富裕起来,就是他最大的快乐。

刘铭庭的大芸种植基地,以及他扎根南疆搞科研,让当地老百姓脱贫致富的事迹,更是引起了社会各界的广泛关注。一时间,到大芸种植基地参观、考察、学习的中外人士络绎不绝。

中科院院士、时任全国政协副主席的宋健专门视察了刘铭庭的大芸农场，挥毫写下了"向刘铭庭教授致敬意"的题词，以表达对刘铭庭的敬意；国际著名药物学家、美国科学院院士郑其勇教授参观了刘铭庭的大芸农场后，向和田地区的领导表示："刘铭庭教授是你们和田的一个'宝'，你们一定要把这个'宝'用好。"北京大学教授屠鹏飞2001年春考察了刘铭庭的农场后，说这里是全国面积最大、管理最规范的人工大芸种植基地，并准备将第二届"国际肉苁蓉学术会议"安排在和田举行。果不其然，2002年4月，第二届"国际肉苁蓉学术会议"在和田如期召开，来自美国、日本、越南等国的代表在会议人员的安排下，来到基地进行了参观；澳大利亚荒漠环境管理中心的一位官员看着眼前的景象，感动地说："我见过很多国家的沙漠，但我永远忘不了这个地方！"

还有日本小岛晓教授，德国、瑞典沙漠科考队等团体均来基地进行了参观访问；而国内各地前来参观、考察的专家、学者、代表团，以及想发展人工大芸地区的领导、专业人员及种植户更是不计其数。

四面开花的大芸种植热潮

刘铭庭的大芸示范基地发挥了极其重要的引领和示范作用，农民们有不懂的地方都跑来问，跑来学习，刘铭庭手把手一个个地教，直到教会为止。抛开他在和田各县举办的10多个培训班，仅在大芸种植基地手把手教会的徒弟就有100多名，这些徒弟都成了大芸种植能手，他们又教会了更多的农民，就这样依靠"传帮带"的形式，于田县迅速成了大芸种植高产地区。

红柳大芸改变了沙区农民的生活。以前大家都很穷，一看种大芸能致富，大家都抢着种，积极性空前高涨，现在把能种的沙丘全种上了。

红柳大芸的快速发展，让很多农民走上了致富之路。干大芸最高亩产可达200千克,1亩地可收入4000~8000元,是棉花效益的4倍。2014年,于田县全县鲜大芸产量高达1.5万吨,价值1.9亿元以上,于田县沙区各族人民摆脱贫困,走向了小康。仅仅三五年的时间,许多农民家庭买了小汽车,盖上了新房子,家里实现了电气化,过上了与城里人一样的幸福生活。刘铭庭看到他的红柳大芸造福了一方百姓,几十年的愿望得以实现,心里感到无比的高兴和欣慰。

于田县奥依托格拉克乡拜合提村,今年46岁的村民达吾提,没种大芸之前,生活极其困难,家里仅有6亩地,只能够保证吃饭。2004年开始跟刘铭庭学种大芸,2006年600亩大芸开始收获,当年获利8万元;2007年以后每年收入10万~20万元;到2015年以后,每年都是20万~30万元。达吾提这个曾经的徒弟也变成了师傅,仅他教会的种大芸的农民就有60多人,带动了一大批农民富起来。不仅如此,他的大芸农场现在已发展到2000亩,为了让更多的家庭脱贫,他雇用了11个贫困家庭的成员在他的大芸农场里工作,男的每月工资3000元,女的2100元,他的事迹还被搬上了新疆电视台《好大一个家》栏目。为了表彰他为脱贫攻坚做出的贡献,2019年乡里奖励了他一台带农具的拖拉机,价值8.8万元。他说今年乡里还要奖励他,但不知是拖拉机还是钱。

奥依托格拉克乡十一大队四小队40多岁的买土·哈森木,原来专门挖野生大芸,一天能挖十几千克,他有三个孩子,全靠挖野生大芸补贴家用。那时他就想,要是能人工种植大芸该多好啊!后来听说刘铭庭在九大队种了50亩大芸,立即跑来看,一看是真的,他高兴得不得了,他多年的愿望竟变成了现实,他当时都有些不敢相信。于是他立即拜刘铭庭为师,请刘铭庭教他种大芸。他立即从一个挖野生大芸的变成了人工种植大芸的,成了刘铭庭的第一个徒弟。现在他的大芸收入每年为 20 万~30 万元,他原来连一辆毛驴车都买不起,现在已经换了四辆小汽车了,公家给他分的防震房他嫌不好,自己盖了一套几百平方米、具有维吾尔族风格的花园式住宅。

六大队农民达吾提·白介甫开始什么都不会,刘铭庭就手把手地教他,帮他栽红柳苗子,帮他种大芸,现在他每年的收入为 20 万~30 万元。像这样靠种大芸致富的例子,在于田县可以说是不胜枚举。

刘铭庭对我说:"过去虽然沙漠上都栽了红柳,风沙是治住了,可是老百姓没有得到实惠,我就想把这个药材研究出来以后,大面积种植红柳,红柳固沙,根上长药材,既能防风固沙,老百姓又能致富,这样就形成了良性循环。这个愿望终于实现了,这是让我最高兴的事情。"

他不但帮助和田地区发展大芸,在他的帮助下,就连内蒙古、甘肃民勤、吐鲁番等地的大芸种植都发展起来了,那里的农民也靠种植大芸富起来了。

位于河西走廊的甘肃民勤县,是一个极其贫困的地方,那里也是沙漠地区,非常适合发展大芸种植。他们原来请内蒙古的人在 200 亩沙地上试种梭梭大芸,结果三年都没有种出来,他们几经周折打听到了刘铭庭,就通过郑国锠院士邀请刘铭庭来教他们种大芸。

2007 年,兰州大学教授、中科院院士郑国锠知道情况后,就给甘肃省委书记陆浩写信说:"我有个叫刘铭庭的学生会在沙漠里边种肉苁蓉,我们民勤的群众苦得很,而这里地质非常适合发展人工肉苁蓉种植……"郑国锠原是刘铭庭在兰大上学期间的生物系主任,在后来的日子里他们始终保持联系,刘铭庭经常向他汇报自己的情况,因此他对刘铭庭的情况非常了解。通过郑国锠的牵线搭桥,刘铭庭欣然前往。甘肃省政府给了他 37 万元经费,他买了 15 千克梭梭大芸种子后就去了民勤。当年种进去第二年就出来了,这样民勤大芸很快就发展起来,

第十章 人工肉苁蓉之父

很多群众也致富了,现在当地的大芸种植已发展到5万多亩,刘铭庭又造福了一方百姓。不仅如此,就连张掖也请他去讲课,这地方也开始种起了大芸。

2010年,吐鲁番请刘铭庭去讲课,刘铭庭给他们办了一个100多人的大芸高产技术培训班,这里的大芸很快也发展起来了,现在也有几万亩了。吐鲁番卡特卡勒乡(原红旗公社)解放大队农民赛提·阿不力孜,2019年挖了250亩梭梭大芸,卖了40多万元,还收了200千克大芸种子,梭梭大芸种子在内蒙古1千克要卖到一万多元,即便按新疆的价格也能卖到几十万元。

2003年,内蒙古沙产业协会邀请刘铭庭前去帮助他们种植红柳大芸,许多种植户都争相邀请刘铭庭前去指导。那一次,他还帮助许多种植户进行梭梭大芸种植。2004年,内蒙古召开西部农业博览会,邀请刘铭庭前去参展,在刘铭庭的指导下,他们的红柳大芸亩产达到300千克,在内蒙古当地引起轰动。内蒙古沙产业协会会长王家祥高兴地说:"这是一个很大的突破,感谢刘铭庭教授及其一行对我们内蒙古沙产业的大力支持。"

2005年,他们又邀请刘铭庭到内蒙古磴口县去参加梭梭大芸鉴定会。梭梭林场场长杨林在会议上说:"我跑过全国所有沙漠地区,试验了各种大芸种植法,只有刘教授的'高产法'最实用。"他的梭梭林场在内蒙古磴口县,他是当时内蒙古第二大梭梭大芸种植户。

魏军现在是内蒙古梭梭大芸第一种植大户,有1.3万多亩梭梭大芸,他采用现代化的滴灌设备。他与刘铭庭是在2004年内蒙古西部农业博览会上认识的,2005年他邀请刘铭庭去给他指导梭梭大芸种植,2006年梭梭大芸就出来了。他那里非常适合种植梭梭大芸。经过十余年的努力,他的梭梭大芸平均每亩产量达到600千克,每年收入为几百万元。后来他其他什么都不搞了,一心一意专门种植梭梭大芸。刘铭庭还特意给他们交代,种梭梭大芸的时候千万不能多浇水,因为梭梭是不喜水的,不然就会得白粉病和根腐病。

还有陕西靖边县的一个叫王鑫的红柳大芸种植户,他们那里地处毛乌素沙漠南缘,年平均降雨量为 200～300 毫米,因为降雨多,那里不能种梭梭,只能种红柳。他种的红柳大芸年年都被冻死,他就邀请刘铭庭去给他指导。刘铭庭过去以后,发现那里的雨水好,大芸长得特别快,就给他制订了种植方案:"你要想让大芸长得大、产量高,那你就一定要种深,要种到 80 厘米左右;另外,你一定要在上冻之前,把春天接种的大芸个头大的挖掉,要让其他大芸在冻土层以下,这样冬天就冻不死了。"

刘铭庭说,由于红柳大芸含糖量低,不抗冻,冬天容易冻死,而梭梭大芸含糖量高,冬天一般冻不死。在那里刘铭庭还发现了一个奇怪的现象,靖边这边的红柳大芸过不了冬,而距离他们 60 千米,更靠西的银川就没事,他们那里就没有发生过大芸被冻死的现象,大芸都能安然过冬。

河南兰考县有很多沙漠,山东部分地区也有沙漠,他们都准备种梭梭大芸,在请教刘铭庭时,刘铭庭就不让他们种,因为那里的年平均降雨量为 500～600 毫米,根本不能种梭梭,只能种红柳。因此,刘铭庭让他们避免了投工投力而不得效益等损失。

而陕北的毛乌素沙漠、内蒙古的腾格里沙漠,年平均降雨量为 300～400 毫米,那里的沙漠里自然生长的植物有红柳,但是没有梭梭,梭梭在那里都长不成,更不要说河南、山东了。

为了尽量缩短大芸收获时间,让农民们尽快见到效益,刘铭庭在大芸种植周期上反复试验。最早的时候都是春天栽红柳,第二年春天种大芸,到第三年春天才收大芸。刘铭庭经过反复试验,大大缩短了种植期,改为春天栽红柳,当年秋天接种大芸,第二年秋天挖大芸,这样周期就缩短了半年。也就是让大芸不过冬,原来春天挖大芸,改为现在秋天挖大芸。

为了提高大芸产量,刘铭庭又在增加大芸生长期上做试验,取得了明显效果。就是说原来秋天种大芸,又改成5~6月就开始种大芸,到第二年秋天收大芸。这样就提前了大芸和红柳的接种期,使大芸的生长时间增加了三四个月,这就使大芸高度明显地增加,产量自然就提高了。现在,整个和田都按照这样的种法。可以说,经刘铭庭不断研究和创新,在压缩大芸生长周期、提高大芸产量方面,已经达到了最大化。

大芸示范基地在艰难中崛起

刘铭庭的大芸示范基地已经闻名遐迩,可是谁也不知道它的发展历程有多艰难,浸透了刘铭庭和储惠芳多少心血,其中也凝聚着各级领导和社会各界的关心与支持。

1998年秋天,刘铭庭开始了对500亩新基地的全面开发和经营。首先就是平田整地,而平田整地是最花钱的。当时给他的500亩沙地都是2~3米高的沙丘,要把所有的沙丘推掉整平,当时推土机推平一亩沙地要500元费用,他们没有那么多的资金,只能一步步来。1998年一共推了150亩地,这样就花掉了7.5万元。刘铭庭主要是靠他和储惠芳两人的工资收入,以及儿女们的资金支持,没有更多的资金,加上盖房子、雇人,购置摩托车、拖拉机、生产用具及其他生活必需品,那一年总共花去了20多万元,这也是刘铭庭当时所能筹到的所有资金。

1999年春天,他们在整好的150亩沙地上栽上了红柳,2000年又种上了大芸。刘铭庭知道民丰县安迪尔乡有个汉族农民叫刘雪达,他专门收购野生大芸和大芸种子,因为当时没人会种大芸,大芸种子也很便宜,刘铭庭就一次从他那里买了40千克,每千克400元,一共1.6万元,可以种500亩地,实际上刘铭庭已经为种植大芸做好了准备。

2001年,150亩沙地大芸终于大量出来了。可是他当时只有这么大的能力,只能整出这么多地,剩下的350亩沙地他再也没有能力去平整了。

1999年,《新疆经济报》一位记者在采访他的时候,看到这种情况后,就写了篇以"于田人工大芸种植示范基地严重缺乏资金,需要支持"为主要内容的文章,发在《新疆经济报》的内参上。当时的自治区领导王乐泉看到后觉得,这是带动一方百姓脱贫致富的好事情,应该给予支持。于是他就以"以工代赈"的方式给刘铭庭支持了20万元。还有喀什西域招商集团股份有限公司董事长李时安,他很热心公益事业,他与刘铭庭素昧平生,当听了刘铭庭的事迹后,就专程赶到于田和刘铭庭见面,两人可谓喜遇知音,相见恨晚,李时安当即就向他资助了20万元。这40万元真可谓是雪中送炭,解决了很大问题,帮助刘铭庭渡过了发展中的难关。

靠着这40万元的援助资金,他又开始平田整地,继续扩大红柳面积;2001年8月,他在农场又新盖了十几间房子和一个展厅,总共265平方米。因为那几年到大芸基地参观的人特别多,不仅有国家、地区的各级党政领导,还有许多院士、专家、教授和媒体记者,而更多的是全国及世界各地的参观团、考察团。因此,他非常迫切地需要一个展览厅,以展示有关红柳、大芸种植、栽培和成果的各种图片及文字,以便于进行讲解,让客人对人工大芸种植有全面了解。

第十章 人工肉苁蓉之父

同时大芸农场需要人来管理，如育苗、栽种红柳、种植大芸、平整土地等，而他更多的时间还要去指导农民种植大芸，给人家讲课，还有各种考察团他都要陪同。他的精力有些顾不过来，种植规模只能以每年100多亩的速度逐步发展。直到2003年，他的500亩沙地才平整完，在另外300多亩的沙地里种上了大芸。

2004年是他收成最好的一年，因为考虑到下一年还要扩大大芸种植规模，他就把一部分大芸留了种子，一共收了大约60千克的种子，当时每千克种子价格为600～700元。那年农场共收干大芸15吨，当时每千克价格为30～40元，总价值为50万～60万元，当年人均产值在6万元以上。

2005年秋季，他们计划将剩余的200亩红柳全部种上大芸，而就在这时，刘铭庭发现红柳植株上出现了蚧壳虫，红柳开始大量死亡。刘铭庭害怕虫害蔓延，影响到其他大芸种植户，他想他是为当地百姓造福来的，千万不能让虫害对当地百姓造成损失。因当时没有杀灭蚧壳虫的特效药，为了不让其继续扩散，他首先采取的措施就是除病枝，把所有染病的红柳都砍掉，然后把它们集中起来烧毁，最后喷洒杀虫剂、肥皂水等。为此刘铭庭还专门去自治区林科所、和田林科所等专业部门，请教有关专家，但他们也没有这方面的经验。但为了保护大芸基地，他们采取一切措施，千方百计消灭虫害，全体人员投入灭虫工作。在他们的共同努力下，蚧壳虫病虫害得到有效控制，虽然损失了100多亩红柳，但仍然保护了另外100多亩的红柳大芸，大芸基地也逐渐恢复了生机。

在那些年里，许多领导与组织对大芸基地的发展和建设给予了极大的帮助和支持。

2000年，国家外经贸部一名副部长参观大芸基地，了解到大芸基地经费困难后,他说澳大利亚有一个针对第三世界荒漠化治理的支持款项,我给你们争取一下。结果在2014年,40万元的第三世界荒漠化治理款就下来了,先是拨到自治区外经贸厅,又经和田地区农办转到了大芸农场。

2005年,自治区副主席吾甫尔到农场参观,看到农场路况太差,责成于田县当年六七月,将从315国道到大芸基地的1.5千米柏油路修好。

2006年,自治区人民政府副秘书长李德宏来农场视察,给大芸基地支持了7万元。

刘铭庭的大芸基地还多次承担了国家、自治区等关于红柳、梭梭大芸的高产攻关项目和课题研究任务,其成果不仅走在了世界人工大芸种植技术的前沿,更重要的是为当地农民脱贫致富做出了重大贡献。

在国家"十五"期间,也就是2001～2005年,刘铭庭承担了一项国家重点课题项目,即"红柳大芸人工繁育高产技术",这是关于沙区产业研究的一个重点课题。

这是国家中医药管理局中医科学院中药研究所所长黄路奇承揽的项目,但他当时苦于没有专业种植人才和专门的种植单位。当时刘铭庭的种植技术已经很成熟,之前黄路奇就对刘铭庭的情况进行了较全面的了解,不仅知道当时在全国数刘铭庭种得最好,而且还知道他这里有大芸种植基地。于是他就找到了刘铭庭,让刘铭庭来承担红柳大芸高产种植任务。当时国家一共给了黄路奇46万元经费,他就给了刘铭庭16万元科研生产经费。刘铭庭就在剩余的100多亩红柳地里,选择了50亩红柳长势较好的地种上了红柳大芸。

2005年,中国国家中医药管理局组织全国中医专家在于田大芸种植基地进行全面验收,当时来验收的一共有8人,其中有全国中医医药专家4人，国家中医药管理局中医中药负责人1人，中医科学院中药研究所专家2人，还有一位是某中医药大学药学院院长。他们就在刘铭庭的50亩红柳林里进行大芸验收。

他们进到红柳地一看，出来的大芸多得很，都是一排一排的。他们根本没见过这么多的大芸，随便在哪里挖都有，非常多。一看便知是人工种植的大芸，而且是高产，当时大家一致通过验收。他们让刘铭庭和他们一起回北京，开始向中医科学院报奖，同时又向国家报奖。结果该课题在2006年就获得中国中医科学院"科技进步一等奖"，因为刘铭庭的大芸种植基地是他们的合作单位，所以，刘铭庭本人和"人工大芸种植基地"都获得了2008年国家科技进步二等奖。

这是刘铭庭在红柳大芸大面积推广过程中获得的最高奖励。同时，中药研究所所长黄路奇当时还是研究员，获奖之后便升为中国中医科学院院长、中国工程院院士。

2010年，刘铭庭在大芸农场的红柳地里，专门选了1亩地进行高产大芸种植试验，那片红柳长势非常好，有4米多高，他就是想看看1亩地到底能产多少大芸。

他是2010年10月接种上大芸的，经过一年的精心管理，2011年10月开始收获，当时于田县在大芸农场召开了红柳大芸现场会，经过当场过秤，结果亩产量高达2634千克，可以说这是红柳大芸亩产最高量，创红柳大芸世界亩产最高纪录，这个纪录至今没有人打破。

还是在那块地里，第二年春天他没有接种大芸种子，完全靠第一年的大芸种子和红柳自然接种，结果第二年收获了2600千克。就是说，利用"开沟撒播高产法"，1亩产量最高有2吨多。如果按当地价格每千克10元计算的话，这样1亩地的产值就高达2.6万元。

通过这次高产种植试验，刘铭庭总结道，只要好好经营，认真管理，小面积也能致富。刘铭庭说,还有一点是关键,那就是大芸产量高低,关键要看寄主长得好不好,大芸的产量与寄主有直接关系。这就要求我们在种植大芸的时候,首先要把寄主管理好,这样才能保证大芸年年高产。

2013~2018 年,大芸农场开始运用自治区科技厅科技兴农项目"和田地区梭梭大芸高产技术",主要是对和田地区梭梭大芸高产技术的推广和应用。

由于当时红柳大芸市场价格下降到每千克 6 元,而梭梭大芸一直稳定在每千克 18 元,而且梭梭大芸还具有省水、抗旱、价格高、价格稳定的优势,虽然产量比红柳大芸略低一些,但它较低的成本足以弥补产量的不足,况且每千克价格是红柳大芸的三倍。因此,沙区农民普遍要求种植梭梭大芸。在此形势下,自治区科技厅便启动了该项目。

项目开始后,自治区科技厅给了大芸基地 65 万元的科研经费,自治区科技兴农办公室(农办)给了 40 万元,合计 105 万元。刘铭庭 2014 年就在大芸农场种植了 40 亩的梭梭大芸,2017 年提前完成任务,每亩产梭梭大芸 500~600 千克,这样就起到了很好的示范作用。

过去和田地区之所以很少种植梭梭大芸,主要是因为没有梭梭苗子。为了发展梭梭大芸,刘铭庭从 2014 年开始,每年培育 5 亩梭梭苗子,亩产 10 万株,5 亩地产 50 万株,1 亩梭梭大芸需要 250 株梭梭苗子,全部下来每年可发展 2000 亩梭梭大芸,显然还是达不到快速发展梭梭大芸的目的。

于是,刘铭庭在培育梭梭苗子的同时,又给大家传授梭梭苗子培育技术,这样苗子就快速发展起来。现在整个和田有 7 万多亩梭梭大芸,仅于田县就有 2 万多亩,因为梭梭大芸每千克价格一直稳定在 18 元,这 7 万多亩就顶红柳大芸 20 万亩的收入,而且还减少了三分之二的成本。

奥依托格拉克乡一大队一个梭梭大芸种植专业户,在刘铭庭徒弟达多提的指导下,2014年栽种了600亩梭梭林,2018年梭梭大芸收入138万元,成了于田县发展梭梭大芸种植以来第一个百万元户。

奥依托格拉克乡十大队专业种植大户阿不拉,他种了红柳大芸1000亩,梭梭大芸200亩,两项年收入也超过100万元。因为他的地里红柳大芸、梭梭大芸都有,2016年央视9套给刘铭庭教授拍大芸专题片《我到新疆去》,一些场景就是在他的地里拍的。

目前红柳大芸价格虽然回落到6元1千克,没有过去高,但这几年梭梭大芸面积、产量逐步增加,也弥补了广大大芸专业户的损失。这几年奥依托格拉克乡六大队达吾提和十一大队四小队买土·哈森木的年收入都保持在20万~30万元。因此,总的来说,农民们总收入变化不大。

人工大芸种植技术是刘铭庭发明的,他让全国几十万沙区群众走上了致富道路,然而他自己却没有因此富起来。自从2005年遭受蚧壳虫灾以后,他不但没能使剩余的200多亩地继续发展起来,反而将染病的近200亩红柳全部砍掉销毁,此后再没有继续开发、扩大大芸农场,只将仅存的100多亩红柳作为人工大芸的教学、示范和科研项目试验基地使用。经和刘教授交谈,我了解到,主要原因就是工作太过繁忙,根本无暇顾及农场大芸种植。他既要接待来自全国各地的参观、考察、学习的团队,还要前去指导、帮助于田县各个乡村的大芸种植户,随时帮助他们解决种植中遇到的问题,同时还经常承接国家、自治区等科研部门的红柳大芸、梭梭大芸高产科研项目,其间还经常受邀到全国各沙区参加各种沙产业会议、展览等,同时还经常到全国各沙区帮助指导梭梭大芸及红柳大芸种植。因此,他根本没有多余的时间和精力来顾及大芸农场的发展与扩大。为此,当地流传着这样一句话:"他是个只会帮别人发财,自己却没有发财的科学家。"于是我就此问他有什么想法。

刘铭庭笑了笑说:"虽然我没有致富,但我一点都不感到遗憾,而且感到很欣慰。因为我让那么多沙区群众致富了,让农民都学会了种大芸,这是让我最欣慰的,这样大芸种植技术就不会失传了。我的发明终于有了用武之地,并且一代代地传下去,从这方面讲,我的目的达到了,愿望实现了,这是最重要的。现在,光是和田地区大芸的产值每年就有十多亿元,这是让我最高兴的事情。"

由于身体原因,刘铭庭教授现在已不能长期驻守在那里了,只在每年的夏季和秋季在大芸基地待几个月。但那里不能没有人,为了保证基地正常运转,他就把基地交给大儿子刘军管理。从1998年开始到现在,刘军在那个人烟稀少的沙漠里,已经坚守了整整二十四年。

大芸种植中的教训和启示

2006年6月,和田地区召开了农村工作会议,地委书记程振山在会上做出指示,和田地区红柳已发展了18万亩,14万亩已经种上大芸,平均亩产才18千克,必须改变这种状况。

其实主要问题就是他们没有采用刘铭庭的办法。2002年,和田地区主抓大芸种植的部门领导,他们不用刘铭庭的高产办法,而采取市场上流行的"大芸种子纸"的种法,结果他们连连遭遇失败,每亩产量仅有18千克,让沙区群众遭受严重损失。而且他们还不吸取教训,继续使用老种法,便继续失败。当时于田县亩产都在600千克以上,他们还是停滞不前,严重损害了群众利益和群众发展大芸的积极性。

所谓的"大芸种子纸"种法就是在一张 10 厘米宽、20 厘米长的纸上(一般采用的是旧报纸,因旧报纸不花钱),先糊上一层薄薄的泥巴,然后在上面撒上大芸种子,有 100 多粒,等纸晾干后将之对折,然后就对它们 50 个或 100 个进行包装,最后把它们装箱外运进行销售,里面再配以说明书、使用方法等。这种像商品一样的东西,看着比较正规,想来肯定也是经过很多次试验并验证成功的,应该不会有什么问题,一时间,这种东西很是畅销。

它的使用方法也很简单。一般情况下,栽种的红柳株距都是 1 米一棵,于是就在距离红柳 30~50 厘米处,1 米挖一个 30~50 厘米的坑,然后就把这张纸立着放进去,用沙土埋起来就可以了。刘铭庭也在他的红柳大芸基地试过这种方法,而且他放的不是一张纸,而是两张,他试种了 100 棵红柳,结果只有 17 棵出了大芸,83 棵什么都没出。也就是说,他的接种率最高只有 17%,而刘铭庭的"高产法"接种率是 100%。

实际上,所谓的"大芸种子纸"种法,也是从刘铭庭的"撒播高产种植法"中得到启示的,因为在刘铭庭人工大芸种植成功之前,没有一个人能把大芸种出来,更别说拿一张纸去种大芸了。他们在掌握了刘铭庭的大芸种植技术后,无非就是想把它作为一种商品来进行批量生产和销售,这就要求必须最大限度地节约成本,而成本最高的就是大芸种子。

刘铭庭的"高产法"是在离红柳 50 厘米处,距离地面 30 厘米的 40~70 厘米整条沟里(没有红柳株距限制),都撒上带大芸种子的沙土,无论长度、宽度还是厚度,都要高于"大芸种子纸",而种子的用量也肯定高于"大芸种子纸",于是他们就利用刘铭庭的种植方法,发明了这种种子成本最低的"大芸种子纸"。

如果仅按平面面积计算的话,"大芸种子纸"只有 0.02 平方米(10 厘米宽,20 厘米长),而刘铭庭的是 0.4 平方米(0.4 米高,1 米宽),相差 20 倍;如果按体积算的话,他们的种植就是一张纸,因没有厚度,也就没有体积,只有面积;而刘铭庭开沟的宽度为 30 厘米,和一张纸的厚度相比,这里的宽度就是厚度,恐怕把 5000 张纸摞起来也不一定有 30 厘米。我们可以想想,"大芸种子纸"的方法只有一个点能够接种大芸,而刘铭庭的是一个整体的、立体的,无论红柳根从哪个方向来,是上还是下,是左还是右,都能碰上大芸种子,保证 100% 的接种率。

种大芸的目的就是让大芸丰产丰收,而不是为了节省那一点种子,只有商家才那么想,那么算计。后来"大芸种子纸"再没有人使用,在市场上自动消失了。而且还有个别农民为了快速致富,自发地对刘铭庭的"高产法"加以改进,这种改进主要就是加大大芸种子的播种量,原来刘铭庭的标准为每 10 亩地用 1 千克大芸种子,他们增加到每 10 亩地用 2 千克以上。因为后来大芸种子已经很多,价格也比较便宜,他们多加一些种子也在情理之中。

和田地区主管大芸种植的部门领导不知从哪里搞来"大芸种子纸",还自以为是,连续四年都不曾改变。结果按照这种办法大面积种了以后,14 万亩红柳大芸亩产仅有 18 千克,这样不仅白白耽误了四年时间,还让沙区百姓损失惨重,严重地挫伤了老百姓种植、发展红柳大芸的积极性。相比之下,于田县按照刘铭庭的"高产种植法",亩产都在 600 千克以上,形成天壤之别。

直到 2006 年,地委书记陈振山在会议上做出明确指示以后,他们才开始举办大芸种植培训班,邀请刘铭庭去给他们讲课。当时整个和田地区七县一市的农业技术人员和部分种植户 100 多人参加,接着,民丰、于田、策勒、和田市等县市又单独办班,请刘铭庭去给他们讲课、指导。

经过刘铭庭的全面培训,这些地区全部采用了刘铭庭"高产种植法",2007年产量普遍上来了,亩产最高有800多千克,群众的种植积极性空前高涨。

2008年以后更是突飞猛进,他们把公路沿线的沙地都抢光了,路边没地了,又开始向沙漠里面进军,在当地政府的引导下,他们开始开发新的沙区,拉高压线、修路、打井。仅达吾提一人在沙漠里面就开了2000多亩流沙地,他自己种了几百亩,其余都租给了别人。2009年以后,仅于田县大芸种植面积就从12万亩猛增到18万亩,后面增加的面积没有占用农民1亩耕地,全部都是在流动沙丘中新开垦的。刘铭庭也终于实现了他刚来时发出的"北有精河枸杞城,南有于田大芸县"的誓言。

2008~2014年是和田地区七县一市大芸总产最高的年份,和田地区大芸种植面积已有50余万亩。由于红柳大芸的大面积发展,大芸的价格每千克下降到6元,尽管价格低,但是产量高,每亩有600~700千克,每家都有上百亩的红柳大芸,每年收入有十几万元。

通过以上事实,我们看到和田地区在大芸种植上的教训是深刻的,同时我们深深地认识到,科学是极其严肃和严谨的,来不得半点虚假,一切没有经过科学试验验证的东西都是不可靠、不可信的。一人上当事小,关键是影响了几十万沙区百姓几年的收入,并严重挫伤了农民发展红柳大芸的积极性。

第十一章
人工大芸种植成功之谜

人工大芸是怎样种成的？

对于肉苁蓉,俗称大芸这个被中医药界称为"沙漠人参"的珍贵药材,不仅是我国,世界上其他沙漠国家,都想进行人工种植,可为什么两千多年来谁都种不出来,而唯独刘铭庭教授能种出来呢？原因不仅我想知道,我想每个读者都很关切,都想知道。于是,2020 年 5 月 19 日上午,就在刘铭庭大芸基地的一排茁壮的红柳林荫下,我向他提出了这样一个令人好奇的问题。刘教授憨厚地笑笑,思索了片刻,他就带着很浓的西安口音向我娓娓道来。

"我们一般人都知道,大芸是寄生在优良固沙植物红柳或梭梭根部的,当然,其他一些小型沙漠灌木植物也有大芸寄生的现象,如白茨属植物类等,但它们一般只能长到 1 米来高,出来的大芸自然也很小,

第十一章 人工大芸种植成功之谜

产量也很少,形不成规模,也没人收购,因为经济效益很小,也就根本不在发展人工大芸的考虑之列,只是作为一项科学研究来进行试验性种植。因此,人工种植大芸的接种对象主要就是红柳和梭梭。从专业上讲,我们把这两种接种对象,当然也包括其他能接种大芸的植物统称为'寄主',就是大芸种子寄生和依附对象的意思。内蒙古人是最早试种大芸的,他们在试种大芸的时候,都是把寄主的根部挖出来,把大芸种子直接种在寄主的根部,有的把寄主的根部割开一道口子,把大芸种子放进去,有的甚至把掺了羊粪的沙土放在根部周围,为的是给出来的大芸增加营养,然后再用沙土埋上。但是这些办法都失败了,没有一个最终成功。"

听到这里我忍不住笑了,我说:"还不知道大芸能不能出来,就把大芸的未来都打算好了。"

刘铭庭教授听我一说也笑了,过后他继续说道:"他们虽然没有种植成功,但给我提供了很宝贵的经验和思路。无论是红柳还是梭梭,这些寄主的根部都是又粗又硬,大芸的种子又很弱小娇嫩,无论是主根还是叉根,大芸种子都是不可能钻进去的,这说明大芸根本就不寄生在寄主的主根部分。过去我在沙漠里考察时,对野生大芸各个时期的生长状态都进行过仔细观察和研究,沙漠里面的野生大芸是没有人种的,大芸种子随意掉落,和寄主完全自然结合。因此在试验的时候我就想,我们也不应该特意地去种,只要给它们创造自然结合的机会和条件就行了。"

"1985年我在策勒治沙站的时候,就是按照这种想法和思路开始人工大芸试种的。当时我们策勒治沙站有一棵中华柽柳,那是我1974年从北京植物园里引种到吐鲁番沙生植物园的。1982年我到策勒治沙站的时候,我就带了几根中华柽柳枝条,在策勒站扦插成活了,1985

年的时候已经长得很大了,有三米多高,我就开始在这棵中华柽柳上面做试验。"

讲到这里,我忍不住问刘教授:"你们策勒站有那么多各种各样的红柳,为什么偏要在这棵红柳上做试验呢?"

刘教授笑笑说:"你要这样问的话,我就先给你讲一件事情。1975年,和田地区医药公司经理李宏德,他当时每年都收购野生大芸,一年仅卖到沈阳医药公司就有5万千克,因此他也很想人工种植大芸。后来他说他获得了一个重要成果,就是他已经把人工大芸种植成功。他到乌鲁木齐医药公司报他的成果,医药公司找了许多专家,他汇报时说大芸是菌种,专家认为他说得不对,大芸是高等有花植物,有花、有果、有种子,而菌种是低等菌类,如蘑菇、孢子粉等,只靠分蘖繁殖,而且许多都是有毒的。看他连大芸是低级菌种还是高等植物都搞不清,完全是个植物界的外行,再说他根本就证明不了大芸是他种出来的。红柳林里都有大芸,他也讲不清出来的大芸是他种的还是野生种子萌发的,后来他就再没有说他把大芸种出来的事情了。"

然后,刘教授才又向我解释说:"这就是我为什么在中华柽柳上面做试验的原因。因为它完全是个外来品种,新疆没有,也从来没有听说过其他地方有中华柽柳上面长大芸的。如果拿本地红柳做试验,因为大家都知道本地红柳根上能长大芸,即便试种成功了,人家也会说是自己长出来的,到时候你说不清楚。"

我笑着说:"看不出你刘教授这么实在的人也留着后手哇!"

他也笑着说:"搞科学就是要讲究严谨,讲究证据嘛!"

在我期待的眼神下,他继续讲下去:"我在试种大芸的时候就是采取那种自然的方法,不去有针对性地对哪个根系进行接种,我就是在距离红柳50厘米左右的地方挖一个50厘米深的沙坑,把从坑里挖出的沙子全部掺上大芸种子,然后在最上面覆盖一些不掺种子的沙子。在挖坑的时候还把一些红柳根挖断了,我也没管它们,然后我就希望它们像野生大芸一样,红柳根和大芸种子能够自然结合。

"我是3月份种进去的,大概过了五个月,直到8月份的一天清晨,那天天刚亮的时候,我就特意地查看了一下大芸种子在沙子里面的情况。因为据我对野生大芸生长情况的了解,如果它们能够结合的话,这么长的时间应该有结果了。当时太阳还没有出来,气温还很低,因为我怕气温一高就破坏了它们的生长环境,我就轻轻地、一点一点地扒开沙土,当扒到30~40厘米的时候,我就看到了我希望看到的情况。

"我感到特别惊喜,我看到许多红柳的根部都长上了大芸,最大的有30厘米长,4厘米粗,大部分只有小指头长,更多的只有黄豆那么大,还有许多都是小白点子,那些都是接种上以后刚刚发育的大芸种子,我怕时间长了会影响生长,就赶紧把沙子埋上了。又过了两个月,还是早晨的时候我又扒开看,看到大芸长得有蘑菇那么大了,都从沙子里面往上长,我感觉我的试种是非常成功的。到了第二年,也就是1986年春天的时候,许多大芸一株一株地出土了,这说明我的人工大芸试种已经完全成功了。"

这时候,我有些意犹未尽的感觉,从古到今几千年都没有人种成功,他却这么快、这么容易试种成功,好像冥冥之中这人工大芸就在等待他似的,这简直让人不可思议。于是我就说:"我原想您要经过不知道多少次的失败,没想到您一次就试种成功,刘老,您这未免也太顺利了吧?"

刘教授笑笑说:"也不能这样说,我总结了一下,我成功是有很多原因的,里面大部分是必然因素,当然也有个别的偶然因素。"

我就追问刘教授:"那您就讲讲都是哪些因素。"

"首先是他们在根部试种都没有成功,这就让我少走了很多弯路,我就再没有对寄主的根部打主意。这样我就想到了野生大芸种子和寄主的偶然结合才长出大芸,说明它们之前根本没有必然的接触关系,大芸种子无论怎样都无法进到红柳根部里面,它们完全是在机缘巧合下才结合在一起的。这样的话,我就尽可能地给它们创造多接触的机会,于是我就在寄主根部的旁边挖一个坑,在沙子里面掺上大芸种子,这样寄主根部从上到下,无论从哪里来,只要穿过这个坑,就能碰上大芸种子,它们就有机会结合在一起。这个道理是我从长期的观察、思考和实践中得来的,是有科学依据的,这些都是成功的必然因素。"

我不得不承认,刘教授分析得非常有道理。我说:"还有偶然因素呢?"

刘教授边思考边继续说:"偶然因素就是我在挖坑的时候把许多寄主的根挖断了,通过对大芸种子和寄主结合部位的仔细观察,偏偏就是我挖断的地方长出的新根才和大芸种子结合上的。通过这一点我就知道了,只有寄主的新根和大芸种子接触才能成功结合,这也是他们先前接种不成功的主要原因。他们在挖寄主根部的时候,都害怕把寄主的根挖断,把寄主的根都保护得好好的,这就让大芸种子根本没有和寄主结合的机会。因此后来在指导农民种植大芸的时候,我就说,你们尽管放心挖,挖断了没有关系,本来就是应该挖断的。我仔细观察过,红柳根挖断以后,一个半月才能发出新根,而大芸就是寄生在那些刚发出来的新根上的,这也是我在后来不断研究中才知道的。"

刘教授接着说:"他们种不成功还有一个重要原因,那就是他们舍不得大芸种子。当时全国沙漠地区大芸种子少得很,内蒙古每千克大芸种子要卖到12万元,他们在购买的时候都是只买几克,试种的时候就放得更少了,再加上放得又不是地方,所以就根本没有成功的机会。

第十一章 人工大芸种植成功之谜

而我的大芸种子都是在沙漠里自己收集的,都是不花钱的,因此我舍得;再一个就是,按照我设计的试种方案本来就应该那样放,我就把寄主根部要经过的地方都放上了拌上沙土的大芸种子,刚好我又放在了该放的地方,因此我就自然而然地成功了。"

"一语道破天机"。人类探索几千年的人工大芸种植之谜竟是如此的简单,简直让人不可思议。其实这世上很多事情都是如此,一旦揭开它神秘的面纱,它就像捅破一张纸一样简单,而捅破那张纸可不是一般人能做到的。

这可是一项具有国家发明专利,让全国几百万沙区百姓致富的重大科研成果啊!虽然看着简单,但这里面却凝聚着刘铭庭教授几十年来在沙漠里的艰辛付出和智慧结晶。刘铭庭对沙漠中的红柳、梭梭与野生大芸的生长过程、生长规律进行了深入研究和仔细观察,作为一名生物系植物专业的科学家,这里面有他几十年丰富经验的积累,有他对各种沙漠植物的了解、思考、研究和分析,还有他刻苦而勤奋的钻研及他独到的思维和特别的领悟能力。可以说,他的这种遵循自然科学规律的独特思维和将人工与野生相结合的科学做法是一般人想不到的。因此,他的成功表面上看似很偶然,实际上是水到渠成的。

接着,刘铭庭教授又向我讲了他对大芸种植更深入的研究和发现,并上升到专业理论的高度。"虽然我已经试种成功,但我并不知道它们之间到底是一种什么关系,所以我一直就想知道,在寄主根部经过的时候,大芸种子是和寄主的什么根、哪个部位接触上才接种成功的。我经过多次仔细观察、研究发现,大芸种子最初不是接种在寄主的主根或四周的叉根部分,而且也不是接种在寄主的毛须根上。在最初接种成功的时候,我看见它确实长在寄主的那些最小最细,跟头发丝一样的毛须根上,但实际上也不全是。如果真要是在这些毛须根上接种的话,也同样会失败的。通过不断观察、研究我才发现,最初的时候,寄主的毛须根和大芸种子就像我想的那样,它们是没有任何关系的,它们是不接触的,而只有最新长出来的毛须根找到大芸种子了,这样才能接种成功,而不是其他的已经长成的毛须根。这就是说,在接种成功以前,你所看到的都是旧毛须根,只有在接种成功以后,长出大芸的那根才是最新长出的毛须根。它刚长出来的时候是白色的,而当你看到的时候,那些白根就已经变成黑色的了。可以这样说,最新长出,要和大芸亲密接触的那个毛须根你是根本看不到的,它们完全是在不为人知的情况下秘密进行的,你所看到的都是虚假的表象,都不是事物发生的最原始的真实情况。"

我们可以想象,对大芸和寄主有这么专业、这么深奥的观察和研究,即便发挥你所有的想象力都是无法想象到的。

刘教授微笑着很有感触地对我说:"生物界是一个很神秘、很奇妙的世界,有些事情明明存在,你就是说不清里面的道理。我通过实际观察还发现,红柳和大芸种子之间仿佛有心灵感应和信息交替,它们之间都很默契,有亲密接触的欲望。比如红柳大芸种子,在红柳的根系快接近它的时候,它已经接收到了红柳的气味和信息,就开始发育、膨大,随时准备迎接红柳根系的到来,而红柳的毛须根也在快速生发,尽力接近红柳大芸种子。如果大芸种子旁边有其他根系经过,它们并没有丝毫的变化。红柳只对红柳大芸种子有感应,梭梭只对梭梭大芸种子有感应,它们之间是不能互相接种的。因为这两种寄主我都试验过,无论是梭梭大芸种子接种红柳,还是红柳大芸种子接种梭梭都没有成功,说明它们只接受同属的种子。"

我为植物之间这种互相吸引、互相追求的缘分,以及它们之间的感情专一感到惊异。

第十一章 人工大芸种植成功之谜

讲到这里,刘教授还向我讲了这样一件有趣的事情:"今年春天,我突然发现我先前栽的一棵沙拐枣旁边长出了一棵大芸。当时我就感到很惊奇。因为按照我多年的经验和结论,红柳大芸种子只能接种在红柳上,全世界约有 100 种红柳,它们之间都可以接种,但不能和红柳以外的植物接种,现在它竟然和沙拐枣接种成功了,难道是我的结论错了?为了一探究竟,我就顺着它的根挖,挖了十几米后,结果它发现又通到了红柳根上,那棵红柳是我二十年前栽的,今年在十几米外的地方又长出了一棵大芸。这说明沙拐枣是种不成红柳大芸的,它的根即使在种子跟前也接种不上。同时这也说明大芸种子的生命力是十分顽强的,在地里埋了二十年,仍然有发芽的机会。"

讲到这里,我感觉对他种植大芸的秘密已经了解得差不多了,于是我就向他提出了两个想了很久,但一直没来得及问的问题。我说:"您一直说您在试种大芸时,是根据野生大芸自然生长的规律试种成功的,在这里我就想问您两个问题:一是野生大芸的种子在成熟之后,应该是自然掉落在红柳附近的沙面上的,它距离红柳的根部很远,它和红柳是怎么接种上的?二是您既然是根据野生大芸自然生长的规律进行试种的,为什么还要挖坑把大芸种子埋到沙土里面?"

刘教授听完我的问题后,笑着说:"你问的问题很好,之前我也没有想起来说这件事情,现在我就给你说说。"

刘教授很轻松地对我说:"你问的两个问题实际上是一个问题。为什么呢?因为大芸最开始是落在沙面上不错,但是沙漠里每年都要刮很多场风,每场风沙都要在大芸种子上面盖一层沙子,这样几年之后不是就把大芸种子埋得很深了吗?与此同时,红柳和沙包每年在往上长,红柳每年都在不断地发新根,当大芸种子和红柳的新根接触上了以后,这棵大芸就长出来了。为什么野生大芸都长得非常大?因为它们和红柳根部接触的时间根本没办法确定,也许是三年,也许是五年,甚至是十年。所以我在试种的时候,就直接把大芸种子埋在红柳根部要通过的地方。我是根据它们自然生长的科学道理,用最直接的方法压缩了它们自然生长的过程和时间。"

通过他的这一番解释,我就更加明白他种植大芸成功的合理性和科学性了。他既有超常的想象力,又有完整、缜密、合理的科学依据,同时他对这两种植物非常了解,把它们的这几种优势充分地结合在一起。这也让我深深地感受到,植物世界真是一个奇妙的世界,它在我们人类不知道的情况下,时刻在演绎着无数个精彩绝伦的故事。

"大芸开沟撒播高产种植法"的诞生

刘教授向我讲完种植大芸的奥秘之后,又开始向我讲述他是怎样一步步让大芸种植技术达到高产的。他说:"虽然人工大芸是种出来了,种植大芸的方法也找到了,但靠这样一窝一窝地种,不仅费力费工,而且产量很低。怎么才能达到高产?怎么才能产生巨大的经济效益?怎么才能让沙区人民尽快脱贫致富?这是我的初衷,也是我搞人工大芸种植的最终目的。

"于是我就想,既然大芸是靠寄主毛须根的新根接种的,那么我就在距整行寄主一面的 30~50 厘米处,挖一条 30 厘米宽、30 厘米深的沟,把大芸种子掺到沙土里,在整条沟里全部撒上带大芸种子的沙土,只要毛须根碰到种子不就都能结上了吗?于是我就把这个方法叫'大芸开沟撒播高产种植法'。

"我按照这种方法试种以后,到了第二年春天,我看到红柳行旁边的整个一排,一个个大芸像芦苇一样,齐刷刷地都从地里冒了出来。我

第十一章 人工大芸种植成功之谜

感到我发明的'大芸开沟撒播高产种植法'获得了成功,当时我感到很兴奋。但过了一段时间,我通过大芸的长势发现,这种方法虽然成功了,但并不高产,因为这样浅种的大芸虽然出来很多,但个头都很小,长得也不太好,还是不能达到丰产、丰收、质量好的目的。于是我又进行深种试验,在沟的宽度和与寄主距离不变的情况下,把沟挖到 60~70 厘米深,拌上大芸种子的沙土都撒在 40~70 厘米深的沟里,40 厘米以上什么都不种,全部覆盖沙土。这样试种的结果就和我想象的一样了,出土的大芸个个像竹笋一样,又粗又大又多,终于达到了产量高、质量好的目的。这样的话,我的'大芸开沟撒播高产种植法'里面才敢加上'高产'二字。后来我嫌名字太长,就把'种植'两个字去掉了,叫'大芸开沟撒播高产法',大家都知道怎么种以后,我就直接叫'高产法'了。"

刘教授幽默、诙谐的话语让我露出了会心的微笑。我说:"刘教授您真是神人啊,您都有'点石成金'的本事了,全世界都种不出来,您一次就种出来了,您又嫌它不高产,就想着来个'大芸开沟撒播高产法',结果一次就成功了。您说您不是神人是什么?"

刘教授被我的话逗乐了,他笑着说:"我哪有那么神啊,我就是比他们多些经验,再加上我敢想、敢干罢了,我也没想到我这么快就能成功。"

他的话虽然说得很轻松,但我的内心很激动。当时我就在想,有时候科学成果的取得看似简单,但需要你有足够的想象力,敢于去想象,敢于去实践。其实今天的许多科技成果,就是这样靠想象,最后靠实践一步步获得的。

人工大芸不但种植成功,而且刘铭庭很快又使它达到高产,可以说,他让人工大芸种植技术达到了最高境界,我的内心不由得对他充满了敬佩。

接着,刘教授又告诉我很多人工种植大芸的知识。他说:"这种'大芸开沟撒播高产法'是一年种植多年受益。因为在寄主一面的整条沟里都有大芸种子,无论寄主的根系从哪里走都能碰上大芸种子,今年碰不上,明年或后年就会碰上。而且我还发现,大芸会自己分蘖,就像菌种一样,在一个大芸旁边还会长出许多小大芸,大的成熟了,小的又长出来了,这样自己分蘖,加上里面的种子,可以连续多年无须再种。我还试验过把大芸种到1米深度以下,这样出来的大芸就像野生大芸一样,一个个都特别大、特别长,每个都有好几千克,有的甚至有十几千克,但这需要三四年,甚至更长的时间。考虑到农民们等不及,要让他们尽快见到效益,通过反复试验和考量,最后我觉得还是把接种深度定为40~70厘米最合适。现在我在指导农民种植的时候就是种到这个深度。"

刘铭庭教授还告诉我,大芸种子可以保存三十年都不变质,即便在土里也可以保存十多年。因为我曾看见,他在二十年前使用此方法种植的一沟红柳大芸,现在仍然出得很多,长势旺盛。

刘教授说,他发明的"大芸开沟撒播高产法"无论是针对红柳大芸、梭梭大芸还是针对其他寄主的大芸,都是一样实用,效果都是一样好。他还特意告诉我,在寄主的旁边只能一面种植大芸,如果两面都种的话,因为大芸主要是靠吸收寄主根部营养生长的,就会让寄主累死,很多人为了快速致富都有过这样的教训。这就是说,要想种好大芸,首先必须保护好寄主,这也是保护生态的一种自然法则。

他发明的"大芸开沟撒播高产法",可以说是绝妙无比,充分显示了刘铭庭在这方面的卓越智慧和超常的想象力,他把自然科学和实际应用有机地结合在一起,把人工种植大芸技术推向了最高峰。

第十一章 人工大芸种植成功之谜

野生大芸最高纪录趣谈

在这次交谈中,刘教授还给我讲了一些关于野生大芸的故事,不仅有趣也让人长见识,在这里我分享给大家。

刘教授说,1960年4月初,他在阿拉尔、和田河、叶尔羌河三河交汇的地方考察,他就是在那里发现塔克拉玛干柽柳的,那里全是流沙,就在那片红柳林里,他看到一个刚刚出土的野生红柳大芸。像他们长期在野外考察的,身上都带着各种工具,诸如小刀、剪子、卷尺、镊子、手钳、小铁锹、标本采集袋等。于是他就拿出小铁锹开始挖,为了保证大芸的完整性,他尽量不触碰到大芸。就这样,他用了足足两个小时的时间才把那个大芸挖出来。当时他就量了一下,长度是1.3米,下面的直径有20厘米,重量有15千克。这是他当时在沙漠里发现的最大的一个大芸,也是他当时见过的最大的一个。

1984年,他在奇台县林业局见到一个晒干的红柳大芸,它长得特别细,直径只有4厘米,即便湿的时候也只有7~8厘米,但是它的长度达到5米。它虽然很长,重量只有十几千克,但是它创造了野生大芸最长的纪录。

据奇台县林业局介绍,这棵大芸长在一个沙包上的红柳下面,他们好几个人挖了整整一天,挖了5米多深才把它挖出来,等把它挖出来的时候,半个沙包都快让他们挖动了。

刘教授分析说,这棵大芸接种的时候就比较深,在1.5米以下,像这样的大芸没有五六年是出不来的。为什么1米多深的沙土里有大芸种子呢?这就像刘教授前面讲的那样,其实大芸种子在很多年前就落在那里了,只是因为和红柳根系接触不上,它才没有发育。由于沙包每年都在不断增高，红柳也一直往上长，这样就把大芸种子埋在下面了。若干年后，在红柳往上长的过程中，它的根系刚好够着那棵大芸种子，于是大芸就接种上了，就开始生长。由于接种点特别深，大芸虽然拼命往上长，可是沙丘和红柳也在不断增高，它一直出不来，就继续长，直到有一天它终于露头了，露出地面了，人们才看到它。这些植物有一个共同的特点，那就是它们生存就是为了传宗接代，这就是它们的使命。因此它一露头就开花、结果，它拼命地长出来，就是为了达到这唯一的目的。据刘教授估计，这棵大芸生长时间在二十年以上。

2008年春天，他的一个朋友李海给他打电话说，自己刚挖出来一个特别大的野生红柳大芸，让他快去看。当时刘铭庭就在他的大芸基地，而那位朋友在于田县的奥依托格拉克乡，离他只有10千米。

刘铭庭立即骑上摩托车专门去看了一趟。他用尺子一量，那棵大芸长有1.8米，直径为40厘米，重量为46千克。刘铭庭原以为他先前发现的那个就不小了，结果这个还要大。如果说奇台县的那个是他见过的最长的，那么这个就是迄今为止他见过的最大的，可以说这两个大芸创造了两个"之最"。在那棵红柳树下，他一共挖出来三个大芸，加起来一共是70千克，如果还有一个"之最"的话，那就是那棵红柳大芸创造了最高产量。

刘铭庭又去看了一趟挖大芸的地方，那是于田县奥依托格拉克乡315国道以北，沙漠里4千米的地方。朋友指着他挖的一个大坑说，他就是在那里发现的，当时他看见那棵大芸露头有10厘米左右，他就把周围的沙土都挖出来，结果越挖越深，他一个人挖了整整一天。

刘铭庭看到长大芸的是一棵多花柽柳，柽柳长得特别高大、旺盛，就长在塔克拉玛干沙漠流沙上面。刘铭庭在治沙和人工种植大芸中，选择的也多是多花柽柳，这一事实证明，他的选择无疑是正确的。

第十二章
人生的定位　生命的光芒

对刘铭庭的各方评说

在对刘铭庭的采访中,我对他单位的现任领导、老领导、老同事也进行了采访,就是想知道他们对刘铭庭的看法和评价,以便让我们对刘铭庭有一个更全面、更完整的了解。

中科院新疆生态地理研究所现任党委书记董存社,虽然说话不多,但对刘铭庭给予了极高的评价,他说:"刘铭庭是我们生地所的老科学家,是我们所在沙漠治理上面的代表人物。在研究上,他严谨刻苦,注重实效,把科学研究与实际工作相结合,并取得了很多成果。他非常务实,有毅力,有耐力,有执着精神,他把一生都奉献给了治沙事业,把他的科研成果留在了新疆的大地上。

"即便是在退休以后,他仍然不遗余力地在推广治沙经验,推广人

沙漠之光

工大芸种植技术,让和田、内蒙古、甘肃等沙区的几十万老百姓都走上了致富道路。他起到了一名共产党员应有的模范带头作用。"

雷加强是中科院新疆生地所原所长。在采访中,他向我讲述了和刘铭庭之间的一些细节:"刘老是我们新疆第一代治沙人,我们都是他的学生。他对植物的研究是非常深入的,他非常务实,一切都是从解决实际问题出发。他一生从事治沙事业,一生奋斗在沙漠最前沿,已经80多岁了,心里还在想着红柳和沙漠的事情。

"我记得是在2014年,当时我是生地所副所长。他在于田沙漠里骑摩托车摔断七根肋骨以后,在医院里住院。我和生地所所长陈曦、研究员徐新文去医院看他,当时他正趴在桌子上整理东西,桌子旁放着拐杖,我们进到房间以后他才看见,于是就停下笔转过身和我们说话。我就问他不在床上好好躺着养病,怎么还下来工作,他说他在列举一些到于田要办的事情,准备伤好了就到于田去,那里还有好多事情没干完。当时我就想,他都80多岁了,都伤成这样,心还在沙漠里,还想着去那里。"

我问雷所长:"他工作的地方您去过吗?"

雷所长说:"他20世纪80年代在策勒站工作的时候我就去过。那是1985年我参加的一次考察活动,当时我们就住在策勒治沙站。我看见他的生活非常艰苦,他们吃的是涝坝水,非常浑浊,打上来要沉淀一天才能吃。当时我们考察队伙食和他们驻站的是分开的,每当吃饭的时候我就看见他,一个馕、一个辣椒,然后再喝一瓢凉水就是一顿饭。那个瓢还是用胡杨木掏的,喝的也是沉淀后没烧开的涝坝水。听其他同志说,他长期都是这样生活的,其他人可能受不了,但对他来说,那是很平常的。

"我们也去过他于田的大芸基地。他搞得像个农民就不说了,他

第十二章　人生的定位　生命的光芒

把他夫人也搞得像个农村大妈一样,在那个沙漠里一住就是二十多年,这可以说一般人真是做不到。说起来我们两家还有一些渊源,我和他是一个单位的,他夫人和我夫人也是一个单位的,都在乌鲁木齐市九中工作,因此我们两家还经常联系。那天是他夫人接待我们的,她哪里还有半点城市知识分子的味道,他们两个完全就是有城市户口的农村人。在我们业内有一首打油诗:'远看是逃难的,近看是要饭的,最后一打听是治沙站的。'这用在刘老的身上那真叫恰如其分。还有人说他们是'见不到乌鲁木齐树叶绿的一群人',因为他们3月份就走了,一直到入冬前的11月份才回来,可见他们的工作是多么的艰苦。

"刘老一生坚守沙漠,心系贫困地区,始终把科研工作和沙漠治理结合在一起,一生都在为沙区做贡献,这种精神是难能可贵的,也是很少人能拥有的。"

最后雷所长深有感触地对我说:"他给我印象最深的一次大概在三年前,我当时担任生地所所长。他2014年在于田沙漠里摔伤以后,一直行动不便。有一次他坐着轮椅到我办公室来了,说有一件关于红柳的事情一直放心不下,想找我谈一谈。我立即把他扶到办公桌跟前坐下,他就向我谈起塔克拉玛干柽柳的事情。

"他说,塔克拉玛干柽柳是他在塔克拉玛干流沙中发现的,是一种具有高抗逆性的优良固沙植物,耐碱、耐旱、耐风沙,应该在防风固沙中发挥最大作用,可是他看到在实际应用中是最少的。在许多流沙区域,比如在沙漠公路两边,都是拿其他红柳品种来替代,主要原因就是没有塔克拉玛干柽柳的苗子。关于它的种子育苗问题他已经解决了,只是扦插育苗还有一些问题没有完全解决。但是不要说扦插育苗了,就连种子育苗其他人都搞不出来,这件事情已成为他的心结。他说他现在年纪大了,干不动了,希望所里能让南疆塔中或策勒治沙站继续完成这

沙漠之光

项工作,解决塔克拉玛干柽柳的种子和扦插育苗问题,让它在治沙上面发挥重要作用。

"这件事我也记在心上,后来我给塔克拉玛干治沙站(也叫塔中植物园)和策勒治沙站都安排了,由于难度较大,到现在还没有结果。他完全是出于一种责任感,希望下一代能继续完成他未完成的心愿。他在沙漠里干了一辈子,都快90岁的人了,还在想着沙漠和红柳的事情,他的精神真的让我们很感动。"

听了雷所长很有感触的话语后,我也受到了感染。当时我就想,我采访了他那么多天,他怎么从未对我说过这件事情?于是,在采访完雷所长后,我立即给刘教授打电话,问他找雷所长谈塔克拉玛干柽柳育苗的事情。

刘教授听我说到这件事后,似乎才想起来,就对我说:"是有这么回事,我是找过雷所长。"于是他就向我讲了事情的大致经过。

他在电话中对我说:"塔克拉玛干柽柳种子育苗问题我早就解决了,当年我在莫索湾治沙站的时候就已经试验成功了。就是扦插繁殖比较麻烦,一直没有很好地解决。我在吐鲁番和策勒治沙站都试验过,成活率只有20%,这是很不成功的。1994年我在塔中的时候,那里的流沙地特别多,我想这种柽柳是专门长在流沙上的,我就在流沙上做试验,结果成活率为60%~70%,虽然提高了很多,但还是不能算完全成功。在塔中的时候还用我培育的塔克拉玛干柽柳苗子,栽了50米的林带,长得非常好。

"我要是一直在塔中油田,我肯定能把这个问题解决,因为那里苗子、种子都有,还有流沙地。结果我要到于田去种大芸,我一走这件事情就没人管了,也没人愿意干了。我到于田后,想在那里搞,因为没有种子,也没有条子,做不成试验,就把这件事情耽误了,我一直都感到非常遗憾。

"兰州沙漠研究所也想搞,每年都跟我联系,他们种子和扦插育苗都试验过,我在电话中给他们指导,种子和扦插育苗方法都给他们教了,可就是搞不出来,我也不知道是什么原因。

"现在扦插育苗问题我基本上解决了,就是还没有找出主要影响因素,在理论上还没有得出结论。我总觉得它和透气性有关系,因为流沙的透气性特别好。还有就是流沙的其他特点还没有掌握,只要能把关键因素找出来就可以了。现在我不搞就没人搞了,扦插繁殖没有人研究了,就连种子育苗也没人能搞出来,我一直忘不了这件事情。塔克拉玛干柽柳是唯一长在流沙中的红柳,非常珍贵,我看到这么好的东西没有被使用,现在没有一个人能把苗子育出来,流沙上都是用其他红柳来代替,我感到很遗憾。我现在年龄也大了,特别是行动不方便,我就想着这件事情要有人继续做下去,所以我就找了领导。我相信最后一定有人能解决这个问题。"

那一刻,我也为他的执着精神而感动。从 1995 年他离开塔中油田,到 2016 年他去找雷所长,已经过去了二十多年,那时他已经 82 岁,还在记挂着他的塔克拉玛干柽柳的扦插和种子育苗问题,可见那已经成为他的一个心病。

潘伯荣是中科院新疆生地所原党委书记,我是于 7 月 13 日下午,在中科院新疆生地所二楼他的办公室里和他交谈的。他虽已退休,但由于他还在进行着自治区有关生态治理的一个课题项目,因此他的办公室还保留着。

因为我在此前对他和刘教授的工作关系有一定的了解,于是我就直奔主题:"潘书记您好!我知道您和刘教授在吐鲁番治沙站一起工作了十多年,请您谈谈他在吐鲁番期间各方面的情况。"

潘书记略思考片刻,便向我娓娓道来。

"我是1972年大学毕业分到新疆生地所的,当时他在吐鲁番五星公社,那里有我们的一个治沙点,就他和乌斯曼两个人,乌斯曼给他当翻译。

"我到他那里还是他带我去的,那里离吐鲁番有10千米,我们是从吐鲁番坐着毛驴车去的。他们当时住的是地窝子,自己做饭,因为当时有规定,只有达到10个人才配炊事员。吐鲁番没有玉米,那里的粮食作物主要是白高粱,因此主食80%是高粱面,只有20%的白面,还没有菜,下个面条,里面放几根韭菜,能看见绿色就不错了,生活条件十分艰苦。那里杏子多,他们就用杏子做拉条子、炒炒面,因为杏子是酸的,在锅里一炒就烂,既能当醋,又别有一番风味。

"他这个人就喜欢一个人干,俗话说'一个好汉三个帮',他一个都不要帮忙,就喜欢单独干,这是他比较特殊的地方。"

我笑着插嘴道:"您说的这个'特殊'应该是他的缺点吧?"

潘书记不置可否地笑笑,没做过多解释,他继续说下去:"1975年开始建设沙生植物园,所有的红柳都是他引过去的。他们在20世纪70年代初就开始搞防风固沙林,搞了几条防风林带,有好几千米,还有6000亩的沙拐枣防风林和沙障,这个都是他和黄丕振研究员设计的。特别是黄宝璋副主席给了他20万元后,他利用洪水灌溉,在南疆四个县的沙漠里发展了20多万亩的红柳植被,这件事情对南疆贡献较大。

"1977年,他带队到南疆考察,我跟着他跑了一个多月,那次和他接触的时间比较长,对他有了一些了解。他这个人特别执着,能吃苦,干实事。他随身带着一个笔记本,随时搞社会调查,他什么都问,什么都往本子上记。比如说看见老百姓拉的红柳柴火他就问人家,是从哪里打的,离这有多远,这一车柴火能烧多长时间,还问家里过得怎么样,

第十二章 人生的定位 生命的光芒

有多少收入等。他办事认真、仔细,心里装着老百姓。

"他对红柳特别执着,可以说是痴迷。他好像一生都在为红柳活着,不管老婆孩子不管家,只关心红柳。他在沙漠里,在沙生植物园里研究红柳、琢磨红柳,还把各种红柳拍成照片做成画,把图片说明分别用维吾尔族文字和汉字标示出来。在南疆的时候,一到巴扎天就拴根绳子把图片挂在大街上,回到乌鲁木齐了也到处挂,什么西大桥、红山、八楼他都挂过,有时候听说哪里开会了,他就到会场上挂。不过他确实在红柳上面搞出不少名堂,研究得也比较深,出了不少成果。我觉得一个人一旦对一件事钻进去了,不出成果都难,我觉得这是他的最可贵之处。"

潘书记是用一种平缓、沉着的语调讲述的,我觉得他对刘铭庭的评价是客观、中肯的。

采访中科院新疆生地所原副所长热哈木·都拉,是因为我知道他和刘铭庭在策勒治沙站待过一段时间,我主要是想让他说说刘铭庭在策勒方面的情况。

他用不太流利的汉语对我说:"刘教授对红柳特别痴迷,在策勒的时候,每到礼拜天,他就到巴扎上拉一根绳子,把他 20~30 张红柳宣传画都挂上,有人看的时候他就给人家讲解红柳的好处和作用,让大家不要破坏红柳;没人的时候嘛,他就免费给人家修鞋子。他平时看的全是专业书籍,工作特别认真,他一直不停地做试验,这很难有人做到。他出过两部书,有的人是文章多,实践少,成果少;他是特别重实践的人,他的科研成果特别多。

"他是个闲不住的人,退休了还跑到于田的沙漠里继续干。他的运气好,他有个特别好的老婆,特别支持他,过去他可以放心地在外面干工作,现在还跟他到沙漠里去,这是一般女人做不到的。现在,他的

沙漠之光

腿限制了他活动,要不然他肯定还在沙漠里,他的精神让我们特别佩服。"

热哈木·都拉话虽不多,但句句都是大实话。比如说"有的人是文章多,实践少",而刘铭庭是一个把理论用于实际的践行者,每一项成果都能带来巨大效益,要么是生态效益,比如洪灌造林技术;要么是经济效益,比如大芸种植技术。还有他说刘教授有一个好老婆的观点我也非常赞同,但说他运气好我就有点不太认同,因为在大渠上认识储惠芳的人多了,要说运气,人人都有运气。我觉得只能说刘教授的眼光好,毕竟他现在都快90岁了,眼睛不花不近视,连矿泉水瓶子上最小的字都能看得清清楚楚——当然这是玩笑话。我的感觉就是,他们本身就是同一类人,他们有着天造地设的缘分。

张希明是中科院新疆生地所的研究员,他和刘教授在策勒共同工作过一段时间。他不仅对刘教授的工作了解,而且对他的生活和个性也比较熟悉。2020年7月13日上午,在我所住的宾馆里,我对张研究员进行了采访。

张研究员是个很随和的人,因此我们的聊天式采访也就很轻松。他说:"刘老1957年就来了,是最早的一批,在我们生地所可以说是元老了。我对刘教授比较敬重,也很佩服,特别是他的执着精神。他一生只做一件事,始终抓住红柳不放,他连家也顾不上,一心钻研红柳,对红柳分类学研究较深。很少人能像他那样坚持下来,一般人想做也做不到。

"听他们讲,有一次,他从吐鲁番到南疆,到大河沿火车站以后没车了,晚上就披着烂皮大衣在车站里过夜,穿的衣服又脏又烂,就跟个叫花子一样。半夜的时候,执勤的看他蜷缩在一个墙角,怀疑他是个无家可归的流浪者,就考虑是不是把他送到收留所,于是就踢他屁股,问

第十二章 人生的定位 生命的光芒

他是谁,是哪里人。他说他是中科院新疆生地所的一名科研人员,在吐鲁番治沙站工作。他不解释还好,结果他一说人家就更不信了,带他到值班室去核实。把电话打到新疆科学院一问,还真有这么个人,描述的和他们看到的一样,他们才相信,这才放了他。他就是这么个人,除了对工作认真以外,对其他什么都不讲究。"

他继续说下去:"他是个闲不住的人,见缝插针一直在做事。有的人想当官,有的人想发财,而他就是想做一些实实在在的事情。在于田帮助群众种大芸的时候,遇到了很多困难,吃了很多苦,但他一直坚持下去,还把老婆孩子带去帮他干,真是不容易。

"他搞洪水灌溉,大面积发展红柳植被,我就特别佩服他的做法。每年秋天的时候都有大量洪水,那时刚好又是红柳种子成熟的季节,这时候搞洪灌红柳,一大片红柳就起来了,就能让大面积的荒漠恢复植被。这在理论上不说有多么高深,但是在实践上是很了不起的。他这个人就是注重实践、善于琢磨、善于发现、善于行动,别人想不到的他能想到,别人做不到的他能做到,我就佩服他这一点。

"他这个人性格有点倔强,喜欢独来独往。他资格老,说话比较占地方,经常在考察的时候就找不见他了,还要派个人跟着他,不是怕他跑丢了,他对沙漠比谁都熟悉,主要是怕影响集体行动。这些是他欠缺的地方,但从另一方面讲,也许正是这种个性,才让他做成了这么多的事情。

"每年到入冬的时候,经常是大家都回来了,他还没有回来,还在沙漠里,他总是最后一个回来。直到什么都干不成了他才跑回来。别人做不到的他做到了,一辈子只做一件事,我觉得这就是伟大,刘教授就是这样的人。"

我觉得张研究员说的也是我内心的真实感受。特别是他说的"说

沙漠之光

话比较占地方"这句话,我还是第一次听说,我觉得这是他对语言的一大发明。

采访中科院新疆生地所策勒治沙站站长、博士生导师曾凡江时,因为他当时还坚守在策勒治沙站的工作岗位上,只能用电话采访。

曾站长用一种崇敬的口气对我说:"刘老不仅是我们生地所的老前辈,也是我们策勒治沙站的老前辈。因为当初就是他最早来策勒治沙站的,而我是1997年才到策勒治沙站的,那时候他已经退休好几年了,但还是能够经常见到他。他虽然已办了退休手续,但是始终没有退休,一直没有离开和田,还继续工作在沙漠一线。他先是在塔中沙漠里帮他们治沙,后来又到于田帮他们种大芸。他有时候坐着农民的拖拉机就到我们策勒站来了,那么大的年纪也不怕颠簸,不怕辛苦;我也到过他的大芸农场参观,看到他就像个农民一样在那里干活,一直到现在还没有离开沙漠,他的这种精神确实让我们这些晚辈深受感染。

"虽然我和刘老师的深入交流不是太多,但是从同事、领导和策勒老乡们那里也知道一些他的情况,这里的许多老乡都叫他'沙漠人'。因为我们策勒站1983年的时候就从策勒县城搬到沙漠的最前沿了,当时那里除了刘老师他们几个人再没有其他人,那时也没有其他交通工具,刘老师到县城办事经常是赶着毛驴车去,他穿着又不太讲究,老乡们一看是他来了,就叫他'沙漠人'。

"当时他们生活条件非常艰苦,吃的是涝坝水,没有菜,由于距离县城远,生活极其不便。每次回乌鲁木齐都要好几天,那时候还没有沙漠公路,要从喀什绕道,要带着被褥,沿路要住好几个晚上,而且他每次回乌鲁木齐后心里还想着赶快回去,好像那个沙漠才是他真正的家。也正是他的这种坚持、坚守、坚韧精神,才让他在学术上出了那么多的成果。他的这种执着、顽强的精神始终激励着我们,让我们把这份治沙

第十二章 人生的定位 生命的光芒

事业继承下去。"

曾站长毕竟和刘老接触得较少,他说得不多,但这些话表达了他内心的真实感受。

在对刘铭庭教授领导、同事的采访中我有点遗憾:主要是对他特别了解的,和他同期工作的老领导、老同事,比如最早和他一起在策勒工作的张贺年,和他一起在莫索湾工作过八年的胡文康,他们都因病去世了,还有已经90多岁不方便接受采访的管绍春等。这使采访不是特别完美,但从他们的话语中,我们对刘铭庭有了一个较全面的了解。

有点"火药味"的家庭座谈会

2020年7月14日上午,我来到了位于乌鲁木齐市北京南路的科学院住宅小区,来到了刘铭庭教授的家。因为这是在之前就约好的,要对他们现有的家庭成员进行采访。

其实在之前的5月份,我在于田采访过刘铭庭教授以后,就说好等他回到乌鲁木齐后要到他家里看看,结果他一直在于田,当时有两拨电视台的人在给他拍专题片。先是和田电视台给他做专题片,接着他老家的运城电视台也来给他做专题片,直到7月初他才回到乌鲁木齐。

门是开着的,他们一家人对我很热情,一阵问候和寒暄之后,我就开始参观他们的家。

在于田采访的时候,我参观过他于田大芸基地的展览室,我感到他的家和那个展览室没什么两样。客厅的整个墙面上几乎都是红柳图片,客厅沙发后面的背景墙上,是一张特意放大很多倍的航拍红柳森林图片;在客厅正面的电视机两边,一边挂着他和塔克拉玛干柽柳的合影,一边挂着和白花柽柳的合影,这两种柽柳都是他发现并命名的。还

沙漠之光

有一张是宋健副总理到大芸基地和储惠芳握手的照片,如果不看文字说明,你绝对看不出那个女的是谁。她上身穿着白底带黑点的短袖上衣,头上戴着白帽子,关键是她的脸、脖子、胳膊,凡是露出来的地方都是又黑又瘦,跟个刚从庄稼地里出来的农村妇女似的。照片制作得都很精美,每幅照片都用相框装裱着。最特殊的是一幅制作非常精致的毛主席正面画像,我原以为是刘教授特意保留的纪念品,一问才知道,那是刘教授多年前亲自画的一幅毛主席画像,形象十分逼真,从中可以看出他非常出色的绘画天赋和艺术功底。

他把其中一间卧室改成了他的办公室,那里面的墙面上的照片就更多了,如红柳的、大芸的,还有和领导、专家的合影。在靠墙的几个立柜上,既有他的各种专业书籍,也有很多资料盒,但更多的是他获得的各种荣誉证书和奖杯,从那里可以看到他一生奋斗的轨迹。里面还有一张办公桌和一张单人床,看样子如果工作晚了他就直接在里面休息。

我看过之后感叹地说:"刘老是把家也当办公室了。"

储医生笑笑说:"他这一辈子除了工作以外,再没有其他什么爱好。"

那天除了他们的大女儿刘渠华在家以外,其他子女都在内地。于是,刘教授和夫人储惠芳,还有刘渠华,我们四人就开始聊起来。为了记录方便,我们围坐在餐桌前。因我先前在于田时就采访过刘教授,这次又采访了一个多星期,所以,那天我的主要目标就是刘渠华和储医生。

我先问刘渠华:"在您的印象中,您父亲是个什么样的人?他都给了您哪些深刻记忆?"

刘渠华毕业于新疆大学中文系,一直在新疆生地所图书馆工作,副研究员职称,已于2019年退休。她是一个文化素质极高,很有修养的

第十二章　人生的定位　生命的光芒

知识女性,也许是继承了母亲爱笑的特点,她说话很温柔,声音也特别好听:"小时候我们很少见到父亲,即便冬天回来了,他也很少跟我们交流。我觉得我们家跟别人家不一样,生活气息少,没有娱乐,没有交流。别人家都是有说有笑、热热闹闹的,家庭氛围很浓。他一天到晚除了工作就是工作,一辈子不吃喝玩乐,没有其他任何爱好,回到家还是工作,搞得家里就跟办公场所一样,我们在家里连大声说话都不敢。我们家从来不谈论别人家的事情,单位、同事、邻居,外面的事情什么都不说,父亲每天只顾忙他的工作,母亲性格文静,喜欢安静,也不说。我们家有一个特点,只要回到家里,每个人手里都捧着一本书看,很少交流,家里什么时候都特别安静。他在的时候我们感到很压抑,他走了以后我们感到轻松、自由多了。"

听到这里,我特意地看了一下刘教授,看他有没有什么反应,因为我怎么都觉得这些话里有些批判他的味道。但我看他表情没有任何变化,面带微笑,就像根本没听见一样。我估计,孩子们在他跟前不止一次说这样的话了,所以他也就习惯了,或者是他自己心里也认同了。

刘渠华没看父亲,继续说下去:"可能是他没有时间,也可能是从来就没有想过,他从来都不带我们玩,但对我们要求却特别高,特别严格。小时候和同学起了争执,无论对错,他从来不替我们说话,无论遇到什么事情,都要我们谦让,不要和别人争,要我们检讨自己,小时候我们都特别老实,我们感到特别委屈。家庭教育就是这样,我们一辈子都不会和别人争,在学校听老师的话,在单位听领导的话。他为人正派,心胸坦荡,从不考虑个人利益,我们一个个也跟着心都大起来,从不计较个人得失,从不跟人家争长短。不过我觉得这样也挺好的,不把利益看得太重,这样就活得轻松,免去很多烦恼。"

她讲完之后又补充道:"不过他每次回来都给我们带些好吃的,说明他心里还是想着我们的。这一点我们也没忘记,不能把他的成绩埋没了。"她说完竟捂着嘴笑起来。

我总算是从她嘴里听到父亲的一点好处了。

我想刘渠华说得差不多了,就想让储医生也说几句。我就面向储医生问道:"我知道您心里肯定有许多委屈,您也发发牢骚,我们今天就当是给刘老开个批判会。"

储医生听了笑起来,看了下刘教授说:"他呀,家里不管不说,每次回来,不但帮不了家里,我还得帮他。"

于是我就问:"那您说说都是怎么帮他的。"

储医生是那种不太愿意说话和表达的人。她接过我的话说道:"他每次都是坐几天几夜大巴车回来的,因为要在外面住宿,他把行李也带回来了,那行李他一年都没有洗过,脏得不能看,被头子跟前都让他睡得黑得发亮;他身上又脏又臭,衣服上、被子上都是虱子、虮子,我要给他又洗又烫好几天。"她虽然嘴上在说刘教授的不是,脸上却始终保持着微笑,看她的表情就像在讲一件十分有趣的事情,甚至还有点欣赏的味道。

储医生又接着说道:"还有,他经常在沙漠里骑骆驼,棉裤裆里面的棉花都跑到两边去了,裆下就剩两层布了,他也不知道收拾一下,每天就那样穿。看到他在沙漠里面那么辛苦,不知道他天天都是怎么过的。我给他收拾的时候,心里面难受得直掉眼泪……"储医生嘴角上保持着笑意,但我看到她心里还是有些难受。

是的,天天想着他在沙漠里受苦,又不是那么会生活、会照顾自己的人,她心里哪里还有半点怨言?心疼都来不及呢。

为了打破有点沉闷的气氛,我笑着对储医生说:"您也说点他工作上的事情。"

第十二章　人生的定位　生命的光芒

储医生调整了一下情绪,还是带着自然的微笑说:"我们之间从来没有儿女情长的事情,在他心里,工作是第一位的,只要有工作,他就什么都不管了。他的睡眠特别好,他什么东西都能吃,什么地方都能睡,而且躺倒就能睡着,但有工作的时候,他可以连续三天都不睡觉。"

一提到工作,刘教授就有精神了。刘教授看着储医生说:"不光是我喜欢工作,她也是事业心很强的人。她在学校干校医工作,总是积极主动,服务周到,学校领导、老师、学生都说她好;她上进心也特别强,年年被学校评为先进工作者。她思想境界比我高,比我入党早,她1979年就入党了。她又要工作,又要照顾家里和四个孩子,她比我辛苦,比我贡献大。"

储医生听了之后,看着刘教授有些嗔怪地说:"你说这些干什么?"她是那种特别低调,从来不愿让人说她好、提及她过去事情的人。

刘教授笑着说:"我说的是实话嘛!"

这时候我笑着说:"我看你们二老有点奇怪啊!储医生一直说刘教授的不好,刘老不但不生气,还一直说储医生的好话。"

这时刘渠华忍不住了,她心里很不平衡地说:"他维护我妈妈是无原则的,我们家谁都不能和妈妈顶嘴,就是偶尔我妈说错了都不容许反对。他不仅这样要求我们,自己也是这样做的,他从来不和妈妈计较。他跟我们说:'你妈为了我们,为了这个家,吃了太多的苦,受了太多的罪,她对我们这个家是有功的,她牺牲太多,我们都欠她的,我们没有理由让她不高兴。'他们一辈子都没有红过脸、没吵过架。但是我妈也很自觉,尽管她在我们家地位最高,但是很低调,还是干得最多,操心最多。"

她说完之后,又补充道:"我就是替妈妈感到可惜,她本来是可以上大学的,为了早一点工作,就去上了中专,可是她一点都没觉得遗憾,她跟我父亲一样,也是那种心特别大、什么都不计较的人。她跟我父亲几十年,一个人照顾家,那么辛苦,她从来都不提不说,好像事情只要一过去,就跟没发生一样。"

听到这里,我有些不解,甚至有些想不明白,问储医生:"您跟他吃了那么多的苦,受了那么多的罪,付出了那么多,难道您对他就没有一点怨气?对他就从来没发过牢骚吗?"

储惠芳笑着摇摇头说:"没有。"她又向我解释说,"他又不是花天酒地享受去了,他也是为了工作。他每天都是一个馕、两根葱、一壶水,他比我们还苦。我有什么好说的。"

她继续补充道:"不过我的同事看到我的情况后就说:'我以后有女儿,千万不能嫁给搞治沙的。'我就说,我当初跟他就知道是要吃苦的,我是做了吃苦准备的。所以我特别理解他,再苦再累也支持他。"

那一天,你一言、我一语的,我们聊了很多很多,大都是他们过去生活的点点滴滴,抑或是对一些过往的评价和感想。储医生说她从来没像今天这样说这么多的话,刘渠华也加以证实。储医生始终面带微笑,你似乎永远看不到她有不愉快、发愁的时候。

是的,她对刘铭庭,对过去的生活从来没有半点怨言,有的全是宽容和理解。尽管他们的一生离多聚少、受尽磨难,她的委屈和她的艰辛都无以言说,但她从不计较,从不算账。他们一辈子没有红过脸,没吵过架,甚至不知道吵架是怎么回事,他们做的就是相互支持和理解。刘铭庭说他这一生谁都不欠,就是欠妻子太多。她说为了他,她什么苦都能吃,什么困难都能克服。这里面包含了他们多么深的情、多么深的爱,这不是一般人能够理解的,也许只能从他们所共有的人生观、价值观和世界观中去理解,去诠释。

记得 5 月 18 日在于田县他们大芸基地采访的时候,我当时看到他

第十二章 人生的定位 生命的光芒

们那艰苦无比的生活状况后,就问储医生:"您都80多岁了,放着大城市不待,跟他跑到这人烟稀少的沙漠里受苦,您心里就不觉得委屈、不觉得苦吗?"

当时储医生笑着对我说:"我们前半生离多聚少,现在再也不分开了,他走到哪里我跟到哪里,他种大芸我就跟他到沙漠,再苦我也陪着他,我心甘情愿,再苦我的心里也是甜的。有朋友曾经说我:'你跟他可是受了一辈子的苦啊!'但我说:'我跟他的时候就知道不会有舒服日子,但既然选择了他,认定了他,我就做好了吃苦的准备,就要一辈子全身心地支持他。'"

她还这样对我说:"男人嘛,就是要干一番事业,就是要能吃苦,我当初就看上他这一点。如果我是男人,我也会这样干的。"

这样的深度理解,这样三观一致,她把为他吃的所有苦都看成了理所应当,这还有什么好说的? 还有什么可计较、可抱怨的?

记得刘教授当时也这样说:"我知道来这里就是吃苦的,不吃苦来这里干什么? 我们都吃了一辈子的苦了,但我感到很满足、很充实、很有意义。人不吃苦、不奋斗,活着还有什么意思?"

那一刻我算是彻底明白了,对他们来说,吃苦就是享受,奋斗就是幸福。在他们的思想里,在他们的血液里,已形成了这种长久的固化思维,这已成为他们不可改变的一种生活方式。如果你真的让他们去过那种舒适的生活,那对他们来说就可能是受罪。这就是他们对苦和幸福的理解,这就是他们与众不同的地方。他们的这种人生态度,他们的这种生活理念,我想,也许真的没有几个人能有。

还有更深层次的理解,他们都是共产党员,当初都是怀着"支援边疆、建设边疆"的美好愿望来的,几十年来他们一直在这样坚持,遇到天大的困难和委屈也不改初衷。生命不息,奋斗不止,如今他们双双都是80多岁的高龄,仍然奋斗在塔克拉玛干沙漠里。无论世间如何变幻,他们的初心永远不变。他们从来没有想过自己,从来没有想过享受,这才是对这两位老共产党员奋斗的一生的最好、最真实的解释。

光荣与梦想　使命和责任

虽然刘铭庭以顽强的意志和拼搏的精神在专业研究上取得了令人瞩目的成就,做出了重大贡献,获得了崇高的荣誉,但有一件事一直让他感到遗憾和苦恼,那就是他的入党问题。

1957年修"青年渠"的时候,大队长让他火线入党他没干,放弃了最好的一次入党机会;1959年5月,修渠任务完成回到单位以后,他就正式申请入党,1960年党支部讨论他入党问题的时候,单位要他回去,当时他正在南疆莎车帮助当地治沙离不开,当他12月份从南疆回来以后,形势大变,他的入党介绍人正接受全院批判,他的入党问题自然未被解决。

这以后,他一直埋头搞试验,科研成果不断,各种报刊对他的宣传不断,但入党问题却一拖再拖,一直未能解决。

虽然未能入党,但他始终用一个共产党员的标准严格要求自己,他一心扑在工作上,把全部精力用在了科学研究和沙漠治理上,他用实际行动和丰硕的科研成果,证明了他是一个真正的、合格的共产党员,向党和人民交出了一份满意的答卷。

1999年,《人民日报》社驻疆记者陈佛宇在于田大芸基地采访他,当问到他是不是党员的时候,他向记者道出了还没有入党的情况,这成为他一生最大的遗憾。这名记者出于责任心就向自治区有关领导和部门进行了反映,在中共中央组织部和自治区党委组织部的关心下,刘铭

第十二章 人生的定位 生命的光芒

庭的入党问题很快就得到了解决,这时候他已经退休六年了。

能成为一名光荣的中国共产党党员,这是他一生最大的梦想,实现这一终身愿望,给了他莫大的安慰,虽然来得晚一些,但他已经很知足了。因为他还活着,没有遗憾,这才是最让他感到庆幸的。

1999年底,当时的于田县委书记李斌听说他刚入党,还没有进行入党宣誓,就想:这么一位优秀科学家,给国家和人民做出了那么多贡献,入党一直是他的心愿,我们应该满足他的心愿。于是,在李斌书记的安排下,于田县党委专门为他搞了一次集体入党宣誓大会。于田县机关党员全部参加,还邀请了一些20世纪50年代、60年代老党员一起参加宣誓。刘铭庭当时已经66岁,是年龄最大的党员。他当时特别激动,拉着李斌书记的手就哭了,在宣誓的时候,他更激动,一直都是眼泪汪汪的。这个入党积极分子,终于成为党的一分子,终于走进了党的怀抱,可想他当时的心情是多么激动。

刘铭庭教授说他是一个一辈子待在沙漠里面的人,一辈子没去过其他地方,去的都是沙漠,参加各种会议、各种课题研究也都在西部的几个沙漠里。但他一点都不觉得遗憾,因为除了沙漠,对其他地方他都不感兴趣。他觉得活得很精彩、很充实,虽然很辛苦,但心里很满足。

刘铭庭成为世界著名的红柳专家、治沙专家、"人工肉苁蓉之父"。为此,他一生中曾获得联合国、国家及省部级科技奖28项,获得国家、省部级荣誉奖24项,共计52项(省部级以下各种奖项和荣誉未计算在内)。其中1992年获"自治区有突出贡献的优秀专家"荣誉称号;1994年获中科院"竺可桢奖";1997年获联合国"防止荒漠化与干旱实用技术最佳实践奖"1次;1999年获自治区"吴登云式先进个人"称号;2000年获科技部、中科院、中国科协联合授予的"科技扶贫先进个人"称号;2002年获"全国防沙治沙十大标兵"称号;2012年获新疆维吾尔自治区"创先争优优秀共产党员"荣誉称号;2014年获国务院"全国民族团结进步模范个人"称号。

2019年是他获奖最多的一年,首先获得自治区"第六届道德模范"称号,接着获得全国"最美支边人"和全国"最美奋斗者"荣誉称号,以及全国"离退休先进个人"称号和中科院新疆生态与地理研究所"特殊贡献奖"。特别是2019年9月获得由中宣部、中组部、统战部等九个国家部委联合授予的"最美奋斗者"荣誉称号,这是几十年来国家对做出重大贡献的奋斗者们的一次集中奖励,获奖者包括许多已故和长期被宣传的典型人物,如彭加木、吴登云等。以上仅是他获得的众多荣誉中的一部分,限于篇幅就不再一一列举。他于1993年就开始享受国务院"政府特殊津贴",2002年自治区组织部以他的事迹拍摄的一个30分钟专题片《红柳人生》,在中央组织部当年的评比中获得红星一等奖。

由于他在沙漠治理和红柳研究方面所取得的重大成就,还有他为国家、为民族在沙漠一线奋斗一辈子的感人事迹和奉献精神,央视一套、二套、七套、九套、十套,以及新华社、《人民日报》《光明日报》《经济日报》等各大新闻媒体都对他进行过专访和报道。如央视播出的专题片有一套《红柳老人》(上、下集),九套《我到新疆去》(四集),十套《最美支边人》等;地方电视台及媒体的就更多了,如新疆电视台、和田电视台、山西运城电视台、兰州大学宣传部等都为他拍过专题片和宣传片,对他进行了全方位的宣传和报道,但在纪实文学方面对他的宣传还是我的这次采访。

他用一生的奋斗完成了他的使命,实现了他心中的愿望,获得了属于他的荣誉,但是他时刻都没有忘记自己的责任和担当。

时刻用一个共产党员的标准要求自己,心里时刻想着人民,这不是随便说句话的事情,而是要拥有一颗真爱之心。群众有困难的时候,就

第十二章 人生的定位 生命的光芒

能自然而然地去关怀,实实在在地去帮助。几十年来,刘铭庭一直是这样做的。

1969~1972年,刘铭庭利用业余时间,免费帮助吐鲁番五星公社的老乡们修好了3000多双塑料凉鞋。当看到他们治沙点附近的两个孩子上不起学的时候,他就默默地资助这两个孩子上学,直到他离开那里;1982年他到策勒治沙站以后,利用星期天在巴扎上做红柳宣传的时间,还帮当地百姓修好了1000多双塑料鞋子;同时在策勒乡十八大队看到两名贫困生后,他又默默地资助起这两名贫困生,包括他们的学费和冬夏装,直到他们初中毕业;1995年他到于田县以后资助的人就更多了,仅在奥依托格拉克乡十一大队就资助了五名贫困学生,后来在该乡二大队六小队,看到一户农民因孩子多,家庭特别困难,就对他们家的四个孩子上学进行资助,每年2000元,连续资助四年,直到他们家庭经济状况好转后才停止资助。他不仅资助这些贫困地区的贫困生,2010年冬天,阿勒泰地区发生严重雪灾,他向受灾地区捐献了1万元和27.5吨草料,其中有5吨优质苜蓿和22.5吨玉米秸秆,表达了他对灾区的一片爱心。

他特别热爱他的家乡,总想着给家乡多做些事情。1988年,他的家乡南里村小学要进行维修,他二话不说就资助了1000元;为了激励家乡的孩子们勤奋学习,将来成为国家的有用之才,他在家乡的南里村小学、高村乡中学和万荣县高中都设立了奖学金。小学考初中、初中升高中、高中升大学,凡是全校前三名的,他每年都分别给予100~200元的奖励,从1992年开始,一直到1997年为止,他连续资助了五年,每年都有十多名家乡的学子得到他的资助。在那些年里,他每年都能收到各地孩子写给他的感谢信,读着那些充满感激的话语,他心里感到特别的欣慰。

在过去的几十年里,他捐助的资金有 6 万余元,他是仅凭那有限的工资收入来做这些事情的,何况他的家庭并不富裕,还要抚养四个孩子。他做这一切什么都不图,他就是见不得别人有困难,就因为他心里始终有一种责任感和使命感,他的这种爱心贯穿他的整个人生。说实在的,仅这一点,一般人都是无法做到的。

在刘铭庭教授随身携带的一个小包里,我看到一个红色的小本子,仔细一看是《中国共产党章程》。他说从 1959 年递交第一份入党申请书开始,他就时刻把党章带在身边,每次有新党章出来,他就换一本新的,他记得现在已经是第三本了。这样做为的是时刻提醒自己,一定要以党员的标准严格要求自己,时刻想着为人民服务,为人民做实实在在的事情。他说过去在组织上虽然没有入党,但他要保证自己在思想上、在行动上入党,对党要绝对忠诚。虽然他入党较晚,但他觉得他对得起党,对得起一名共产党员的身份。

什么是真正的共产党员?什么是衡量一个党员的标准?那一刻我在想,只有像他这样,心里时时刻刻装着党,一辈子都在为党为国做贡献,时时刻刻都在为人民做好事、做实事,永葆本色,不忘初心的人,才是真正的共产党员。

尾声：
玫瑰花盛开的地方

在于田采访期间，我发现这里有一个其他城市没有的现象：在县城的街道两旁，在各种各样的绿化带里，都大量种植着大红、粉红、淡红的各色玫瑰。特别是沿315国道去刘铭庭教授大芸基地的20千米路上，在路两边各30米宽的绿化带里，种的也全是各种玫瑰。此时恰好是5月下旬，正是玫瑰怒放的季节，各种玫瑰开得姹紫嫣红，争奇斗艳，让人看得如醉似痴，惊艳叫绝。

我好奇地问过刘教授之后才知道，这全是他从山东平阴县引种的玫瑰花。他告诉我，平阴是有名的"玫瑰之乡"，2010年，他应邀去帮助他们培育红柳苗子，看到到处都是盛开的玫瑰花，经打听他才知道这种花的诸多好处：每年5月份开花，一直开到9月底，既好看又省事，只要浇浇水其他什么都不用管，冬天自然过冬不用埋，特别好管理。他感觉这种花特别好，就想着把它引种到于田来。临走的时候，他花了9000元买了两亩地的苗子，种在他的大芸基地里。他试种成功后立即就在整个于田县铺开了。于田许多乡村的路两边,以及各家各户的院子里,种的都是这种玫瑰花,现在整个于田县有两万多亩玫瑰田。

艳丽的玫瑰花不仅好看,还成了于田人民的美味,现在于田家家户户都做玫瑰花酱,吃玫瑰花馕,在整个夏季,无论走到哪里,都能看到盛开的玫瑰花,都能闻到扑鼻的玫瑰花香。

那一刻我在想,刘铭庭教授的心里时时在想着于田,他已经把这里当成了真正的家。他不仅用人工大芸让当地群众走上了致富道路,还用玫瑰花装点着他们的生活,他用所有的才华和能力让他们的生活变得越来越美好。难怪农民买土·哈森木深情地对我说:"刘教授不是一般的教授,他是我们老百姓的教授,是专门为我们做好事来的。他手把手教我们致富,让我们农民一个个都富起来了,我们永远都不会忘记他的。"我想他说出的是所有于田人民共同的心声。

在本书行将结束的时候,我还想多说几句。苏联作家奥斯特洛夫斯基说:"一个人的生命应该这样度过:当他回忆往事的时候,他不会因为虚度年华而悔恨,也不会因为碌碌无为而羞愧。"我觉得刘铭庭就是这样度过他的一生的。

他一生以红柳为伴,以沙漠为家,一生只做一件事,那就是治沙。在治理沙漠方面,在为沙区人民致富方面,他都做出了不朽的贡献。从1960年进入莎车治沙站开始,一直到2020年,他在沙漠里整整奋斗了六十年,如今已经88岁高龄,即使行走不便,他的心里仍在想着沙漠里面的事情,仍在想着塔克拉玛干柽柳的事情,我们无法不被他的这种执着、顽强的奋斗精神所感动。

党和国家对他高度评价;单位领导、同事们对他高度认可;他一生获得联合国、国家及省部级各种荣誉52项;2020年在西安中学115周年校庆上,全体师生以他为荣;2019年在兰大110周年校庆上,他成为

尾声:玫瑰花盛开的地方

"兰大的骄傲"。他心里感到很欣慰、很满足,因为他没有虚度时光,没有留下遗憾,他对得起自己的生命旅程。我想这就是他的人生定位,他让整个生命时刻发出光芒……

现在由于身体的原因,他已经不便出行,不能到全国各个沙区去指导他们种大芸了,但他一刻也没有闲着,一方面他用电话继续指导,同时正在写一部关于大芸高产栽培技术的专著,主要介绍红柳大芸与梭梭大芸高产技术的推广和应用,以及它们的育苗和种植方法。刘教授说,他要在百年之前,给中国和世界其他国家沙漠地区人民留下一份真诚的礼物,了却他一生的愿望。如果余生还有时间,他再好好享受一下生活。

我真诚地祝愿他的愿望能尽快实现,让他了却最后的心愿,好好享受一下生活。但我不知道,一个行走都依靠轮椅的老人,还能享受怎样的生活?

我想更多的是心灵的享受吧!因为他已完成了人生的所有愿望,做了所有想做、该做的事情,再没有事情让他牵挂,他可以像一个普通人那样,完全回归家庭,做一个完完全全的自己,我想这就是他所说的享受吧。